巨变

新时代报告文学丛书

最后的小麦

李春雷短篇报告文学选

李春雷◎著

中国言实出版社

图书在版编目(CIP)数据

最后的小麦：李春雷短篇报告文学选 / 李春雷著.
-- 北京：中国言实出版社，2022.11
ISBN 978-7-5171-4283-6

Ⅰ.①最… Ⅱ.①李… Ⅲ.①报告文学—作品集—中
国—当代 Ⅳ.①I25

中国版本图书馆CIP数据核字（2022）第156255号

最后的小麦

责任编辑：史会美
责任校对：张天杨

出版发行：中国言实出版社
　　地　　址：北京市朝阳区北苑路180号加利大厦5号楼105室
　　邮　　编：100101
　　编辑部：北京市海淀区花园路6号院B座6层
　　邮　　编：100088
　　电　　话：010-64924853（总编室）010-64924716（发行部）
　　网　　址：www.zgyscbs.cn　电子邮箱：zgyscbs@263.net

经　　销：新华书店
印　　刷：北京中科印刷有限公司
版　　次：2023年1月第1版　　2023年1月第1次印刷
规　　格：710毫米×1000毫米　　1/16　　18.25印张
字　　数：271千字

定　　价：68.00元
书　　号：ISBN 978-7-5171-4283-6

短篇报告文学创作的道与技（代序）

随着经济社会快速发展，人们对美好生活的追求，更多地由物质转向精神文化。文学作品形象地反映社会人生，启迪人感悟生命，引导人触摸未来。而以纪事、纪实、纪史为使命的报告文学，特别是篇幅精巧、故事精彩、艺术精美、思想深邃的短篇作品，更适合人们的生活节奏和阅读需求，因而越来越受到读者的喜爱和追捧。

然而，我们在阅读中发现，不少作品只注重事实报告，轻薄艺术表现，因而缺乏阅读的"来电感"，味同嚼蜡。

虽然报告文学的生命是真实，不能虚构，但也要生动鲜活，给人以艺术娱悦。如何在平实的素材中吹糠见米、披沙拣金，实现创作突破呢？

其实，短篇报告文学创作，并没有什么高深玄妙的技巧，无非是处理好"两性"关系——思想性和文学性，以增强文章的审美感染力。

作为一种文学体裁形式，报告文学要具有人文关怀、主持社会正义、心怀人类良知、善作文明批判，但更要有其独特的艺术性，就像鸟之羽翼，车之双轮。否则，就不是文学，就不是艺术品。

读者对报告文学的非议，更多地集中在这里。因为写什么和思想性，都有着基本遵循。但在文学表现上，却有天壤之别。

写好一篇文章，如同雕刻一尊精美佛像，不仅要用文学手法去表现在现实生活中的发现，而且还要反复打磨，使其内里与表面都能够珠圆玉润。

因此，从采访到确定主题、选择素材，语言、结构、意境的构建与营造，艺术和思想的融汇与贯通，等等，每一个环节，都必须苦心经营、精细考究。

一篇文章，要告诉读者什么，这就是所谓的"道"，也就是主题思想。采访开始后，就要带着这个问题，去深入挖掘，掌握第一手素材。

采访必须伏下身子，真心实意地向被采访对象学习。不仅要深入，更要身入。

1999年，我还在一家地方报社工作。当时，全国学习邯钢，如火如荼。这是中国国有企业的一次深层次嬗变和改革，也是中国工业化进程中的一个大事件。因此，我想用报告文学把邯钢经验和其特殊意义记录下来，传播出去。

由于我出身农村，读书时数理化成绩不理想，后来又一直从事纯文艺编辑，对工业知识十分陌生。而且，邯钢的工业理论更是艰深，硬生生地研读，找不到丝毫感觉。

随后我搬进工厂，与炼钢工人生活在一起。一年多的时间里，我与工人师傅们同吃同住同劳动。生产顺利时，我们一起开怀欢笑；遇到困难时，我们共同想方设法；遭遇事故，我们一起与死神抗争。

除夕夜，我在炼钢炉旁与工人们一起吃饺子。这时，突然发生了一次钢水大喷的严重事故。

电视画面里，钢花飞溅，雄浑壮美，诗意盎然。可是，对于炼钢工人来说，1000多度的钢液迸射飞溅，那是致命的灾难。

我折身往外跑，而身旁的工人师傅们却迎着灾难、迎着死亡，冲向高炉。

虽然我跑得飞快，可还是有一滴炽热的钢液追了过来，打在左手的无名指上。我本能地用另一只手去抓，顿时两手血肉模糊。

工人师傅的惨叫声和皮肉的焦糊味，迅速弥漫整个车间。救护车呼啸而来，又呼啸而去……

正是经历了这一次与死神擦肩而过的事故，把我与工人之间的情感一下子打通了。我对中华民族从农业文明到工业文明演进，从邯郸的变革到中国工业化进程，都有了深入的了解和深刻的思考。

于是，我写出了长篇报告文学《钢铁是这样炼成的》，初步受到了文坛的肯定。

创作长篇报告文学需要全身心地深入采访，短篇也别无捷径可循。与被采访对象心灵相通了，还要深入研究当地的历史人文和时代背景，以及现实环境，并将其巧妙地进行非虚构转化，使之有机地融入文本。这样一来，作品就有了历史厚度和现实广度。

采访结束后，便是素材筛选与剪裁。

在与初入文坛的青年作者朋友交流过程中，时常被问到素材应该如何取舍选用。

的确，采访到的第一手素材，虽然鲜活，但往往散散碎碎、鱼目混珠、不成体系。很多青年作者不具备完善的统摄性艺术思维，因而面对素材，常常是大脑茫然，无从下手。

对此，我的感悟是首先要明确主题。主题思想明确了，素材取舍就有了准则，哪些素材最给力、最鲜活、最不可或缺，自然就浮现出来了。而且，这些素材该如何使用，怎样编织故事，就有了初步谋划，因此在创作过程中便可以左右逢源。

素材选用最常见的问题，就是有的作者由于对文学艺术的发生机理不甚了解，将一些看似精彩，但于主题思想无补的故事和细节写进文章里，因而形成了枝蔓和羁绊。还有一些故事和细节处理得不恰当，前后意义相左，形成的气场相互减损、抵消。所以，遇有类似情况，一定要忍痛割爱，删繁就简。

素材选定了，接下来就是创作，用艺术手法去表现。

文学艺术首先要讲究语言美，在语言美的基础上才有意境美、情感美，才能表达好思想、追求、担当、责任与义务。因此，是勇士，首先要有闪亮的刀枪，才能上战场；是农夫，就要有好农具，才能种出好庄稼；是工人，就要有好工具，才能盖好楼，炼好钢；是歌者，就要练好歌喉；是作家，就要有文字功底，才能心底有深情，笔下开鲜花。

《文心雕龙》有一段话："龙凤以藻绘呈瑞，虎豹以炳蔚凝姿；云霞雕色，有逾画工之妙；草木贲华，无待锦匠之奇。"意思是由于自然万物皆有文采，所以才炫美靓丽。而语言之于文章，恰似锦鳞之于龙、彩羽之于凤。龙凤之美，发乎鳞羽。有道是"落毛的凤凰不如鸡"，一篇文章倘若语言缺乏文采，必然"言之无文，行之不远"。

可是，也有不少作品，语言很有文采，但读来却干干巴巴、了无生机，究其原因，多是运用不当。单看某个句子，可谓字字珠玑，但放在整篇文章当中，却是血脉不通，所以就成了死句。恰似鸡毛掸子，漂亮却无生命，还不如一只活蹦乱跳的小麻雀来得可爱。

19世纪初期的英国批评家赫兹里特在《论平易的文体》一文中说："词汇的力量不在词汇本身，而在词汇的应用。正像在建筑中，要使拱门坚固，关键不在材料的大小光泽，而在于它们用在那里是否恰好严丝合缝。"此言深中肯綮！

所以，遣词造句，首先必须保证准确、恰当，而后再追求精妙、俊美。文学语言，节奏、分寸、文白、雅俗、庄谐，要的就是汉语言特有的性灵与韵味。而很多作品，只是浅写作，在重复着表面的漂亮，抑或鸡毛蒜皮，未能深入到血肉，更没有深入到精神内核。如同酿酒，我们需要的是清洌、醇香的五粮液或茅台。而大部分人提供的却是浑浊的、新醅薄味的半成品。故袁枚有云："笔性灵，则写忠厚节义具有生气；笔性笨，虽咏闺房儿女，亦少风情。"

要提高语言水平，我们可以从古典诗词或散文中汲取营养，在古风古韵、入情入理、可咏可诵上下功夫，增添语言的意蕴和张力。

那么，一篇文章应该如何结构呢？

报告文学的结构应该精巧而别致，故事编织不仅环环相扣，还须合情合理，不能为了追求叙事效果，而导致故事失真、失实、失情，否则同样使人反感、厌弃。

法国近代著名抒情诗人龙沙在《法语诗艺简编》一文中说："不用怀疑，在相当高妙的创造之后，美丽的结构跟着就会出现，因为结构与作为一切事物之母的创造相随，有如影之随形。"

事实并非如此。拥有了品质上乘的建筑材料，难道就可以随心所欲地建出宫殿、庙宇或高楼大厦吗？显然不会这么简单。必须事先根据地质学、力学、材料学等原理，按照建筑物用途和接受美学等原则，进行科学设计，然后再精细施工，方可如愿。文学创作，亦同此理，需要作者胸怀艺术自觉和叙事自觉，事先进行巧妙的文本艺术设计。

结构，凝固着艺术的内容，是构成报告文学形式美的一个重要因素，但其没有定式。不论什么样的结构形式，目的就是营造一种最直接、最简单、最通达、最畅快的叙述方式和格局。就像建筑的钢骨，给力与否，合理与否，安全与否，全在于框架结构的搭建。又如汉字书法，每一个字的每一种字体，从点画到间架结构，有太多讲究，各个到位，神韵自显。而我们大部分人写字，基本没有讲究，随心所欲，下笔即错。所以，终其一生，没有进步。

其实传统报告文学的主体结构无他，无非顺叙、倒叙、插叙等几种。因此在创作过程中，需要突破常规，大胆尝试，不断创新。比如可以借鉴古典散文、现当代小说和西方文学的叙事手法，进行多维叙述与时空转换，使文本结构的形式更生动、更灵活，增强文章的故事性、文学性、可读性和审美感染力。

2012年底，我创作过一篇关于航空工业英模罗阳事迹的短篇报告文学——《我的中国梦》。采访结束后，这个故事该如何表达？采用何种叙事方式？如果采用传统顺叙的方式，显得"头轻脚重"；如果采用倒叙方式，又嫌"头重脚轻"；如果采用"插叙"，又会切割分离，凌乱不堪。经过深入思考，我尝试采用了"平叙"方式，即两条主线平行叙述、交叉推进。一条是罗阳去世前到辽宁舰观看歼-15起降训练的活动过程，另一条是罗阳的成长历程人生轨迹。同时，将新闻常用的"倒金字塔"叙事方式应用其中，把人物最突出的几个亮点即最能显现精神、品格的片段串联起来，一个镜头一个镜头"蒙太奇"地呈现。当前叙事与过往叙事两条主线，一紧一缓，一张一弛，叙述畅达，最后奔向高潮。作品完成后，自己比较满意，读者反响也不错。

在另一篇抗震救灾题材的短篇报告文学《索南的高原》中，我则尝试着设置了三条线索：一条主线是婴儿被武警救援的诞生过程；一条是武警政委朱自清对父亲死亡前后的情感纠结；另一条则是芳香的藏族文化。这篇文章采用"倒金字塔"开头，开门见山，索南是谁？紧接着交代：她是一个婴儿。不！她是一个胎儿。极简的肯定与否定，引出故事。而正文的三条主线，每条又有若干辅线，交叉叙述。三条线索，有张有弛，节奏变换，紧针密线，环环相接，泾渭分明，相得益彰，又互相给力，产生了异样的艺术效果。所以，报告文学创作要丰富艺术手段，尽量避免传统的四平八稳、平铺直叙。

精准的结构就是一个最好的通道。只有最好的通道才能输送最大的气流，形成最大的气场，进而表现出作品的冲击力。中国古代文论强调"气韵生动"，曹丕更主张"文以气为主"。其中真义，俱在于此。

文以气为主，什么是文章的气呢？就是气场、意境。

在短篇报告文学《朋友——习近平与贾大山交往纪事》一文中，习近平和贾大山之间的这种君子之交，体现了中华民族纯粹的传统美德。如何反映这种真情友谊呢？必须符合中国绝大多数读者的阅读心理，遵循接受美学原则！所以，我借鉴中国古典诗文，提炼语言，多用短句，注重造境，融情融理，古香浓郁，氤氲氲氲。至于结尾部分的系列短句，更是古典散文的笔法，精心设置"意象"，从而触发"象外之境"，给读者以无穷的回味。

总之，文无定法，法度难喻。若达到最佳，需要在创作实践中不断地学习、探索，领会悟入，才能打通作品文本的精神气脉，表现出作者的思情魅力。

报告文学的文本不是自然事物的拓本，需要有"文学的自觉"，用文学性去融汇笔下的主体材料，拓展作品的文学张力和审美向度，丰富作品的圆润度和诗意美，进而记史、立言、明道、传神，表达一个报告文学作家悲悯苍生疾苦、心系万世太平、指向人类文明的终极关怀。

目 录

我的中国梦

从珠海飞回沈阳的时候，已经是晚上 8 时了。

南北温差太大，冰火两重天。他体内虚火浮躁，满嘴起泡，唇角还瘀结了一片不大不小的疮痂，黑乎乎的，像一粒溃烂的桑葚。

他打电话给妻子，说连夜赶去外地参加一个活动，月底结束，今晚就不回家了。

妻子问："十多天没照面，又要到哪儿去？"

他沉默了一会儿："你别问了，保密。"

妻子不说话了，这是多年的习惯。但又不放心，就叮嘱一句："如果是在东北，务必带上棉大衣。"

他赶回办公室，处理了几个急件。然后，拿上棉衣和一件工装——海蓝色夹克，就披着浓稠的夜色，匆匆忙忙地奔向几百公里之外的基地。

作为中航工业沈阳飞机工业（集团）有限公司董事长兼总经理，他担任研制现场总指挥的中国第一代舰载机——歼-15，几天后就要公开在"辽宁号"航母上进行第一次起降训练了，那肯定是一个世界瞩目的事件。只是现在，还不能透露丝毫。

这一天，是 2012 年 11 月 17 日。

一

罗阳是部队大院里长大的，父母亲都在第三军医大学工作。

　　高考的时候，他成绩非常优秀，完全可以考取北大、清华，可他执意选报了北京航空航天大学、西北工业大学和南京航空学院。他是军人的孩子，他的梦想是国防军工。

　　进入北航读书，专业是高空设备制造。

　　在班里，他不仅成绩好，体育也好，立定跳远 2.75 米，引体向上能做无数次，腹部竟然练出了 8 块坚硬的腹肌。他 1.8 米的个头，身材清瘦，弹跳如簧，是班里的体育委员，是系排球队的主攻手。

　　1982 年，罗阳分配到沈阳飞机设计研究所，担任设计员。

　　这是共和国组建最早的飞机设计研究所，主要从事战斗机的总体设计和研究，中国空军现役的歼击机大都在这里设计定型。

　　那时候，所里正在进行歼 -8 Ⅱ 的设计攻关。

　　有一年，罗阳与几位专家到美国考察。人家的航母甲板上，战机像蜻蜓一样飞飞落落，机翼轻松地折叠收放。想起自己的落后，年轻的他急得直想大哭。

　　差距太大了，太大了！

　　要拼命追赶啊。

　　一个国家，没有安宁的国防，就没有安宁的一切。

　　我们的天空并不安宁。未来的威胁，最多地将来自于天空。

　　没有人能够想象，这些年来，中国军机制造走过了一条怎样的艰难之路。

　　借鉴、消化、吸收、提升，失败、苦恼、汗水、泪水、血水……几十万中国航空人在追赶、追赶，苦思冥想，殚精竭虑，参悟天机，披星戴月，只争朝夕。

　　从二代机、三代机到四代机，由望尘莫及，到望其项背……

二

　　到达基地时，已经接近凌晨 1 点了。

　　舰载机应急保障队的队员们还在等待，他们将举行战机上舰之前的最后一次检测。

飞机跑道上，停泊着几架橘黄色的 F-15，都在睁大眼睛，亲昵地瞅着他。他也用深情的目光，细细地抚摸着，紧紧地拥抱着。这些，都是他的心肝宝贝啊。

两个月前，中国第一艘航母"辽宁号"正式诞生，震惊世界。但航母是什么？它是以舰载机为主要武器并作为其海上活动基地的大型水面舰艇，是移动的机场，舰载机才是真正的战斗力。

说起舰载机的历史，国人真是汗颜啊，整整迟到了 100 年。

1912 年 5 月 2 日，英国人查尔斯·萨姆森第一个从航行中的战舰上起飞。第二次世界大战中，舰载机被广泛应用，特别是在太平洋战场上起到决定性作用，从日本海军偷袭珍珠港，到双方舰队自始至终没有碰面的珊瑚海海战，再到决定命运的中途岛海战，无不如此。

1991 年的海湾战争和 2003 年的伊拉克战争，美国尽管在中东没有足够的陆上机场，却依然能够利用其舰载机群进行主要攻击。

目前，全世界所有航母上的舰载机数量在 1250 架左右，其中美国超过 1000 架，俄罗斯、英国和法国排列其后。而中国呢，还是一片空白。

如今，这第一架，就要横空出世了。

美国媒体曾公开断言，中国的舰载机最少要两年后才能上舰。

而现在，才仅仅两个月。

他微微一笑，忽地感到一团雾茫茫的困倦倏然袭来。

三

自从投身这一片温热而又浩瀚的海洋，他就再也没有回头。

20 世纪 80 年代，国家倾力于经济建设，军工萧条。好多专业人才下海了，转行了，可他依然坚守。趁着清闲，他自学俄语，每天抱着收音机听读，还试着翻译俄文军事资料。后来，他干脆又考回母校，读全日制研究生，专业是飞机设计。

90 年代之后，军工航空的春天终于来临。

那个时候，他重点研究飞机座舱，侧重于舱盖玻璃和金属的老化疲劳问题。高空高速中，气流温度接近 190℃，材料选用至关重要。为了快速筛选，需要到广州和海南做试验。试验是在强烈的紫外线环境中，强度是海南最高值的 5 倍。由于防护简陋，身体的照射时间每天不宜超过两小时。可他，每天照射 5 个小时以上，烤得皮肤火辣辣的生疼。半个月，收获颇多，他的脸上虽然全部爆皮了，像一个烧伤病人，可仍然掩盖不住笑容灿烂。

他在科研上成绩骄人：在国内首次采用气动力分析法进行座椅的适应性分析；率先提出开展透明件材料人工加速老化研究，填补了国内空白；主持了歼-8 系列飞机弹射救生系统重大技术攻关……

各方面的优秀表现，使他一步步走上了领导岗位。10 年之后，他担任了这所国内最大的歼击机设计研究所的党委书记。

2007 年，人到中年的罗阳又肩负更大重任，出任中国歼击机生产基地——中航工业沈阳飞机工业（集团）有限公司董事长兼总经理。

沈飞，被誉为"中国歼击机的摇篮"，自 1951 年创建以来，创造了中国航空史上的无数个"第一"：第一架喷气式歼击机——歼-5，第一架喷气教练机——歼教-Ⅰ，第一架超音速歼击机——歼-6，第一架双倍音速歼击机——歼-7，第一架高空高速歼击机——歼-8，第一架全天候高空高速歼击机——歼-8Ⅱ……

由设计军机到制造军机，罗阳承担着国家安全的一项特殊的神圣使命！

说起来，罗阳与军机似乎有一种天缘。

有两个数字，真是惊人地巧合：

他出生那一年——1961 年，正值沈阳飞机设计研究所成立。

而他的生日——6 月 29 日，竟然就是沈飞的诞生日！

四

起床后第一件事，就是细细观察天气，这也是多年的习惯了。

东方一抹银灰的鱼肚白，晴天，能够试飞。他的心里立时升起一轮太阳，明亮亮的。

8 时整，乘坐直升机，飞往"辽宁号"。

这是他第一次登上航母。但他早已通过图像和视频对这个庞然大物进行过千百次的熟悉，所以，对它的雄壮、繁华和先进性并不感到新奇。风大浪急，波涛汹涌，但航母不为所动，碾过喧闹，平稳前行。站在航母甲板右侧高高的舰岛上，凭栏远眺，有一种凌驾万物的感觉。

不知怎么回事，他总是豪迈不起来。

航母上的起落平台不及陆上面积的 1/10，且处于运动状态和微颠簸状态，舰载机要实现平稳且精准的起降，其难度远高于岸基。根据美国海军的说法，飞行员在航母上降落时的紧张程度甚至要超过空战的时候。

据有关资料显示，几十年来，为了舰载机的成功起降，美国曾损失上千架飞机。

一条极危险的血路，一次刀尖上的舞蹈。

这，正是他最揪心的。

五

现代化战争，制空权的重要性不言而喻。而在这个领域里，常规军机可以购买，通用技术可以借鉴，最尖端的核心技术定然是国家绝密。

目前，世界上现役的舰载机主要有美国 F-18、俄罗斯苏-33、英国"鹞式"和法国的"阵风"。几年前，中国选择与其处于同一平台的歼-15作为舰载机进行自主研制，无疑是一个巨大挑战。

中航工业集团牵头，以沈阳飞机设计研究所和沈飞公司为主体，组成精英团队，联合攻关。

按照常规程序，设计单位应在完成设计定型之后，再将生产定型的任务交给沈飞。

但是，为了提高效率和速度，罗阳另辟蹊径。他力主打破先设计、后制造的老规矩，将两个单位的研制人员整合为一个"飞鲨"团队，不分你我，不分先后，联合设计，联合制造。

客观地说，制造与设计单位是一对矛盾体。设计者唯愿立足技术最前沿，而在工艺水平相对落后的我国航空制造界，设计意图很难完全工程化实现。

但作为新机研制生产现场总指挥的罗阳，总是给上游最大的创新空间。

研讨设计方案时，他很少要求修改以降低制造难度，反而总是鼓励大胆设计，加工制造时遇到困难，他再去想方设法攻关。

"你们怎样设计，我们就怎么干！"这是罗阳常说的一句话。

制造一辆时速200公里以上且性能稳定的高级轿车，其难度系数是多少？而制造一架时速2000公里以上且性能稳定的舰载机，其难度系数又是多少？

老天知晓！

"工欲善其事，必先利其器。"这些年，在罗阳的主持下，沈飞集团已经逐渐拥有一整套国际先进水平的飞机装配、整机试验、叮靠性试验、飞行试验的技术、设备和制造生产线，特别是在钛合金机械加工和大型复杂结构件的数控加工等方面已达到世界一流水平。

但是，千千万万个难关和险隘，横亘面前……

这里是高科技的极顶，是人类的至高玄奥，又是一个绝密的军事禁区！

所以，作为一个写作者，我无权窥探其中，也无法向读者描述，更不能臆想。

但，我们可以想象，想象那个邈远而神奇的高空世界。

六

舰载机的第一次公开起降训练，将由军方飞行员完成。

由于此次任务特殊，世界关注，军方、航空界高层及新闻界都亲临现场。所以，军方只邀请罗阳一人作为沈飞公司的代表上舰工作。

这样，他的担子更加重了。

虽然训练任务由军方执行，但作为研制现场总指挥，作为"孩子"的"父亲"，他必须对一切结果负责。

在这几天里，他反复检查全部机舱，查对数据，并对相关环节全面监测。

他拿着一个小本，日日夜夜地记录着和计算着，那些只有他明白的麻麻密密的数据……

由于工作紧张和舰上生活不习惯，他睡眠严重不足。嘴上的口疮时时蹿火，麻麻刺刺地疼痛，疮痂渐次扩大，像一枚风蚀的葡萄干。

七

新机试制部工程师韩崇杰的右脸颊上有一个红疱，罗阳发现了。

飞机车间里，竟然还有小飞机——蚊子。

当天，他安排给车间所有人配上了花露水。

一位老技师患有糖尿病，他专门安排食堂准备无糖食品；深夜，看到车间加班，他叮嘱后勤一定要准时送餐；进入冬季，他又给外场人员每人配发了一个暖宝。

罗阳说，越是紧张，越不能忽视大家的身体健康。

过去，除了特殊工种，沈飞人每3年体检一次。罗阳决定扩大员工体检范围，缩短体检间隔。从2011年开始，职工们每年体检。

对于"飞鲨"团队和特殊工种，罗阳请医生每周二上午到各个生产现场，为大家量血压，做心电图，随时检查身体状况。

从此，沈飞人的身体不仅有"年检"，还有了"周检"。

可他自己，却有两年没有体检了。

…………

罗阳是一个极简朴的人。

他家住在家属院的六楼，没有电梯，是20世纪90年代初期的老房子。装修仍是当年的模样，客厅的8个莲花灯，其中3盏从未亮过。最让人惊奇的是，他家的厕所里还是蹲便池，明显落后于时代。

这些年来，他一直佩戴着一块卡西欧运动手表，表带是黑色布制的，边缘已经磨损，露出白色线边儿。他用碳素笔描成黑色，继续使用。

他唯一的爱好，就是待在各个车间里。

公司的工作服是一件海蓝色夹克，他长年穿在身上，即使到北京开会，也从不穿西服。不是不穿，是没有。长期缺少锻炼，他原本标准的身材略微发胖，过去的西服不合身了。

一次，省里开会，明确要求着正装。没有办法，他只得委托秘书上街买了一套，1390元。

开完会后，这套西服就闲置了，挂在办公室里，只在会见外宾时穿一下。

他就是一个工人。

一个最特别而又最普通的蓝领工人。

采访时，罗阳的秘书给我讲过一个故事：

中秋节，他去看望母亲。父亲 7 年前去世了，他是唯一的儿子。他坐在床边，与母亲说话，不知不觉中，竟然斜靠在床上睡着了。秘书在客厅看电视，长久地听不到声音，感觉有些异常，便往里面看了一下。只见母亲轻轻地拉着罗阳的手，静静地看着他，不忍松开。屋里面，飘浮着他低沉而香甜的鼾声。

他太累了！

好一会儿，罗阳猛然醒来，不好意思地笑一笑，告别。

八

23 日早晨，6 时。

罗阳爬上甲板，看天气。风小了，雪也停了，天边露出了丝丝缕缕的霞光。

今天，将有两架歼 -15 公开训练。

8 时 30 分，舰岛上和甲板上聚集了数百双焦渴的眼睛。全副武装的飞行员端坐座舱，等待起飞信号。

头戴帽盔，身穿黄色外套的飞行助理经过细密的观察之后，下蹲屈身，左手握拳放于背后腰际，右臂上扬，指向前方。

飞机快速滑行，呼啸而出，直刺长空……

罗阳的心，猛地高悬起来……

九

制造车间的墙上，有一行字特别醒目：一手托着国家财产，一手托着战友生命。

某系统偶尔出现一次渗油现象，最终发现是由于胶圈沿用老标准，未达到新工艺要求。及时转换标准后，大家以为事情可以画句号了。他却小题大做，召开质量大会，领导班子成员和一万多名员工，手持剪刀，一起动手，剪碎了剩余的两万多个老胶圈。

还有一次，某关键部件出现瑕疵。罗阳坚持不可原谅，从分厂厂长到车间主任，一撤到底。

拦阻系统综合试验时，有一个部件出现故障。有人认为，这只是一个偶然事件，更换部件就行了。罗阳说，绝不能这么简单下结论，故障原因不能有一丝一毫含糊！他连夜启动全系统普查，进行对比分析，最后发现，故障确非偶然，原因在于对设计思想理解不到位，造成产品存在不确定因素，如果只是简单处理，就会留下致命隐患。

罗阳始终盯在现场，经过几天几夜攻关，这个部件重新研制，达到了完全可靠。

他揉着红肿的眼睛，开心地笑着："这才是我想要的。"

从此之后，生产中无论出现什么故障，罗阳都会严厉地说："要找出原因背后的原因，问题背后的问题！"

是的，对于罗阳来说，所有的努力，没有及格和优良，只有两个成绩：满分，或零分。

满负荷运转，超极限爆发。

武器系统、火控系统、通信系统、动力系统，起落架、机翼折叠、阻拦钩等关键技术……

一个个钉子拔除了，他们日夜兼程！

每每有重大突破，他们也会忘情地庆贺。

只是，他们的庆贺不是在酒店里，而是在办公室里、在楼道里。他们泪流满面，相互拥抱，大喊大叫，歇斯底里。但走出大楼，走出厂区，却又面沉似水，守口如瓶。

他们的痛苦和快乐，不能与亲人分享。

＋

9 时 03 分，一架歼 -15 飞临航母上空。

大家指着那个时隐时现的黄色斑点，兴奋地小声议论着。

罗阳仰起头，瞪大眼睛，心脏剧烈地跳动着……

甲板上的飞行助理用手势指挥着，舰上的降落指示灯也在闪闪烁烁地提示着。

1000 米，500 米，200 米，越来越近了。飞机进入环形航线，降低高度和速度，放下起落架、襟翼和空气减速板，伸出阻拦钩……

发动机的轰鸣震天撼地，撕心裂肺。而罗阳的距离，不超过 20 米。

巨大的战机扑向甲板，尾钩牢牢钩住阻拦索。一阵狂飙，飞机瞬间降速至零，像鹰爪抓枝，稳稳停下，而后折叠机翼，缓缓地向指定位置靠拢……

这个场面，那么熟悉，宛若在影视里。不！那是他 20 多年前在美国目睹的。

人群顿时欢呼起来。

50 分钟后，第二架歼 -15 再次成功着舰。

17 点，罗阳参加总指挥部例会。他拿着厚厚一摞数据表，认真审阅。机械系统，正常！电传系统，正常！液压系统，正常……

十一

从设计发图，到新机下线，歼 -15 创造了中国航空史上研制速度的奇迹。

但是，如果你认为罗阳只是完成了一个歼 -15，那就大错特错了。

他是多个型号的研制现场总指挥，歼 -15 仅是其中之一。只是由于保密原因，我不能深入采访。但我坚信，每一个型号的背后，都是一串惊心动魄的故事。

最近 5 年，沈飞研制了超过去 50 年总和的新机型。从陆基到舰载，从三代机到四代机，托举了中国歼击机研制生产的半壁江山。

另外，沈飞的民用飞机生产任务也同样繁重，每天都会有一架飞机出厂。而民用飞机，同样容不得半点瑕疵。

安全生产、工艺创新、严防泄密、国家责任、竞争世界……

一座座大山，压在肩上，压在心上。

数万个零件，经过几千道严密的工序，构成一个个整体，联成一架架飞机，最终将飞出厂房，飞向高空，以 2.3 马赫的时速，巡航领空，保卫国家。

他们是一群什么样的人？

作为这个群体的领导人，罗阳又是一个什么样的人！

十二

24 日上午，继续进行歼 -15 起降训练。

今天进行 3 个架次。

又是 3 次过山车般的肝胆欲裂。期盼、焦急、紧张、兴奋，波峰波谷，大开大合……

12 时 03 分，参加本次训练的最后一架飞机成功着舰！

将军和列兵，专家和员工，所有的人，纷纷拥上甲板，忘情地握手、拥抱、流泪、手舞足蹈……

平时内敛的罗阳，此时再也控制不住自己，涕泪滂沱，泣不成声。他面对大海，放声呐喊："我们的孩子，成功了！成功了！"

当天下午，亢奋中的罗阳致电岸上的几位副手，通报喜讯，并特别嘱咐一定要办好明天的庆功宴，要喜庆，隆重，喝茅台。

这时，他想起了妻子，便打去一个电话，平静地告诉她活动结束，放心吧。

"你在哪里？"妻子问。

"我明天赶到大连，晚上回家。"

妻子和母亲，是他事业最坚定的支持者和知心人，却从来不是知情人。这么多年来，她们仅仅知道他在研制飞机，而进一步的内容，他从来不说，她们也从来不问。该公布的，国家自然会公布，看电视新闻吧。

…………

罗阳是什么时候开始发病的，已经没有人能够知道。

他的异常，是在第二天早上返航时出现的。码头上锣鼓喧天，彩旗飘舞，所有的人都在狂欢，只有他一反常态，无精打采，特别是嘴角大片的疮痂，像一颗干瘪瘪的黑枣，格外让人触目惊心。

但是，即使如此，谁也没有多想，谁也不会多想。大家都在忙于准备庆功宴，只是以为他近日太过辛苦，需要休息。

这次盛宴，由沈飞公司在大连主办，下午4时开始。是啊，这是中国航空界多年的渴望，这是中国军工业重大的突破。这实在是一个特别值得庆贺、值得铭记的日子！

谁也想不到，上午10时左右，正在安排会务的他，突然昏厥。

立即送往大连友谊医院！

两个小时后，宣布不治。

医院公布的死因：急性心肌梗死、心源性猝死。

一切，竟是这么突然！

十三

罗阳的去世，让所有人感到意外。

他正值壮年，爱好运动，体质良好，向来没有检查出什么病症。于是，大家不得不想到了他近几年的过度疲劳和心理压力。特别是今年，尤其是最近。

且看他临终前三个月的行程：整个9月和10月，都在忙于另外两个重点型号的研制任务，这是两项和舰载机同样巨大的工程，提心吊胆，夜以继日；项目成功后，未及休整，8日即直赴珠海，参加第九届国际航空航天展览会；17日傍晚返回沈阳，没进家门，就连夜赶往基地；第二天早晨，又马不停蹄地奔上了"辽宁号"。

医学专家进一步分析，罗阳的生理和心理长期处于亚健康状态，再加上刚从珠海归来，马上置身于冰冷的北国海上，两地温差达到40多摄氏度，血管骤冷骤热。还有，海上的不规律生活和巨大的情感起伏，更加剧了这种失衡……

即使是钢铁，也有疲劳限度。超过承载，就要断裂。罗阳本人就是研究玻璃和金属疲劳的专家，却没有意识到自己的身体。

这是一个遗憾的疏忽，这是一个罕见的偶然，却不幸发生在了罗阳身上。

为了在遗体僵硬之前换上一件正装，让他体体面面地上路，伙计们在他的行李箱中翻找。没有西服领带，只有那一件海蓝色夹克。

这件工装，原本就是他准备出席庆功宴会的最体面的礼服。

伙计们面面相觑，再次号啕大哭。

于是，大家一起动手，把这件他最喜爱的海蓝色夹克，穿在他身上。

这是他最深的牵挂，这是他永远的梦想！

十四

庆功宴前，大将倒下。

现场的气氛，骤然由大喜转至大悲。原本丰盛的晚宴，顿时索然无味，草草收场。

当天傍晚，中国航空工业集团公司董事长林左鸣率各路大员，陪同罗阳遗体从大连返回沈阳。原定直接送往龙岗殡仪馆，但沈飞和沈阳飞机设计研究所的战友们，坚决要求他们的罗阳最后一次回家看看。于是，大家决定，遗体在厂区内绕行一圈。

当车队进入沈飞大门时，已是晚上 8 时了。

长长的试飞跑道上，没有一盏灯，黑黑的。大家自觉地把上千辆私家车排列在跑道两侧，打开大灯，雪白雪白，照亮着他回家的路。那一夜，雪花飘飞，银屑满地，上万人默默无语，泪流满面……

灵车驶出厂区之后，突然有人想起了罗阳母亲。79 岁的老人家只有这一个儿子，而罗阳更是一个大孝子。这最后的时刻，应该让他们母子见一面啊。

于是，大家紧急商议：让罗阳轻轻地从母亲的窗外走过，悄悄地看一眼。

于是，浩浩荡荡的车队，熄灭大灯，禁止鸣笛，蹑手蹑脚。

罗阳母亲就住在三楼，就是临街的那一扇窗，里面灯光明亮，笑语喧喧，电视里正在播放一台庆典晚会。老人家已经从儿媳处得知儿子今天晚上就要回家的消息，正在满心喜悦地等待着。她多么祈望儿子的平安归来啊，多么希望疲惫的儿子能躺在自己的床上，像婴儿一样酣酣地睡觉、打鼾，而她，就那样静静地看着儿子、看着儿子……

但是，可敬的可怜的母亲啊，您不知道，您的儿子此时就在窗外，就在窗外，只是他已经永远永远地睡着了……

十五

2012 年 11 月 25 日，中国官方正式宣布："辽宁号"航母已经顺利完成舰载机起降训练任务，舰机适配性能良好，达到设计指标要求。

至此，歼 -15 舰载机终于拨开神秘的面纱，展示在世人面前。同时，这也表明，作为中国自行设计研制的首型舰载机，歼 -15 已经完全具备与世界各国现役舰载机并驾齐驱的能力！

罗阳陨落了。

但他的梦想已经起飞。

他的笑容，他的笑声，写满了中国的万里空疆！

祖国，终将铭记那些忠于祖国、奉献于祖国的人！

（发表于 2013 年 1 月 9 日《人民日报》）

寻找"红衣姐"

吃完早饭，她去缴纳社保金。

出门时，竟然鬼使神差地穿上了那件崭新的红上衣。她已经好多年没有这般心情了。

镇上的社保所，就在她居住的小巷口。小巷里挤满了一棵棵粗大的芒果树，翁翁郁郁，密密匝匝，仿佛童年斑斓的记忆，宛若青春蓬勃的梦想。

小榄，是中山市的一个镇，毗邻深圳、香港、珠海和澳门，以盛产菊花闻名，更是珠三角的工商重镇。一座小镇上，并列着六七家上市公司和二十多个"中国驰名商标"厂家。

不啻说，这是一个比较富裕的地方。

但是她啊，却是一个苦命女人。

1959年，她生在一个偏远农村。少女时期，她是村里最漂亮的姑娘，人见人爱，花见花开。只是家里太穷了，兄妹五个，她是老大，又是女娃，初中没毕业，她就回家种田了。和大多数农家姑娘一样，她，也向往城里的光鲜生活呢。

1985年，经人介绍，她嫁给了小榄镇上的何汝标。丈夫在一个建筑队上班，没有多少文化，只是拥有城镇户口。这在当时，似乎就意味着幸福。

结婚那天，鞭炮铿铿，锣鼓锵锵。父母陪送的嫁妆，除了几件衣被，只有一个折叠沙发。她脸上红红的，眼里亮亮的。那一天，她终于吃到了菊花肉。那是小镇的名吃，也是她的最爱。

嘴里香香的，心里甜甜的。未来，也会如此香甜吧。

可是，她错了。

一

缴社保金的人太多了，队伍又粗又长。看来，即使在这里，也是低收入家庭居多啊。

她叹一口气。回去吧，反正自己最富裕的是时间。

婚后，她和丈夫居住在一间狭窄的小屋内，那是婆家分给的唯一财产。

几年后，两个儿子相继出生。生活，变得愈发逼仄起来。更逼仄的是，随着社会变化，国有企业纷纷改制，丈夫下岗了。原来引以为豪的城镇户口，已经贬值。

最可怜的还是自己，既没有城镇的户口，也没有农民的土地，更没有分文的收入。

那些年的苦日子，真是羞于言说啊。家里连一台电视也没有。孩子们的童年里，没有玩具，没有春晚，没有铁臂阿童木。

后来，她和丈夫把住房一分为二，临街开起一个小吃店，经营最简单的饭菜。另外，还买来一台电磨，加工大米，做米浆、米粉，或酿酒。经营面积呢，只有十多平方米。

这，大概是全中国最小的饭店吧。

更说不出口的是，全家四口人，只能挤住在一张床上。

小店的门口，是一条小河，鱼儿嬉戏，历历可数。河水清清，流动着黑黑白白的日子……

二

她继续往回走着，拐进了小巷里。

前些年，这里开办了各种各样的饭馆、美发店，热闹得像集市。霓虹灯闪烁着诡谲的光亮，给这座城市的富足和欲念，涂抹上了一层别样的色调。

她和丈夫也决定扩大规模。他们把家底全部押上，又借款五万元，把原来的房屋拆除，重新盖起一栋上下两层的楼房：八十平方米，上层居住，下层经营。

这样一来，生意渐渐红火起来。

但是，不知从什么时候起，门前的小河浑浊了，鱼儿消失了。一年四季，每每有浓浓的腥臭，纠缠小店。她感觉，这日子，越来越变味儿了。

五年前，因为环保和旧城改造，小吃店关闭。

似乎是转眼间，两个儿子长大了，先后考上大学，一个在广州，一个在中山。每年的费用，要两万元。而家里的外债，还没有还清呢。每当孩子开学的日子，都是她最尴尬的时间。

丈夫老实，木讷，没有技术，只得去做"摩的佬"。而她呢，不得不去捡废品。

不消说，她是小镇上的贫穷的人！

某一天，她猛然发现，镜中的自己，已是鹤发鸡皮。

满腹惆怅，霎时肿胀成一座城池。忽地，又像一枚熟透的芒果摔落，哀艳艳，破碎一地。

唉，一掬酸泪，祭奠青春。

三

现在已是早晨九点半，小巷里仍然空空荡荡。人们或在安睡，或在早茶。小镇的人啊，总是那么悠闲。

她常常在这儿拾废品。刚开始不好意思，慢慢地也就无所谓了。这世界嘛，干什么的都有，你开奔驰，我骑单车，各行其道，自得其乐。塑料瓶、废报纸、旧纸箱，都是她的宝贝呢。唉，这些年，什么价格都上涨，只有废品在降价。一个塑料瓶，过去卖一角，现在只值五分；一公斤废报纸，以前售一元，眼下只卖八角。

可别小看捡废品，每月都有百元进项呢。这，正好是全家的菜金。

她也感谢这个小巷。这是她的领地啊，每天生长那么多的废品，那么多的财富。

夏天太热了，汗流不止。可她，从未买过一瓶矿泉水。有时候，看看街边商铺里芳香四溢的菊花肉，嘴巴馋馋，肚子咕咕。但这时，她马上就痛骂自己：猪婆，一盒菊花肉五十元，勿要乱想！

于是，摇摇头，默默走开。

日子灰灰暗暗，总感觉有一群蝙蝠，在头顶上盘绕……

四

突然，一个黄衣男子驾驶摩托车飞奔而来，急火火的，似有天大事件发生。丈夫有时候也这样毛毛躁躁，她总是嗔怪呢。

果然，"啪"的一声，男子口袋里掉下一沓钱。红花花的，撒落一地……

社区干部调查走访后，为自己一家办理了"低保"，还为她安排了工作，在一家商场当清洁工，每月一千四百元。

自己的工资，正好是大儿子的学费和生活费。而丈夫的辛苦，又可以供养小儿子。

两个儿子长大了，个头超出了丈夫，再也不愿意与自己睡在一张床上。于是，打开折叠沙发，挤住在客厅。

常常地，儿子会开玩笑："妈妈，咱们家的生活水准，绝对不亚于李嘉诚。"

她和丈夫，面面相觑，不解其意。

儿子的意思是，大老板吃厌了海鲜大肉，回到家里，多吃萝卜青菜。而这些，正是他们家永远的主食。

但，儿子毕竟是大学生，又是孝顺仔，马上又说："咱们家虽然穷，却能培养出两个厅长呢。"

她更纳闷了。

儿子哈哈一笑："我们常年住客厅，不是'厅长'吗？你更厉害，是两个厅长的妈咪。"

她猛然喷饭，爆发出难得的笑。

她已经好多年没有如此开心了。

只是少顷，笑容又像枯干的蒜皮，纷纷扬扬地飘落下来。

五

她惊呆了，看着地上散落的钞票，足有上万元。

她大喊："佬细、佬细（老板），丢钱了，丢钱了！"

可，"黄衣男"戴着头盔，根本听不见，风一样，跑远了，像在躲避一个抢劫的盗贼……

说起来不好意思，一直到前几年，家里才有了一台电视。那是亲戚淘汰的旧物，值不了几十元。还有冰箱，更是20世纪80年代生产的"东芝"。全中国，也许找不到第二台了。

平时，她在商场做清洁工，每天八小时，拖地，扫地，装货，卸货。业余时间，就是捡废品。

废品就放在楼下关闭的小吃店，有上万个瓶子、数千公斤纸箱和报纸。她盘算着，如果涨价，一定能卖出一个好价钱。别人在炒股票，炒房产，炒黄金，而她，在炒废品呢。哪怕每斤上涨五分钱，她的储藏也能多赚几百元呢。那是她，最热切的梦想……

还有那台电磨。邻居们登门磨米，每次都会留下三两元。

小巷里，弥散着米粉和米酒浓浓淡淡的香甜。那是南国的味道，那是生活的味道……

六

她的双脚，紧紧地踩住钞票，唯恐被风偷去，被人抢去……

她瞪大眼，呆呆地站着，不敢弯腰，双手死死地按住身上装有自己社保金的口袋。她害怕混淆、说不清楚。

唉，这个善良的女人啊。

大儿子去年毕业，到一家灯饰厂打工，每月竟然拿到两千八百元，是自己的两倍。儿子有知识，有技术啊。

前些天，儿子悄悄告诉她，喜欢上了一个姑娘。

一想到娶媳妇，而且要娶两个，她的头就膨胀了，哎哟哟，受不了，受不了，那需要多少钱啊。

七

足足过了五分钟，"黄衣男"终于又急火火地跑回来了。

她还在那里站着，直挺挺的。

她吼道："你带这么多钱，为什么不小心？喊得我喉咙疼。"

二十多年来，在人前，她总是自卑，畏畏缩缩，像刺猬，像含羞草。而现在，那么理直气壮，堂堂正正。这在她的人生中，绝对是第一次。

"黄衣男"的脸，红彤彤的，蹲下去，低着头，快快地捡钱。

"你的钱一张也没有丢！你慢慢捡吧。"她再次大声说，那么笃定。

说完，她就转过身去，走了，走进了小巷深处，像一尾小鱼，唼喋一下，游进了水底。

…………

这件事，就这样过去了。压根儿也算不上什么新闻。

我们的身边，每天不都在发生着这样细细碎碎的故事吗？这就是平平常常的日子，这就是原汁原味的生活！

只是，事件现场附近的阳台上，正好有一个看风景的人。他目睹了这一切，感觉好奇，便掏出手机，顺手定格了这一瞬间。

这一举手之拍，便使得原本的风平浪静，惊起了满城风絮。

八

这位不知名的旁观者，虽是有心人，却不够专业。他只是拍了两个背影：一个穿红上衣的女人，双脚踩住钞票，等待失主到来，而后悄然走开。

这是一个自媒体的时代，人人都是记者，手机有时就相当于报纸。

照片，微博发表之后，最开始，只有他的朋友圈关注，几个人，最多几十个人。但，谁也没有想到，很快，就产生了剧烈的蝴蝶效应。

是啊，这件事虽然平常，却又不平常，在这么一个物欲横流的社会生态中，在这么一个金钱至上的南方小镇上，却发生了这样一件温馨小事，真情！暖人！

于是，朋友们手指一点，转过来，传出去。

于是，小镇上的数十万根手指，不谋而合地揿动着同一个程序……

一颗心，感染另一颗心；一群人，感染另一群人。这股热流，一夜之间，蔓延了小镇，成为人们当天晚餐的热议。

第二天早晨，这则消息，赫然登上了本地报纸的头版。

这一来，风声更大了。

这是一个信息时代啊，人与人之间，相距那么远，却又那么近，人心那么冷漠，却又那么热切、那么敏感。敏感到就这么一件小事，却把全城人的心，悉数激活了。

似乎是，人们一下子又变得简单起来，真诚起来。

于是，小镇上的二十多万人群情激奋，纷纷感叹，纷纷呼吁，要求官方出面，把这个"红衣姐"找出来！找——出——来！

而我们的主人公，根本无意识。

她只收旧报纸，不看新报纸。

这股风，越刮越猛烈。第二天中午，已经成为全城的呐喊。以至于，镇政府不得不决定，借助公安，循着街头沿途监控，全城搜寻。

这个"通缉犯"，似乎在刻意地玩悬疑，躲猫猫。她只留下一个红色的背影，像一簇火苗，又像一团迷雾。

数个监控摄像显示，这簇火苗，这团迷雾，在社保所门口，露一下头，撤出；离开事件现场，向小巷走去；而后，拐进了一条河边小路。再往后，就彻底消失了……

当天下午，当地多家媒体和镇政府一起，组织数十个人，开始在附近地带进行地毯式搜寻，把所有晒红衣服的家庭都问遍了，把所有的门板都敲响了……

傍晚时分，仍然没有踪迹。

大家有些失望了。

此时的太阳，如同一个没落的君王，在迷乱的云层中沉降，最终被吞噬净尽。天空，陡然颓败成一片雾霾般的铅灰。

九

她家的小楼临近河边，屋门紧闭着，像一个缄默的嘴巴。

一位阿婆前来磨粉，敲门，无声，便大喊："阿娣，阿娣，磨粉呢。"

"好呢。"门开了。她，探出头来。

这时，正在河边愁烦的记者发现了她，急忙跑上前："阿姐，你认识这个人吗？"说着，打开报纸。

她一看，惊呆："你找她干吗？"

记者敏感地捕捉到了她脸上的闪电："阿姐，这是你吗？我们是记者。"

她吓得脸色煞白："出了什么事？"

记者已经认出她，上前一把抓住，唯恐跑掉似的："终于找到你了！"

她更害怕了，浑身颤抖，惊骇万分："是不是钱少了？妈祖做证，我没有拿，连腰也没有弯一下！"

"阿姐，不是的，不是的。你误会了！"

…………

一会儿后，她开心地笑了，笑成了一朵花——菊花。

那是小镇的象征！

十

该晚，大儿子打来电话："红衣姐，你真棒！"

而小儿子，则戏谑地与她谈判：以后称呼要变一变，不唤妈，改称姐，哈哈。

半夜时分，"摩的佬"也回来了。昨天以来，他的手机也频频收到类似信息，他也在密切关注小镇上的这一"突发事件"。只是，他万万没有想到，事件的主角，竟然就是自己的老婆。今天，他的生意格外好，赚了七十元。

回家的路上，他狠狠心，用全部的收入，全身的豪气，买下了一盒上等的菊花肉。他双手高捧着，敬献给自己一生一世的爱人："红衣姐，给你！"

她一时无语，脸色竟然羞红，像新婚。

自己的丈夫啊，还是那个老实人、闷头货，但是蛮可爱的。那是她的最爱，那是她的生活——踏踏实实的生活！

是啊，生活正在变得好起来。自己的工资，上个月已经涨到了两千元；门口的那条小河，也在渐渐清澈起来，小鱼们又回来了；儿子的对象基本确定了，这件红上衣，正是女孩前几天主动送她的；还有，楼下积累如山的废品，更是潜力股呢。

小巷里的芒果树，在悄悄结子。小小的青胎，像一个个感叹号，像一个个宝葫芦，更像一颗颗普普通通，却又朴朴实实的心……

是的，不能成为一棵大树，做一株小草也好啊，只要心是绿的。

只要拥有一颗翠绿的爱心，自己，就是幸福的！

我们的主人公，名叫冯欢娣，系中山市小榄镇新永广场清洁工。

这个故事，发生在 2014 年 6 月。

（发表于 2015 年 4 月 15 日《人民日报》）

党参沟纪事

2014 年 5 月，我在甘肃省定西一带采风。

出临洮县城，东南行。此地属黄土高原深处，沟壑纵横，梁峁起伏。过窑寨镇，土路颠簸。约十里，浑然进入一个山坳。四周坡面高高低低，皆梯田。层层田畦，叠叠青翠，向山顶蔓延，宛若巨人登天的阶梯。梯田角落处，栖息着一簇簇人家。

路人告诉我，这是翻山村。

在小村南头，我叩开了一户人家的门……

杨德茂老汉正在小院里喂骡子。

黑黝黝的骡子，抬起头，惊奇地看着我，宛若天外来客。清澈纯净的眼睛，仿若一个婴儿。

他的妻子，高高的个头，健实的身板，看到我进门落座，便喜盈盈地端出一盘黄灿灿的油馍，一杯绿茵茵的茶水。

这是一个精致的四合小院，高门大窗，遍贴瓷砖，水泥地面，平展洁净。屋内更是一尘不染，摆满了时尚用品，冰箱彩电，音响电脑。中堂和四壁，则张挂着几幅精致的字画。在这深山里，竟然包藏着这么一个充满现代文明气息的院落，真是让我惊奇了。

但，大大出乎意料的是，58 岁的杨老汉，和他的妻子，居然目不识丁，且满口方言，难以沟通。

我猛然醒悟，这里毕竟是远离世界的深山一隅。

虽然不识字，却识数，会写阿拉伯数字，千千万万地计算，都难不住。几十年来，蜗居在黄土深处，生存和生活，算计和计算，只是一种本能。

虽然不识字，却知足，脸上铺满着舒展的笑纹，一如阳光下的黄土高原……

黄土高原从何而来？

长期以来，"风成说"渐成共识：黄土来自其北部和西北部的蒙古高原以至中亚等浩瀚的干旱沙漠区。亿万年来，冬春季节，这些地区西北风盛行，狂飙骤起。粗大的石块，留守原地，成为"戈壁"；较细的沙粒，落在附近，聚成沙漠；而细微的粉沙和黏土，纷纷向东南飞扬。当风力减弱或遭遇秦岭和太行山地的阻拦，便飘落下来，积累成一片62万平方公里的深厚黄土。

生命和生物开始繁衍，文化和文明渐渐发酵。于是，寄生在这片土地上的人群，便与这片土地染成一色，融为一体，成为一个民族最鲜明的胎记和宿命。

黄土高原，中华民族的胎盘！

翻山村的历史，只有几十年。

陇中苦瘠，甲于天下。史籍上，"禾麦无收""民大饥""人相食""积尸梗道"的记载，比比皆是。而这里，更是处于陇中最偏远的地方。

民国十八年(1929年)早春，为了躲避血腥的战争和兵匪抓丁，杨德茂的爷爷伙同尹姓、魏姓几个青年，从临夏州和政县一带，逃进了这片荒无人烟的深山。走过一道道山谷，终于在谷底发现一注拇指粗的泉眼。于是，几个人掘土为穴，盖起几间草房，决定就此定居。而后，一人留下看守，别人各自回家，搬迁家眷。男人们挑着全家的行李，翻山越岭，日夜奔走，双肩磨得姹紫嫣红。女人们都是三寸金莲，更是双脚血肉模糊。

野山无主，取名大峪沟。

大峪沟内，只有一丛丛稀稀疏疏的荆棘，爬满了所有的山坡，是这里千年的主人。人们披荆斩棘，放火烧荒，开垦野田，播下种子。

生命一如荆棘，在贫瘠的山坡上扎下了根。

四面黄土高坡，就是他们生存的世界。于是，由近及远，一块块巴掌田、眉毛田、卧牛田、草帽田诞生了。于是，土豆、小麦、谷子、糜子、胡麻和荞麦们，悄悄地安家了。

后来的岁月里，老家的亲属和邻居陆续迁来。渐渐地，这里形成了一个遗世独立的自然村落。

小村叫什么？有人说，我们翻山而来，就叫翻山村吧。

大河流过，嫁与高原，是为黄河。

几十万年，黄河与黄土高原，形成了一个固定的结构和体系，像一棵根深叶茂的大树，绽放出一枚枚神秘的生命之花，孕育了这一方水土的生物进化，于是，东方农耕文明早期的曦光出现了，女娲、黄帝、伏羲们影影绰绰地登场了……

亿万条沟壑，千百条支流，汇于一身。黄河浩浩东流，一个广袤的大平原形成了。若干的朝代，若干的文化，无数的英雄，苦难与辉煌，流成了一曲唏唏嘘嘘、纷纷繁繁的历史……

20世纪60年代，这里已经繁衍成一个四五百人的小村了。四面山坡上，是多年开垦的4000多亩坡耕地。

此地土壤颜色灰黄，俗称白土、傻白土，有机质含量低，且土质疏松，抗蚀力低，是典型的低产田。

最主要的是干旱。

全村人吃水仍是依靠那一眼山泉。只是，泉眼在谷底，人们住在四周的山坡上，挑水上山，格外苦累。

更苦累的是耕牛们。山坡上耕种，特别费力。由于受力不均，牛脖子被缰绳勒磨得鲜血淋淋。更有饥渴难耐、筋疲力尽的牛儿，站立不稳，头重脚轻，从山坡上滚落下来，立时毙命。

比牲口更加饥渴的是庄稼们。本来都是耐旱作物，但从正月到六月，常常晴天丽日，空空无雨。满坡的小麦，稀稀黄黄，瘦弱如牛毛，不能结籽。这时候，赶紧犁掉，种上荞麦、糜子。这样的年景，只能种一坡，收一车，打一斗，煮一锅。

饥饿，干渴，疾病，苦累，杨德茂的爷爷、奶奶、大伯等长辈，大都是中年离世。

在生活和生产中，人们越发认识到土豆是生命和生存的最好伴侣。

土豆，又名洋芋，俗名山药蛋，康熙年间从东南沿海传入，因其耐旱，高产，且亦粮亦菜，成为当地人们的主食。婴儿认识世界，第一个是母亲的乳房，第二个便是土豆。

坡耕地种土豆，正常年份亩产2000多斤，拳头大小。旱年呢，只有三五百斤，大的像鹌鹑蛋，小的像羊粪球儿。

最稀缺的是水，最浪费的也是水。

全年的降水，多集中在七八月。突然电闪雷鸣，黑云压顶，天兵天将，骤然而至。雨水奔流而下，在山坡上，在耕田上，冲出一道道沟壑，像一道道血淋淋的伤口。

苦苦期盼的雨水，化作满沟黄黄的泥浆，流进山那边的洮河，汇入更远处的黄河……

看着匆匆而去的流水，村民们是多么地无奈啊。

清同治、光绪年间，左宗棠任职陕甘总督12年，多驻防兰州。戎马倥偬之际，左氏颇兼顾地方民政。

光绪初年，陇中连年大旱，赤地千里，野无绿色，饿殍遍地。

光绪二年（1876年），左宗棠在写给皇帝的奏折中发出了"辖境苦瘠甲于天下"的哀叹，希求"各省关协济"。

杨德茂生于1955年。

赤贫，村里没有学校，他，生来便与读书无缘。

虽然不识字，却认识各种野菜：苣麻、蕨菜、马齿苋、婆婆丁、小根蒜、猪毛菜……他每天的工作，就是背着荆条筐，攥着小铁铲，在山坡上盘桓。所有的野菜，都是他童年的伙伴。

村西头是尹家，生下一儿一女。儿子脑瘫，智商停滞在婴儿阶段。女儿桂兰却是眉目清秀，人见人爱。

儿子长到 10 岁，吃遍山间草药，仍然不见起色。尹家母亲每日长吁短叹，以泪洗面。

桂兰 12 岁时，母亲去世了。

20 世纪 70 年代，村人终于认识到，命运是可以改造的，梯田可以蓄水，梯田可以丰收。

于是，全村的青壮劳力，便开始了愚公移山般的修造梯田工程。

死土深翻，活土还原，大弯就势，小弯取直，这是工程要领。全村只有两辆架子车，大量的黄土只能依靠背篓搬运。荆棘编成的背篓，装得满满，从这里到那里，从坡下到坡上。三百六十五天，天天拼命干。

…………

几年过去了，桂兰出落成一个葱俊的大姑娘，身高一米六八，是公认的"村花"。

杨德茂和尹桂兰，共同参加生产队劳动，一起修梯田。每个男人每天要背运 10 方土。女人呢，8 方。背不完，不许回家。

桂兰个头高，有力气，又勤快，总是第一个完成任务。后来，全村姑娘组成一个整修梯田突击队——"铁梅队"，她被选为队长。时时刻刻流大汗，日日夜夜修梯田。

但她毕竟是一个姑娘啊，有着自己的心事，自己的苦恼。看着挖不完的大山，背不动的夕阳，想着自己的未来。夜静时分，面对大山，尹桂兰常常痛哭："把我嫁出去吧。"

是的，山外提亲的媒人很多，男方条件也很好，甚至还有吃商品粮的。这些，都摇晃着她的心。

但镇定后，还是不忍。父亲呢，傻哥哥呢？

饥饿的高原，干渴的大山。沟底，是一条通往公社的路。从那里，又通往县城，通往兰州。

但，那一条路，太遥远了……

1972 年到 1973 年夏天，定西一带连续 22 个月无雨，数百万人缺粮缺水。国务院总理周恩来十分震惊，潜然落泪："解放几十年了，老百姓还这么困难，我有责任啊。"

1974年，又一份灾情报告放到面前。刚刚做过癌症手术的周恩来，在报告上连续写下9个"不够"和3个感叹号："口粮不够，救济款不够，种子留得不够，饲料饲草不够，衣服缺得最多，副业没有，农具不够，燃料不够，饮水不够，打井配套都不够，生产基金、农贷似乎没有按重点放，医疗队不够，医药卫生更差等，必须立即解决。否则外流更多，死人死畜，大大影响劳动力！！！"

在山区里，一个大男人倒插门到女方家里，是一件很落面子的事情。但他有什么办法呢，总不能打光棍啊。

尹家父亲的心思，就是招一个上门女婿，改换姓名，延续后嗣，为自己养老，同时照顾脑瘫的儿子。

在村人的撮合下，杨德茂成为首选。他个头不高，比桂兰还要低半头，但他老实、勤快、手巧。

1978年冬天，两人结婚了。没有一杯酒，只有一碗菜：土豆和土豆粉条。

他们像两根苦命的荆棘，缠绕在了一起。

作为新婚的纪念，两人决定去一次县城。临行前，父亲给了2元钱。凌晨3点就出发了，步行8个小时，才走到临洮。那是他们第一次看到外面的世界：柏油路、自行车、汽车、商场、学校……午饭时，每人用1角5分，吃了一碗臊子面，这是他们有生以来的第一顿美食。在商场里，桂兰看中了一个手电筒，按一下开关，光柱雪亮，走夜路，能照明。想买下来，却需要2元5角。她吐吐舌头，赶紧缩回手。

第二年，分田了。他们家分到15亩地和一头小骡驹。

这15亩地，除了3亩梯田，全是坡耕地，分十二块，零零散散地挂在周围的山坡上。

杨德茂和尹桂兰规划了一下，梯田和一半坡耕地，种土豆和小麦，这是生活的根本。另一半坡耕地，则种糜子、油麻、豌豆和饲草，这些都是生活的枝叶。

小杨有的是力气，最不惜汗水。坡耕地干旱，夏日雨水存不住，冬天的冰雪倒是有办法。于是，从冬天开始，他把屋前屋后，村路两侧的积雪和冰块，都背到自家坡地里，堆成一座座冰山，等待融化为春天……

这一年，老天帮忙，没有旱灾。坡耕地的小麦亩产超过 300 斤，而梯田小麦则破纪录地达到 600 斤；土豆呢，坡耕地亩产 4000 斤，梯田竟然达到了 8000 斤。

这是祖祖辈辈的最好收成了。

此地属黄土高原丘陵沟壑第五副区，海拔 2200 米左右，平均年降雨量只有 380 毫米左右，年蒸发量高达 1500 毫米以上，干旱少雨，生态环境酷劣，水土流失严重。

1982 年夏天，联合国粮农组织有关专家来到定西一带考察，临别时留下一句沉重结论："这里不具备人类生存的基本条件。"

孩子陆续出生了，女娃名叫海霞，男娃取名海军。

为什么都带有"海"字呢？那是对水的苦盼吧。

日子刚有起色，却阴阴晴晴，捉摸不定。

海霞聪明可爱，长到 4 岁，却突发癫病。频频到县城治疗，总也不见好转，时时发作。

桂兰哥哥的脑瘫，更是无可救药，而且随着年龄增大，脾气越来越暴躁，常常砸锅摔碗。一年冬天，竟然出走，直到 4 天后，才在邻县的山谷里找到，双脚冻得溃烂。父亲帮着用中药水洗脚，他却骂骂咧咧，屡屡踢翻水盆。

桂兰父亲原本病弱，在极度的郁闷中，气竭而亡。

而可怜的海霞，在耗尽家财之后，也不治而去。

生活，一下子濒临绝境。

所幸儿子是健全的。只是巨大的丧女之痛，无处排遣。这时，好心人上前耳语，邻近康乐县山村里有一穷汉，连生三个女娃，生活难以为继，希望有人抱养。于是，杨德茂和尹桂兰东挪西借，凑齐 100 元钱，又送上两袋小麦，换回一个女婴。

女婴叫什么呢？仍然取名海霞。

海军和海霞逐渐长大了，都送到邻村上学。他们夫妻没有文化，但决计要让孩子们读书。

按照婚前约定，儿子随女方姓尹。但儿子上学时，同学们常常在背后指指戳戳。此时，饱经磨难的他们，已经看透世俗，不再顾及。桂兰毅然决定，让儿子改归父姓：杨。

有一天，女儿跑回家，哭着说，别人都说她是抱养的。

尹桂兰一把抱紧女儿，他们瞎说，你是妈妈的亲女儿！

真的吗？

真的！真的！

女儿仍是委屈地哭。桂兰拿出一块糖，塞进女儿嘴里。这是女儿第一次吃糖，这原本是准备送给女儿的新年礼物。

女儿笑了，嘴里甜甜的，心里甜甜的，两腮绛紫的高原红，变成了两抹鲜红的胭脂。

…………

孩子们上学走了，夫妻去种土豆。

4月初，从窖中取出种薯，放在温暖处催芽。几天后，薯芽萌动，用刀将薯块切开，每块各带一个芽眼。草木灰搅拌，晾干后即可播种。

入土一个月，发芽儿。叶呈卵圆形，类似荆棘。

六一过后，太阳渐热，地温渐高。株苗像儿童发育一样，迅速长至少年，三四十厘米高。

7月中旬，开花了，一簇簇，像喇叭筒，或紫或白，烂烂漫漫。但这些花啊，只是绽放美丽，却与果实无关。每一朵花凋谢之后，蒂结成一枚青胎，似珊瑚球，又像青樱桃，要及时掐掉。

8月，雨水集中，正是土豆长身体的时候。娃子们在地下日日夜夜地歌唱着，膨胀着。只需一个多月，俱已成年。

一夜秋风，满山金黄。打开黄色的土地，全部是金黄色的土豆。这些粗粗糙糙的块茎，在山民们心中不啻是一块块足赤的黄金呢。于是，他们的心中便填满黄金色的满足了。

土豆，像木讷的兄弟，或憨厚的父亲，朴实，有力气，无怨言，随遇而安，默默长大，养活着人类。

哦，土豆，真是一个伟大的种类啊。

1996 年，国家在干旱半干旱地区实施"121 雨水集流工程"：每家建立 100 平方米左右的屋顶和庭院集流面，打两眼水窖，发展一处有灌溉保障的庭院经济。由国家无偿提供主要建材，农户只需自备砂料，并出工出力即可。

此项巨大工程，基本解决了这类地区的人畜饮水问题。

人畜饮水问题解决了，但土地呢，庄稼呢？

1999 年，海军高考落榜了。

落榜第二天，他就随着父亲，默默走上了山坡。他似乎早就意识到了这一天。他的个头不高，和父亲差不多，但他有着自己的打算。

仅仅一年，海军便掌握了全套农活。面对家里众多坡耕地的种植，他接管了父亲的指挥权。

3 年后，海霞也落榜了。

她更没有气馁，决心去南方打工，闯一闯山外的世界。

海军终于亮出了主见：3 亩梯田全部改种党参！

党参是传统中药，有养血益气、生津止渴等作用。近几年，村里一些农户开始在坡耕地上种植，自己家也试种了两亩。由于水土条件没有保证，收成并不稳定，亩产成品只有 100 多斤。价格呢，每斤只有五六元。但海军有着一种别样的预感。

父亲不同意。小麦是四季的吃食，必须保证。梯田全种党参，将来吃什么？

这是父子的第一次争执。

但儿子的决心，像大山一样坚定。

2001 年春天，杨家的 3 亩梯田，全部种上了党参。

党参是什么样子呢？略呈纺锤状、圆柱形或长圆锥形，嫩白，晾干后呈淡黄色，多环状皱纹。气微香，味甜，嚼之无渣。《植物名实图考》载，党参，山西多产。蔓生，节大如手指，秋开花如沙参，花色青白。

出去 3 个月，海霞寄钱回来了。同时寄回的，还有一张照片。照片中的女儿，已经完全变了模样：穿着花裙子，留着披肩发，脸上的高原红也消失了。女儿在杭州一家超市当收银员，豪言要扎根城市。

这一年秋天，杨家党参亩产达到 400 多斤，是坡耕地产量的 4 倍。

截至目前，我国耕地面积 18.26 亿亩，其中坡耕地 3.59 亿亩。

据测算，半个世纪以来，全国因水土流失毁掉的耕地达 5000 万亩，平均每年 100 万亩，其中绝大部分为坡耕地。

有关专家据 2000 年数据分析，水土流失一年的经济损失至少在 2000 亿元以上，相当于当年全国 GDP 的 2.25%。

山外的世界，渐渐丰饶起来。

党参不仅具有极高的药用价值，更是城里人美容、美食、养生的尤物。医药学家经过反复研究，终于发现优质党参的最佳生长条件：海拔 1800—2300 米，气候阴凉，降水量 400 毫米左右，疏性土壤。而陇中地区，恰巧符合这些条件。

此地出产的党参，长约一尺，独条，毛根稀少，白嫩，俗称"白条党"。

这，正是党参家族的上品！

…………

党参价格一路看涨。

村里的梯田全部种上了党参。

2008 年，国家进一步推动"坡耕地综合治理"工程。甘肃省更是一马当先，做出了 5 年新修 500 万亩梯田规划，对每亩新修梯田补助 400 至 1200 元，并由各级水利部门牵头落实。

一时间，各地再次掀起修造梯田的热潮。

时代进步了，推土机、挖掘机的巨手和神力，早已替代了人工。过去每人苦干一个冬天，只能修造两分梯田。现在，一台推土机，5 天即可造田一亩。

小村人开始了痴情的等待。

这一年，杨海军再次提出了一个惊人计划：自费修梯田！

杨德茂惊得目瞪口呆。国家鼓励修梯田，而且有补助，为什么不等待国家优惠政策呢？自费修造，每亩成本最少 1400 元，全家 12 亩坡耕地，需要多少钱？

儿子说，国家规划优先从大流域开始，循序渐进，蚕食死角。我们这里最偏僻，且地形复杂，处于规划的末端，等待国家补助，遥遥无期。

钱呢？那可是一大笔资金啊。

早一年修成梯田，种上党参，一年就全赚回来了。

可是，眼下，从哪里筹集这么多钱呢？

父子俩激烈地争论着。

这时候，尹桂兰说话了。

原来，每年年底，女儿都会孝敬她一笔钱。尹桂兰悄悄藏起来，分文不动，准备用在将来的某一天。

如今，在梯田问题上，这个当年的女子突击队队长，鲜明地站在了儿子的身后。改变祖祖辈辈的困境，她早已迫不及待了。她决定把多年积攒的女儿的嫁妆钱和自己的养老费，全部拿出来！

2009年冬天，杨家人耗资两万元，雇来一辆推土机，开始了一项家族史上最大的建设工程。

两个月后，杨家12亩坡耕地，全部改造成标准化梯田！

水土保持的原理，就是利用工程措施和植物措施，把地势变得平缓，改变微地形，消化径流，使水不下坡，水不出沟，最大限度地消弭洪水灾害。

这其中最好的办法，就是在适宜地区将大面积坡耕地改造为梯田！

据测算，每亩梯田可以拦蓄40—70立方米雨水。

梯田，不仅保持水土，更从根本上改变了农业生产条件。

果然，2010年，党参时代到来了。

2011年，每斤价格涨到30元；2012年，更高达40元。

与此同时，整个大峪沟的坡耕地，通过国家补助和自家修建两种形式，几乎全部改造成了梯田。埝宽地平、满目青翠，像一条条舒缓的缎带，缠绕在梁峁之间。

海霞在杭州打工，几番梦想，几番碰撞。后来，干脆回到临洮县城。

这一年，她结婚了。

尹桂兰不仅为女儿置办了一套丰厚的嫁妆，还把女儿几年来的孝敬金，全部还给了她。

女儿跪在母亲面前，泣不成声。母女连心，只有她，明白母亲心底的苦和愿。

这期间，发生了一个插曲。女儿的亲生父亲，竟然找上了门，以亲戚的身份参加了婚礼。这个当年的穷困汉子，如今已经养羊致富，酒醉后，叫嚷着要认下女儿。杨德茂和尹桂兰赶紧冲上前，捂住了对方的嘴巴。原来，双方曾有一个严格约定：只要尹桂兰在世，女儿不能认亲！

从此之后，尹桂兰常常郁闷，女儿知道自己的身世吗？知道后怎么办呢？

《人民日报》2011年8月3日消息：记者从全国坡耕地水土流失综合治理工程会议上获悉，我国将加大坡耕地综合治理力度，到2020年建成1亿亩标准化、规模化高标准梯田，使项目区增产粮食100亿公斤，有效控制水土流失，缓解江河湖库泥沙淤积，稳定解决山丘区群众的生存和发展问题。

农历二月初十，大地刚刚解冻。

整个大峪沟，开始忙碌了。

第一道工序是挖苗。从去年培育的苗圃里，把党参幼苗挖出来。鲜鲜嫩嫩的小白条，像茸毛，像银鱼。扎起来，埋在阴凉的湿土里。

第二道工序是整地。梯田已经苏醒，雪水、鸟粪、腐草，经过一个冬天的阳光，积攒了足够墒情。再把二铵、尿素、复合肥、农家肥敷满，用犁铧翻埋到地下。

第三个工序就是摆苗了。耙平地面，开沟，把苗儿整整齐齐地摆放在沟沿上，株距2—3厘米，而后覆土。

…………

每天早上5点钟，杨家全体出动。

本来，依照山里的风俗，嫁走的姑娘泼出的水，娘家田产自动放弃。

但杨德茂夫妻做主，所有梯田一分为二，平时由他们夫妻和儿子耕种管理，收获后兄妹平分。海霞住在县城，农忙时节，回来帮工。

天蒙蒙亮，尹桂兰就起床了，炒几个菜，有鱼有蛋，或炖一锅羊肉。然后，叫醒孩子们，美美地享用。

美餐后，老杨牵着骡子，海军开着三马车，车上坐着母亲、妹妹、媳妇、肥料和党参苗，还有一天的吃食，下地去。

直到太阳回家，才回家。

这样的忙碌，要连续一个月。

…………

党参种下 15 天，默默发芽，类似于土豆的叶片。枝条呢，匍匐在地，互相缠绕，极像荆棘。

是的，土豆、荆棘与党参枝叶形貌俱相仿，但品质、作用和命运，不一样啊。

农历七月，党参开花了，细细碎碎、青青白白，花苞圆鼓鼓，犹如小铃铛，内里似乎藏匿着一个小小气囊，踩上去，像炮仗，啪啪直响。花儿凋谢之后，暗暗结籽。籽如米粒，初色淡青，而后橙黄，最终紫红。

九月霜降，秋风涂黄，万物毕成。

收获的季节到了，全家出动，开始挖党参。

男人挖，女人捡。这人参裸露在阳光下，白白胖胖的，鲜鲜嫩嫩的，有一种醇厚的甘甜味儿，氤氤氲氲，在大地上弥漫……

如今，甘肃省梯田总面积接近 4000 万亩。

梯田，不仅改善了农业条件，更改善了环境。生活在陇中的人们，有一个明显感觉：降雨量增多了。

数据显示：清朝末期，陇中地区降水量 200—300 毫米；20 世纪 80 年代为 300—400 毫米；而这些年，降水量达到了 400—600 毫米。

什么原因？

生态变了！

采访的时候，我见到了尹桂兰的哥哥。他的病情早已稳定，去年办下了残疾证和五保户证，国家每月补助 350 元。

我问尹桂兰，这篇文章如果透露了海霞的养女身世，你会介意吗？

她坚定地说，不会！俺已经想通了，现在谁家都是好生活。孩子认下亲生父母，更好，可以享受两份亲情。但她永远是俺的女儿！

…………

平展如毯的梯田上，党参们像一簇簇绿色火焰，在阳光下跳跃着。

高原无言，吐出亿万青翠，就这样平静着，微笑着。那是中国的笑颜。

哦，绵延万里的黄土高原，那是中国的皮肤、肌肉，也是中国的性格、命运。

不是吗？千百年来，正是在与黄土的相依相持和砥砺开发中，才诞生了丰满而顽韧的中国智慧和中国精神！

（发表于 2014 年 8 月 6 日《人民日报》）

摇着轮椅上北大

她，曾有一双弹跳如簧的腿啊。

在邯郸市实验小学读书的时候，郭晖喜欢跳舞、长跑，穿着漂亮的裙子，跑着，跳着，风的翅膀轻轻地擦过耳翼和双腿，飘飘欲仙，宛若童话中的白雪公主。她是班里的卫生委员。教室在高高的四楼，擦玻璃，双腿猴子般紧紧地缠住窗框，身体探出窗外，摇摇欲坠。老师吓得脸色煞白，她却摇着小辫，嘟起小嘴，嘻嘻地笑……

一次体育课，比赛爬杆，她爬不快，急得直哭。傍晚，毕业于浙江大学、从事力学结构设计的父亲，在操场上手把手地指教，告诉她如何发力。她那精灵般的脚趾心领神会，合力团抱，脚窝一用劲儿，噌地就上去了，灵巧得像邻居家里豢养的猫咪。

父亲悠悠地笑了，笑成了西天明红的晚霞。

她会劈叉，双腿圆规一样，从0度打开到90度，再到150度，直到180度。整个身体渐渐由一个"大"字，变成了一个"土"字；她也会前滚翻、后滚翻，身体如同小刺猬那样蜷曲成球状，在草坪上或毯垫上滚来滚去；她还会跳新疆舞，脖子犹如木偶一样能机械性地错位摆动，两颗黑白分明的眼球若钟表里的猫眼儿，调皮地左右跳跃。女老师煞是惊奇，让她上台表演。班上的小朋友高兴得好似秋后的石榴，一个个笑破了肚皮。

"采蘑菇的小姑娘""我们的祖国是花园"……灵妙的音乐中，她翩翩起舞。两条新藕般白嫩的小腿，宛若小鹿一样轻盈。

那时候，她的梦想是当一名舞蹈演员。

1. 祸起猩红

一切的转折在 1981 年 5 月 9 日。

她刚刚 11 岁，正读小学五年级。

那天上午，阳光明丽，微风轻柔。体育课上，练习跳远。她不小心摔了一下，左膝处隐隐作痛，出现了豇豆大小的一片猩红。

晚上睡觉的时候，细心的母亲发现了，便带她去了医院。

第一家医院诊断是滑膜炎。连续注射三四针封闭，红肿未见消退。第二家是中医院，建议中药治疗。第三家是本市最权威医院。白头发、戴眼镜的老大夫判定是风湿性关节炎，需肌肉注射激素。一个多月，连续 17 针。奇怪的是，病症未见好转，身体却虚胖起来，嘴边竟然长出了毛茸茸的胡须。她吓得直哭。父母急忙向大夫询问，大夫说这是正常反应。

另一家医院的切片化验结果终于出来了，是滑膜结核！

结核，在 20 世纪 50 年代之前被称为痨病，是人类排名头号的不治之症。学医出身的鲁迅先生笔下的病人形象多为结核患者。不幸的是，他本人最终也病亡于此。但现在，人类已经攻克了这个顽症。

北京的几家权威医院，根本挂不上号。

转而向南。她的老家在湖南长沙。

通过熟人，终于住进了当地一家专业医院。

2. 谁偷走了我的身体

此时的郭晖，尚可步行。医生乐观地说，不用多久，你就可以像过去那样蹦蹦跳跳。

天真的小姑娘笑了，心底舞台上的天鹅湖又开幕了。

她曾注射过几个月的激素，结核菌早已在体内扩散，可医生确定的治疗方针是保守疗法，连片子也没有拍。那时候，国家的整体医疗水平还是低下啊。

就这样，阴险的毒菌在她的骨髓里暗燃着、繁衍着，筑起了一个个蜂窝般的病灶。只是可怜的她和家人，还有医生们，都没有意识到。

1982 年 10 月的一天，她突然发起高烧，而且连续几天不退。

三天后的一个夜里，昏晕中的她突然问陪床的母亲："妈，我的身子呢？我的腿呢？"

妈妈摸着她的双腿，惊奇地说："不是在这里吗？"

"没有啊，我感觉不到呀！"郭晖用手狠命地拧着自己的腹部和双腿，居然没有一丝痛感。她想翻一下身，但除了头颅和双臂，浑身都不听指挥了。

刹那间，她明白：自己已经彻底瘫痪了！

天塌了、地陷了，母女两人抱在一起，痛哭着。南方的夜空里，流浪着母女两人无助的歇斯底里的号啕声。

第二天上午，医院赶紧拍片，这才发现，骨结核导致脊椎 7 至 9 椎严重畸形，压迫神经，其中部分脊椎已经损坏殆尽。

医院无计可施，建议他们去北京手术。

留在该院，无异于等死，可长途跋涉去北京，又无异于送死。走投无路时，家人只得把她抬进了长沙市人民医院。

那是一次开胸手术啊。刀口从腋下切开，冰凉的手术刀下，自己的身体像拉链一样被划开了。她甚至清楚地听到了自己肌肉和骨骼分裂的声响，感觉到了温热的血液在汩汩涌出。

她的梦呢？她的翅膀呢？她的羽毛呢？现在，不仅羽毛被拔掉了，连翅膀也被剪除了。

12 岁的小姑娘，看着白白的天花板和医生们在灯下忙碌的身影，忍受着人世间莫大的痛苦与悲哀。

手术只是清除了结核病灶，但高位截瘫已是确定无疑。

父母无论如何也不相信会出现这种结果。他们拼死也不会放弃啊。

1985 年 1 月，父母终于将她送到了位于北京市通县的国内最著名的骨结核医院，进行第二次开胸手术。

这次开胸从背后切入。

术后，她的身体再一次被嵌进了坚硬的石膏里。每天吃利福平等杀菌药，输红霉素。每次五六个小时，剧痛如剐。

对疼痛，她早已习惯。她甚至渴望疼痛，疼痛是存在，疼痛是唤醒，疼痛是幸福，可大部分的身体连疼痛的感觉也没有啊。只要能站起来，不，能爬起来也行啊。

她在疼痛中坚持着，坚持着……她总相信，忍到最后便是希望。

但，希望的影子，最终也没有光临。

3. 双手举起的中学

郭晖的世界，只有两平方米。

撤除石膏后，她仍是只能仰躺，不能侧身，不能翻身，更不能坐起来。近在咫尺的窗帘，她也没有能力去拉开或关闭。想想看，一个脊椎失效的人，还能干什么呢？

白天，父母都上班了，家里只剩她一个人。为了自己，家里已经累债 2 万多元，而父母的月工资相加也不过 200 元。家里连一台电视机也没有，她只能就这样躺着、躺着……

"嘭、嘭……"有人敲门。她无法打开。

忽然闻到一股臭味。原来自己大便了，她没有感觉。

一次，楼上人家装修，天花板和墙壁剧烈地震荡。她以为是地震，吓得嗷嗷大哭，想逃跑，身体却动弹不得。

家里养着一只雪白的猫咪。小猫咪在房间内进进出出、上上下下，无忧无虑地睡觉、自由自在地欢叫。我的生命，还不如一只猫咪啊。

这样活着有什么意思呢？她想到了自杀。

可她，连自杀的能力也没有啊。

父母觉察出了她的异常，就把她的床搬到客厅里。这样，家里来人可以说说话。大家围坐在一起，消除寂寞。还给她买来一个收音机，没日没夜地陪她说话。

楼上有几个小伙伴，也不时来看望她。敲门后，她无力打开。小伙伴们就站在门外，陪她聊天，给她讲学校里的故事。

她仰躺在床上，静静地听着，脸上绽开一缕缕苦笑。

生命的信念，如同一盏油灯，飘飘忽忽地闪烁……

既然生命不能就此终结，那为什么要让时间白白流失呢？

于是，她决定开始自学。她又拿起了小学课本。

叮是，她是一个连翻身的能力也没有的重残人啊。她不能坐起来，只能仰躺着，用双手举着书看。

就这样，无腿的她，开始了一场匪夷所思的攀登。

一起上路的还有她的父母。母亲日夜操劳，端水喂饭，梳头洗脸。她生了褥疮，后背溃烂，母亲时时扶她翻身。她大小便失禁，被子、褥子需要天天清洗。母亲就是一台永不疲倦的洗衣机啊，洗白了黑夜，洗暖了寒冬，手上的筋骨全部变形，其中九根手指竟然变成了曲曲折折的树根状。

父亲早年爱好音乐，拉得一手小提琴。可现在，乐器全藏在了床下，被猫咪咬断了琴弦。他学会了打针，成为女儿的保健医生，每天夜里帮她按摩和屈伸双腿，1次、2次，直至1000次……

固执的父母，总希望突然有一天，女儿能猛地站起来，笑盈盈地说："爸、妈，我好了，上学去了。"说完就蹦蹦跳跳地跑出门。

可，这是一个怎样的幻想啊。

在母亲的搓衣声中，在父亲的按摩声中，郭晖仰躺着，用3年时间自学了全部初中、高中课程。最令人难以置信的是，物理、化学等需要做实验才能弄通的原理和公式，她也全部揣摩透了。

她胸中的世界，慢慢地膨胀起来，有了色彩，有了笑声。

她还不由自主地喜欢上了文学，古典诗词、外国名著、现代小说，等等。在艺术的氤氲中，她悟到了生命的真谛，无意中也觅获了一条通向未来的秘径……

4. 我的大学

要活下去，首先要坐起来。

但要坐起来，是一项多么巨大的工程啊。

胸部以下没有知觉，脊椎无法用力，只有靠臂力带动。可她现在是一个没见过阳光的羸弱女孩啊，就像温室里的一根残缺的豆芽。

母亲在她后背下垫被子，一层、两层、三层……天天加高，每次垫高四分钟、五分钟、六分钟……日日增多。又买来两个哑铃，让她练习臂力。有时，父母一起动手，和她比赛掰手腕……

她已经习惯了仰视，刚坐起来的时候，眼光迷离而散乱。世界在她面前，仿佛一组组摇晃着的镜头。

这个过程整整适应了一年，她终于能够坐起来了。世界在她眼里，各就各位，又恢复了秩序。

好几年没有出门了，她要走出去！

父母为她买了一辆手摇车，时时推她出去晒太阳。

她涩苦的生命，第一次嗅到了阳光的暖香，尝到了微风的甜润，世界真是美好啊！

明艳艳、鲜酥酥、香喷喷的阳光，滋润着她。她那枯黄的皮肤，悄悄地泛起了红晕，像一株孱弱的含羞草，舒展开了叶片。

有时候，她自己摇着小车，在户外观光。虽然蹒蹒跚跚，但那是她再次迈向社会的脚步啊……

一次，她在学校操场散心时，遇到了父亲的同事张老师。

张老师说，最近学校办了一个英语自学考试大专班，像她这种情况可以报名。

大专班的教室在五楼，郭晖怎么上去呢？只有借助父母的后背。

父母已经年近六旬，多年的心力交瘁，营养不良，瘦骨嶙峋，体重只有百多斤。每次都是父母轮流交替着将她背上去。父亲背到二楼，再转到母亲背上；母亲背上三楼后，父亲又接过去。背进教室后，郭晖不能就座，父母就用四张课桌把她的身体挤在中间。大小便失禁怎么办？最好的办法是从前一天就开始不吃饭、不喝水，但女儿饿着渴着，母亲心疼啊，所以，总也不忍给她停饭断水。

于是每次上课的时候，母亲就拿着为女儿特制的如厕木凳，在门外静静等候。每到课间休息时，就急匆匆地跑进去，把女儿背进厕所……

别的同学都是正规高中毕业，系统学过英语，只有她是小学程度。刚开始的时候，她听不懂，跟不上，气得直想哭。

由于是成人自学考试，参加者大都有稳定工作，因此课上，这些健全人大都嘻嘻哈哈，心不在焉。是的，窗外的诱惑太多了。只有她认认真真、字斟句酌。

学校里有两位来自美国的外教——英格和劳荔。郭晖与她们成了好朋友。不久，口语水平大进。

毕业考试的时候，全班 30 多名同学，只有郭晖一次性全部过关。

接着，她又报考自学本科。

两年后，再次顺利通过。

5. 致敬山东

1996 年初，山东大学在本市开办英语研究生班。

郭晖打算报名，可一打听，三年下来，费用三四万元。

这在当时，对于一个外债累累的家庭而言，绝对是天文数字。可父母咬咬牙，借来 17000 元，预交上了首期费用。

1998 年 7 月，她修完了研究生全部课程并顺利通过考试，第二外语——日语也轻松考过。就在她准备申请硕士学位的时候，国家高教委出台最新规定。按照新规定，她三年后才有资格申请。

这时候，在英语世界游弋几年的她，已经迷恋上了英语诗歌翻译。她原本对中国古典诗歌有着特殊的喜爱，接触英美诗歌原著后，再审视国人的译著，总感到缺少美感和神韵。

那里，原本是一个美妙无比的世界啊。

她，立志要在这个世界走出自己的路。

她，似乎找到了属于自己的人生舞台。

2002 年 6 月下旬，当三年期限结束的时候，她赶赴山东大学，进行学位答辩。论文题目就是《诗歌翻译的韵律问题》。

那是一次怎样的长途旅行啊。陪同者有父母、哥哥、轮椅和行李，还有一个最重要的伙伴，那就是母亲的搓衣板。

从大专到本科，再到硕士研究生，郭晖最害怕外出考试。

她害怕的不是考试的难度，而是考试的过程。

每次考试，父母都要全程陪同。因为轮椅宽大，无法乘坐出租，只有步行。到达考点后，还要把自己背上楼。国家正规考试都是单人单桌，自己无法就座。怎么办？更要把轮椅抬上来。

麻烦还远不止这些。在轮椅上如何答题呢？

为了解决这个难题，浙江大学土木工程系毕业的父亲曾想过不少办法，但都没有成功。轮椅上空间窄小，无法固定木板，极易滑落。多次试验，均未突破。后来偶然发现，把母亲的搓衣板翻转过来，横放在轮椅的铁架上，竟然不大不小、不宽不窄、稳稳当当，恰是一张最稳固的课桌。

郭晖双手摇动着轮椅，静静地驶进了答辩现场。

面对以著名教授李玉陈为首的几位资深评委，她心底忐忑忐忑。

"什么是诗？"答辩开始了。

"所有的文学，都是诗。"——好大胆的回答！

"假如给你一首汉语诗，让你用英语格律译成英诗，你感到困难吗？"

"困难，但我能够译好。"

"茅盾先生认为，诗歌是不可译的。你去翻译，岂不是明知不可为而为之吗？"最尖刻的问题出笼了。

她轻轻一笑："茅盾先生是在阅读了美国诗人爱伦·坡的组诗《乌鸦》之后说的这番话。我曾经翻译过这组诗。现在，我想朗读其中两首。原诗每节6行，押 door、your、more 韵，我的译诗也是6行，押说、着、么韵，诸位老师请听：'曾有一个无聊的夜晚，我思索得困顿、疲倦／翻过一个离奇怪诞、被人遗忘的传说……'"

母亲站在门外，苦苦等候。

两个小时后，李玉陈教授出来了，看着她："你是郭晖的奶奶吗？"

"不，我是她的母亲。"母亲嗫嚅着，担心出了什么意外。

李教授尴尬地打量了一会儿，接着快步上前，握住她的手，激动地说："感谢你培养了一个好女儿，这是我们十年来听到的最好的论文答辩……"

白花花的泪水簌簌而下，映照着白花花的银发，那是幸福的白玉兰啊！

一个月后，山东大学正式授予郭晖英语硕士学位。

6. 燕园的女儿

2002 年底，郭晖在网上查阅 2003 年度博士生招生情况，发现有四所大学所设专业与自己的方向相近。于是，她试探着给四位导师各写了一封信。

一个周后，只有北京大学的沈弘教授回信了。

这位从牛津大学留学归来的博导欢迎郭晖报考，并表示会"择优录取"。至于身体残疾情况，他只字未提。同时，沈教授还把自己的电子邮箱告诉了她。

全国博士统招考试在 3 月份。即使从现在开始准备，也不足 100 天。自己不仅要学好第二外语——法语，还要通读数十本专业书籍，而这些书，自己一本也没有。

哥哥到北京各大书店购买，但仍缺少 30 余本。

只能从网上下载、打印了。

可上千万字的资料，要打印出来，谈何容易？

父母从学校借来一台针式打印机，购买了三个色带和 20 包打印纸。

连续三天两夜，可怜的打印机"吱吱"地响着，直累得头热脑涨、气喘吁吁，硬是把上万页纸全打印了出来……

郭晖一头扎进书海里，开始了最后的冲刺。

不要以为郭晖天资聪颖，不，连她自己也承认，她只是一个普通智力的人。她的特点就是专心持久、心无旁骛。她是一个重残人，相对于两次开胸手术的疼痛来说，学习对于她实在是太享受了。而且，她已经没有别的希望和出路，她把生命的所有光亮，全部聚集到了学习这个焦点上。

精诚所至，金石为开！

一扇扇沉重的大门，在她面前缓缓地开启了……

2003 年 3 月 22 日，郭晖在全家人的陪同下，赶到北京大学。

考试那天，当郭晖父母再次把她背进考场时，由于监考人员按照程序办事，早已把她的考号贴在考桌上。可是，她根本无法端坐桌后。

怎么办？

这时，母亲拿出早已准备好的搓衣板，放在轮椅上。转眼间，一个特殊的课桌，组成了。

但这个举动，有违考场纪律。

监考官马上请示考点主任。考点主任又立即请示招生办领导。

经过紧急协商，北大招生办破例同意。于是，考务人员快速把桌上的考号揭下来，贴在搓衣板上。

郭晖突然看到，搓衣板似乎变成了一双瘦骨嶙峋、残缺变形的手，在召唤自己，要搀扶自己。她又似乎听到了父亲沉重的喘息声，看到了母亲汗水涔涔的面庞……她不敢再想别的了，赶紧俯下身去，拿起笔，走进了另一个温暖的世界。她恍然看到，乔叟、莎士比亚、拜伦、雪莱、艾略特和琼生等等大师，都在向着自己微笑……

这，真是一张天下绝无仅有的考桌啊！

考试结束后，郭晖才知道，与她一同报考的另几位考生，大都是国内知名大学英语专业的教授或副教授，其中一位是与北大齐名的一所大学里的硕士生导师，为了争取博导资格而报考。而沈教授的招生名额，只有一人。

她气馁了、后悔了，直骂自己蚍蜉撼树不自量力。

很快，分数出来了。

出乎意料的是，她竟然考了第一名，各门分数都遥遥领先。

她真是高兴极了。

但麻烦，同时也来敲门了。

北京大学百年历史上从未招收过如此高度残疾的博士生，但从去年开始，国家明确规定：各大学不得以任何借口拒绝招收残疾学生。面对这个史无前例的难题，北大犹豫了。

招生办的一位负责人试图劝退郭晖，却又不好明言，便试探着与她进行了几次网上对话。

"北大是老建筑，台阶多，轮椅无法通行，你生活上能自理吗？"

"据我了解，北大不少建筑物有无障碍设施，只需对我进出的几处台阶略加改造即可。再说,我妈妈可以陪读。"

"北大博士不易毕业,不少人延期。你的身体和经济条件能承受吗?"

"北大是我儿时的向往,翻译是我最大的心愿。我从小没有受过正规教育,我要在这里实现我的梦想……"

"我们完全可以以体检不合格的理由拒绝你。"

"据我所知,桑兰(体操运动员)也是一位高位截瘫的残疾人,去年被北大新闻学院(本科)录取了……"

这时,沈弘教授站了出来,致信学校:"在国外,我从没有听说过因残疾而被大学拒收的先例……"

北大招生办经过多方权衡后,终于向郭晖伸出了欢迎之手。

那一天夜里,这位可敬的负责人向郭晖发出了最后一个 E-mail:"我本人敬佩你,北大敬佩你,欢迎你来北大读书!"

那一天夜里,沈教授在网上向这位唯一的新弟子发来他全家的照片和电话号码。

那一天夜里,新月如灯、春风舞蹈。

郭晖一夜无寐、泪水浩渺。

…………

北大,真是一座宽容的学府啊。

郭晖报到的时候,校领导已经指示破例为她单独分配一间宿舍,允许家人陪读。更让郭晖感动的是,她经常出入的房间、楼道、厕所、教室等地方的台阶已被全部铲平,代之以适应轮椅行走的平缓通道……

我采访郭晖,在北大校园里进行。

我们一起绕未名湖散步,去燕园用餐,进图书馆查阅资料。

长发飘飘的她,用双手摇动着轮椅,来去自如、谈笑风生,像鱼儿在湖塘一样欢快,若鸟儿在森林一般自由……

这是她的生命之舞啊。

(首发于 2006 年 3 月 15 日《河北日报》,引起反响。在此基础上,创作同名长篇纪实文学)

女王的金川

昔读《西游记》，犹记女儿国，以为纯属神话荒诞。

不想，竟是史实。据《旧唐书》记载，东女国是公元六七世纪出现的部落群体及地方政权，是川西及整个藏族历史上重要的文明古国。其国都，就在四川省阿坝藏族羌族自治州金川县境内。

2015年11月，我过路金川，顺便踏访女儿国遗址。无意中，却走进了一个幽深而芬芳的世界……

此地位于青藏高原东缘，归属邛崃山脉和大雪山系，县城海拔2100米，是典型的嘉绒藏族地区。大山巍峨，像将军怒吼，如虎豹雄视，似龟兔赛跑，若羞女掩袖。

沉默无言的，是水，澄澈而温柔的大渡河水，像羊群一样，安谧而乖顺。

一动一静，一刚一柔，阴阳相拥，和谐相顾。大自然，按照自己的节奏，就这样千万年地行走着……

这里，确乎是一个被世界遗忘的角落，但也曾经是历史的焦点。1500年前，这里是东女国的国都；240年前，这里是乾隆皇帝最大的心腹之患；直到1956年之前，这里还是土司的治下。

从金川县城出发，沿大渡河左岸公路，向东北方向行走35公里，北侧流出一条温静的小河——卡拉脚。沿着河边老树覆盖的水泥路，行进七八公里，豁然开朗。青山，绿水，蓝天，一条宽敞的山间河谷。河谷两侧，稀稀疏疏地散布着一簇簇藏族风情村寨。

这便是卡拉脚乡二普鲁村。

卡拉脚和二普鲁，皆是藏语，意思分别是两山相夹的河沟和行人休憩的地方。

小村有6个自然寨，方圆70平方公里。面积虽大，人口却少，只有380人。

…………

阿措生于1964年，兄妹十三人，排行第十。小时候，家里只有两间土楼，下层养猪牛，上层住家人。晚上睡觉，兄妹们统统打地铺。来了客人，父亲便会把他们赶出屋去。

村里小学只有一位汉语老师，那便是小村的启蒙。初中呢，在山那边的乡政府所在地，距村20公里。

家里太穷了。初中毕业后，阿措拜师学木匠。他上过学，聪明，肯用功，比老木匠的手艺更加精巧。

邻近寨子有一个姑娘，叫俄麦。兄妹六人，四男二女，她最小。腼腆，不爱说话，却是一个美人坯子。这几年，浑身出落得愈发山是山、水是水，成了一朵袅袅婷婷的村花呢。

村里的小伙子们睡不着了，常常到她的后窗唱歌。俄麦置若罔闻，任由山歌缭绕。

此地婚俗迥异于他，以女性为主。家有儿女，留下女儿招婿上门，居住老宅，顶门立户。儿子呢，嫁到女家。

阿措一天天长大，却仍是单身。一天，几个伙伴喝酒打赌，取笑他穷光蛋，讨不上好老婆。

他发誓说，要把村花追到手！

从此，打柴时，阿措经常帮助俄麦。休息的时候，就在她周围唱歌。但是，任他把满天白云唱成彩霞满天，俄麦仍是沉默，像一朵忧戚的格桑花。

俄麦的身影，藤蔓一样缠住了阿措的心。渴望，像虫草，在心底蠕动。

而她的心，像一泓深潭。水甚清澈，但映了周遭山林的影子，又看不透。

1987 年，机会来了。俄麦姐姐招婿上门，要建造新屋，聘请阿措执掌木工，每天 5 元工钱。

阿措早去晚归，精心制作。10 天活计，8 天干完。

《旧唐书》称东女国"俗重妇人而轻丈夫"；《新唐书》卷146《西域传》则记载东女国"俗轻男子，女贵者咸有侍男"。

据考证，东女国疆域包括今四川阿坝茂汶以西，甘孜州巴塘、理塘以北及整个昌都地区，4 万余户。

东女国最突出的特点，就是女性崇拜。国王为女性，男子无权参与。

东女国与唐中央政府保持友好关系。唐高祖武德年间，东女国国王汤滂氏遣使贡方物。唐太宗时曾降玺书以示慰抚。武则天时，册拜东女国敛臂为左玉钤卫员外将军，赐以瑞锦制蕃服。

公元七世纪前期，吐蕃强大，统一青藏高原。

据专家考证：金川县马尔帮乡独足沟村一带，为东女国王城遗址。

每年 6 月份的看花节，是村里最热闹的传统节日了。

6 个寨子，各扎一个帐篷，里面摆上各家贡献的美食美酒，供人们享用。

山坡上开着格桑花、蒲公英、金银花、杜鹃等几十种野花，晃动着人的眼，摇曳着人的心。

大家围坐一起，祭祀之后，便是跳锅庄，唱山歌，喝青稞酒……

压轴的节目，是占卜运气：用青稞面粉蒸成日、月、金、银和十二生肖等形状，寓意纷纭。更隐秘的，则是男根与裸女。这是最古老的性启蒙和性崇拜了。

这一切面具，任意摆放在一个平底簸箕里，用布覆盖，让人用竹针刺扎。

独身的男女，是看花节当然的主角。他们会到各个帐篷里，试试手气。

扎中太阳和月亮，最吉利，寓意好运如日月。其次是金、银和十二生肖。如果扎到男根或裸女，尴尬之后，便是大笑。其实，这便是最酣畅、最原始的娱乐。

那一天，阿措来到了俄麦所在的帐篷。大家似乎看穿了他的心事，都盯着他，起哄。

阿措战战兢兢地拿起竹针，扎下去。

掀开蒙布，竟然，是一个裸女。

所有的人捧腹大笑。

阿措有些无地自容。满脸的呆窘，像枯干的蒜皮，纷纷飘落下来。

俄麦的脸，霎时通红，像是她的心事，一下子被公开了。

……………

俄麦与阿措结婚那一天，是 1989 年 1 月 1 日。

仪式，当然在女方家举行。

婚礼本应是隆重的，但两家都比较贫穷，仪式至简，几近于无：

当天上午，两人乘拖拉机到乡政府领取结婚证。回来后，只办了两桌酒席。酒席的主角，只有每瓶 1.85 元的"沙耳"白酒，和每包 0.28 元的"红芙蓉"香烟。

没有鞭炮，没有新衣，更没有新房。

俄麦的姐姐，已招夫上门，而阿措的妹妹，将要顶门立户。俄麦和阿措，注定都要离家。暂时无钱盖房，又不能分割财产。新婚夫妻，只能各住各家。

一年后，儿子降生了，由俄麦在娘家独自抚养。

他们仍是分居，7 年。

嘉绒，因嘉莫墨尔多神山而得名，意为女王的山河。

而神山，就位于金川县与小金县、丹巴县的接壤处。

嘉绒地区包括阿坝州金川、小金、马尔康、理县、黑水和汶川部分，甘孜州丹巴县、康定县，以及雅安市、凉山州等地，以农业为主。

《安多政教史》载：7 世纪初叶，吐蕃赞普松赞干布统一嘉绒地区，从西藏迁来大批驻军和移民，与当地土著融合，遂成嘉绒藏族，延绵至今……

1996年，俄麦和阿措，终于盖起自己的二层土楼。

他们借了6000元外债，又从信用社贷款4500元，每年利息高达960元。

这对他们夫妻来说，简直是一座大山。

每每院外有人高声说话，便疑为讨债者。

俄麦瘦弱，却特别有力气。她种了3亩玉米，半亩土豆，2亩青稞、胡豆、萝卜和白菜，还养了5头奶牛。

她的最大财源，是15头藏香猪。6月上旬，她把猪崽儿们赶到山上，搭一个棚子。满山的野草、野花、野果和泉水，是天然食物。晚上，猪崽儿们吃饱喝足了，结伴回到窝棚，酣睡，增膘。

每隔两天，俄麦就上山一次，送些麦麸，清点一下。

俄麦一出现，"猪八戒们"便高高兴兴地围上来，争相诉说着各自的美好艳遇。

10月上旬，天冷了，健硕的猪，一个个精精壮壮。这时候，俄麦已联系好了乡上的一家商贩……

俄麦的另一个主要工作，是打酥油。牛、羊挤奶后，先将奶汁加热，然后倒入一个特制的木桶里，双手用力，上下抽打，数百次，直打得油水分离，上面浮起一层杏黄色的脂质。舀起来，灌进皮口袋，冷却，便是酥油。

酥油有多种吃法，可以做酥油茶，可以调和糌粑，还可以炸果子。

…………

2004年，6个寨子联合选举阿措担任村会计。

每月工资80元。而他做木工，一天就可以挣80元呢。

他的父母，都曾是绰斯甲土司的农奴。而他——农奴的儿子，甘心情愿地为村寨服务。

阿措骑着摩托，每天在各寨之间奔忙。

高原的太阳，直率而火烈，晒得阿措满头汗涔涔，满脸黑乎乎。

绰斯甲土司，嘉绒地区十八土司之一。

绰斯甲境域，唐为东女国，被吐蕃统一后，属川西地区三十六番诸部落。

清康熙三十九年（1700年），当地部落首领归附清王朝，被清廷颁授绰斯甲安抚司职衔。

清乾隆三十七年（1772年），因出师大金川助战有功，被升授宣慰司，其官为从四品。

民国二十八年（1939年），经南京国民政府批准，绰斯甲划归西康省管辖，沿袭土司制。

嘉绒藏族，以其世袭家谱来看，以绰斯甲最早移入现居地区。其系谱从第一代克罗斯甲布起，至末代土司纳坚赞止，共41代。

土司属下的百姓，就是农奴。他们没有土地，除为土司提供繁重的无偿劳役和充当土兵外，还要向土司缴纳或进贡各种实物。

1950年12月，绰斯甲地区和平解放。1956年，这种封建农奴制度被彻底废除……

2008年5月，汶川地震，房屋震裂。

俄麦和阿措，不得不重新建房。国家补助2万元，加上多年积蓄，还要借款几万。

2009年7月，儿子考入成都的西南民族大学，每年各种费用，需要1万多元。全家再次陷入经济危机，俄麦急得直哭。

这一年春天，她计划购买30头猪崽儿，牺牲一个春秋，换回儿子学费。

可担任村会计的丈夫，断然拒绝：放养猪崽儿，破坏生态。

的确，猪们不仅吃草，而且拱地，破坏山体表面。特别是汶川地震之后，山体松弛，更需要保护。

她骂丈夫，斩断财源，不关心家事。

可丈夫，决不退让！

…………

的确，阿措越来越像干部了。

比如砍柴。过去村民随意砍伐，现在却制定了规划：全村林场，分成五个区域，每年轮流采伐。这样，既保证林木休养，更促进成材。

比如每年的看花节，在传统节目的基础上，增加了评选五好家庭、孝子孝媳等项目，并公开财务，共商村务。

最有趣的是，每年看花节，全村 380 个村民，要照一张全村福，一个也不能少。

一张张面孔，绽开了一朵朵姹紫嫣红。

············

间伐后的树干，截成 1.5 米长的棒棒，用电钻打出鸡蛋大小的浅洞。然后植入木耳菌苗，用木屑敷盖，喷水。几天后，便长出密密麻麻的黑木耳。

一片片揪下来，晒，每斤 40—100 元。

一根棒棒，每年产干货 2—4 两。每亩地可置放 8000 棒，年收入 4 万多元。这是阿措引进的新技术。

目前，全村已发展到 10 万棒，正在急剧扩展⋯⋯

乾隆初，大金川土司屡屡滋事，"意欲并吞诸蕃"。1747 年，清军 3 万人分路进讨，久而无功，川陕总督张广泗被清廷处死，改派岳钟琪督阵。1749 年，初告平息。

1766 年，大小金川联合反清，第二次金川之役开战。历时 10 年、用兵 60 万，死伤逾万人，耗银 7000 万两，终于在 1776 年结束。

两次平定金川，是乾隆皇帝平生用力最大的武功。

金川之役，对清王朝维护国家统一，保持边疆稳定和发展，都具有特殊意义。

5 月底，冰雪消融，翠绿萌生。挖虫草的黄金季节到了。

虫草生长在海拔 3000—5000 米高山草地灌木带之上雪线附近的草坡上。夏季，虫卵产于地面，经过一个月左右孵化，变成幼虫，钻入潮湿松软的土层。这时，一种霉菌侵袭幼虫，在其体内生长，不断蚕食，直至死亡。第二年春天，霉菌菌丝开始生长，拱出地面，外观像是一根小草。这便是幼虫躯壳与霉菌菌丝共同合成的一个完整的"冬虫夏草"。

早上 9 点，俄麦带着短柄锄头、改锥与一天所需的藏粑和水，徒步来到山坡上。顺着山势斜躺，目光向上，寻找虫草裸露在外的褐色菌苗。寻找虫草，颇需经验呢，不仅要好眼力，更要选择好观察角度，除了平视，还要善于利用顺光和逆光。

终于，发现了两棵并生的虫草。她轻手轻脚地走过去，生怕惊跑一只会飞的小鸟似的。有时候，她觉得挖虫草是一种罪过呢，好像在偷盗山神的"仙草"。所以，挖虫草时，她从不大声说话。

运气好的时候，一天能挖 30 根。

一根优质虫草的收购价，是 60—100 元。

6 月底，挖虫草的季节结束了。

不用担心从 8 月到 10 月，又是各种中药成熟期。贝母、灵芝、五加皮、大黄等，还有松茸、黄丝菌、青杠菌、羊肚菌等菌类。哦，大自然的馈赠，何其丰厚啊。

那一年，她去成都看望儿子，路过一个药材市场，突发奇想。于是，每年秋后，在村里，她按时价收购，而后，租车运到成都。每年两三趟，能挣五六万呢。

俄麦，一个腼腆的藏族女人，渐渐走进了成都大市场。

…………

电脑、电冰箱、微波炉、热水器、卫星天线等，都成了亲密的家庭成员。

过去打酥油，用木桶，两三个小时，浑身出汗，费时又费力。现在改用洗衣机，只需 15 分钟，质量还好。

小家的日子红红的。

小村的日子火火的。

…………

一天晚上，阿措对俄麦说："今天，大家票选致富能手，你被选上了。村里准备奖励你一部手机。"

俄麦笑一笑："你这几年当干部，干得不错。我也奖励你一下吧。"

"你能奖我什么？"阿措有些不屑。

"奖你一辆汽车！"

阿措惊愕得跳起来。两只眼睛，瞪得像汽车头部的两盏大灯。

是的，虽然现在的月工资已经涨到 900 元，但汽车于他，是万万不敢奢望的。

丈夫骑着摩托日夜奔波，俄麦心疼啊。而且，她最清楚，男人的梦想是什么。

几天后，一辆奇瑞轿车，开了回来。

阿措骤然鼻辣眼酸，怔怔地，看着自己的幸福，自己的女王。

如今的金川县，与历史上"东女国"人口相仿。

2014年，全县农牧民人均纯收入8501元。最让人惊奇的是，这个几乎是四川省最偏远的山区，这几年投资近10亿元，修造了长达3000多公里的乡、村公路和980公里的入户公路，使大山深处的所有村寨实现了"村村通"，所有家庭实现了"户户通"。

如今的金川，是实实在在的"阿坝江南"！

俄麦的儿子26岁了，大学毕业后，考取村官。

最近，他找了一个对象。

我问俄麦和阿措，就这么一个儿子，舍得到女方家做上门女婿吗？

他们呵呵一笑："无所谓了。反正他们要在县城生活，都不与父母在一起了。"

从二普鲁村到县城，过去翻山越岭，需要两天时间。现在呢，不足一个小时的车程。

村头的二普鲁河，欢快地流淌着。流入大渡河，汇入岷江，融入长江，嫁与大海。

小小一隅，联通世界。

他们的苦恼，他们的快乐，都与这个国家，一个节律呢。

（发表于2016年1月9日《光明日报》）

初心

其实，在 24 岁之前，廖俊波并没有什么政治理想。他的愿望，只是当一名合格的乡村教师。

1. 乡村教师

1968 年 7 月，廖俊波出生于福建省南平市浦城县一个偏僻农村，父亲是公社办事员，母亲是民办教师。家境不算太好，聊以温饱。

他的天资，似乎并不突出。初中时期曾经留级，首次高考名落孙山。复读一年后，考入南平师专物理系。

师专期间的廖俊波表现良好，被推选为系学生会主席。正当校方看好并准备培养他担任校学生会负责人时，他却有了新的目标，那就是同班女同学。他热烈追求，颇有爱美人不爱江山的决心。于是，组织上放弃了对他的进一步培养。

1990 年，师专毕业。他竟然背井离乡，投奔女友的家乡——邵武市。

没有任何背景，不懂社会，更不会走关系。当年，这对情侣没有分配在一起：女方到城外 60 公里的一所乡村中学，而他的落脚地，则距离女友30 公里。

对于热恋中的他们，这是最糟糕的结果。

廖俊波担任大埠岗乡中学初中二年级物理教师，兼班主任。

他备课有一个习惯，喜用红笔和黑笔。黑笔书写正稿和主体，是关键点和知识链；红笔进行修改和补充，是延展和花絮。黑红相间，工工整整，既有枝有干，又有叶有蔓。上课呢，多采用快乐教学法和激励教学法。整个课堂，时而蓝天丽日，时而杏雨霏霏，时而鱼翔浅底，时而鹰击长空；春园芳草，日日见长；秋蚕食桑，夜夜育肥。

校长姓刘，特别喜欢这个勤奋又阳光的年轻人，却又发现他生活的困局：每个周末，都要骑自行车去探望女友，太远了、太累了。于是，刘校长悄悄地、主动地向教育局申请调入。

很快，一对情侣终于团聚。

内心的挚爱、组织的关怀，使他的热情之火愈加白亮。

学校有 500 多名寄宿生，生活管理极其烦琐。廖俊波却主动要求担任宿管老师。每天早晨 5 点开始，组织跑操、晨读和早餐；中午监督午餐和午睡；晚上最需操心：夜自习严禁外出，闭灯睡觉更要保证准时和安静。琐琐碎碎、凌凌乱乱。他却乐此不疲、津津有味。

教室通往宿舍的小路上，碎石堆积，野草丛生，偶有毒蛇出没。他发动学生，搬走石块、铲除杂草。半个月后，一条整洁平坦的甬道，出现了。

两年后，毕业考试。他的班，名列片区第一！

恰在这时，乡政府请学校推荐一名文笔好、品行优的年轻语文老师，调去工作，重点培养。

刘校长陷入苦恼，选谁呢？

有几位年轻语文老师，虽然文笔不错，但颇有惰性：早晨赖床，常常耽误早操和晨读，甚至上午第一节课，也需要自己拍门催促。

综合考虑，还是选定廖俊波。虽然他是物理老师，文笔略差，但综合素养高、可塑性强。

2. 一镇之长

拿口镇，是廖俊波主政的第一块试验田。

经过在乡政府和市政府办公室 6 年的工作历练，1998 年 9 月，他被任命为镇党委副书记、镇长。

拿口镇位于邵武城东 36 公里处，当时刚刚遭受一场百年不遇的水灾，房屋倒塌严重，894 户 3843 人无家可归。

大灾过后，当务之急是建房。红砖紧俏，当地个体户借机抬价，砖价比过去高出两倍。面对汹汹歪风，他通过组织，马上联系，用火车从外地调运红砖数十车皮。

外来红砖"入赘"，骤然稳定市场！

短短时间，建造楼房 102 栋。春节之前，全部灾民迁入新居。

农民收入偏低。他深层调整农产结构，推广种植烟叶，倡导多养鳗鱼。两年之内，烟叶种植面积由 1000 亩扩至 6000 亩，鳗鱼养殖水面达到 1000 亩。

小镇财政寡淡。他充分调研后，果断改革财税体制，对镇属电站和集体竹山进行重新竞争承包，使镇财政每年增收 70 余万。

在此期间，廖俊波最大的贡献，是创建工业园。

乡镇建造工业园，整个南平市前所未有。但他经过反复考察，决定打破这个先例！

首先规划 600 亩的园区平台，总体设计、分批开发。同时，针对具有当地资源优势的竹木加工、工艺品、竹炭、矿产加工等行业，进行重点招商。

经过几年深情呵护、热情服务，这个工业园竟然迅速发展起来。他离任之时，已经落户企业 27 家，工业税收达到 260 万元。

正是这个工业园，使拿口镇一跃成为邵武市名列前茅的经济强镇！

在拿口镇，谈起廖俊波，人们总要说到一条路。

拿口镇是由两个乡镇合并而成。由于原朱坊乡的 20 多个村庄地处偏僻，没有一条硬化公路，致使 1.3 万村民苦不堪言。但通村公路不在国家计划之列，没有政策资金补助。

一条路，关乎一方土地的未来，更关系到两个片区群众的和谐。廖俊波经过综合考虑，决定修筑这条民心路。

但问题接踵而至：修柏油路，还是水泥路？

全路总长 19.6 公里、宽 7 米，柏油路需要 400 万元，但寿命较短；而水泥路，则需要 600 万，如果质量保证，可使用 20 年。

他，果断选择后者！

除了镇政府自筹和贷款，资金还有不小缺口。他捐出一个月工资，动员全乡干部和教师捐款，并游说当地企业家赞助。他四处奔波，苦苦"化缘"。

终于，筑路资金基本凑足。

他日夜值守现场，协调监督施工质量。

铺路的石子大多从河中捞出，粘满泥沙。他主张对石子们统一洗澡。

现场工程师嘲笑他多此一举。

他是物理老师出身，明白在混凝土硬化过程中，凝结物之间的杂质容易产生裂缝。这些微裂纹，虽然肉眼难辨，却是质量隐患。

于是，在他的严正坚持下，工人用高压水枪对全部石料进行细细冲洗。

2000 年 12 月 26 日，公路终于通车。

当天上午，数百名群众自发地涌向乡政府，敲锣打鼓，点鞭放炮。最引人注目的是几十位白发苍苍的老翁和老婆婆，从家里拿出铁锅和脸盆，用铁勺拼命地敲击着，高喊着，脸上全是笑容和泪水。

霎时间，他泪流满面。

对共产党的干部来说，什么是为人民服务？什么是动力？什么是目标？

这就是目标！这就是动力！

难道，我们还需要别的什么动力吗？

17 年过去了，这条公路至今未曾损坏，仍然在坦坦荡荡、结结实实、日日夜夜地为这片土地服役……

3. 共享荣华

独骑勇闯荣华山，是廖俊波生命中的又一段传奇！

拿口镇工作 5 年，年年考核全市第一。2004 年 2 月，他被选举为邵武市副市长。在这个岗位上，他率先提出建设专业化产业平台，并主持创建占地 26 平方公里的省级循环经济园区和南平市最大的化工基地——金塘工业园，使全市规模工业产值三年几乎翻番。2006年5月，他调任南平市政府副秘书长，协调工业和城建系统。

此时，南平市为了突破发展瓶颈，决定在荣华山一带，上马一个工业园区。

2007年10月，廖俊波被任命为荣华山产业组团管委会主任。

从地理位置上看，荣华山位于福建最北端，紧邻浙江和江西，位于长三角、珠三角和海西三个经济影响圈的叠合部，的确是一块天然的聚财和吸金宝地。

但当时，它却是一片荒山，没有土地，没有规划，没有人员。

更重要的是，市委、市政府授权他的启动条件，只有一个人，一部车和2000万元包干经费。

所需人员，只能从当地政府机关借用，而办公场所，只好租用附近农村的5间小房。

真是白手起家、平地创业啊。

不，没有平地，因为每一寸平地，也都需要开辟！

实在难以想象，4年时间，廖俊波投注了多少智慧和心血。

一组数字为证：

铲平山头13个，新造平地3732亩，完成征地7000余亩。

签约项目51个，开工项目23个，前期投资28.03亿元。

…………

最苦最累的，是他的汽车。4年时间，行程36万公里。平均每天250公里！

一部崭新的汽车，跑成了老旧，而一个年产值近百亿元的产业组团，已经从无到有，蔚为大观，成为南平市实体经济的重要支撑！

他把荒山，变成了金山，变成了财富！

荒山把他，变成了中年，变成了黧黑！

4. "省尾书记"

毋庸讳言，廖俊波人生的最辉煌，是在政和县。

政和县位于闽北、浙南交界，全境山地丘陵面积占 93% 以上，其余为河谷盆地。由于地处偏僻，自然条件恶劣，历史上曾用名关隶县。

关隶，顾名思义，就是关押奴隶罪犯之地。

但，荒蛮之地有特产，尤以白茶最优。

北宋政和五年（1115 年），颇有雅趣的宋徽宗品尝到这种稀世佳茗，惊叹之余，竟以本朝年号相赐。政和县，由此而来。

这在历史上，绝无仅有。

但是千百年来，这里却没有富庶祥和。直到廖俊波就任县委书记时的2011 年 6 月，只有两条省道过境，没有国道，更没有高速公路。全县财政收入只有 1.6 亿元，全省倒数第一。

最让人惊奇的是，整个县城，没有一盏红绿灯，没有一条斑马线，没有一根独杆路灯，没有一家规模超市。高压电缆和弱电线路布满天空，密如蛛网。居民用水，时时瘫痪。

…………

时任政和县城乡发展规划局局长卓成庆告诉我，廖俊波第一次见面，就向他索要一张全县等高线地图。

"什么？等高线地图？"他疑惑地问。

"是的！"

卓成庆心内震撼。过去历任领导，谁曾询问过这样的专业地图呢？

又过半个月，廖俊波再次找上门，严肃地说，准备给他划拨 1000 万元，作为全面改造、提升城乡功能的设计费。

"1000 万？"卓成庆大惊失色。几十年来，全部的城乡规划设计费相加，也不过几十万元啊。

廖俊波说，政和要发展，必须要建设一个具有现代化功能的县城。道路、桥梁、超市、电路、管网、文化场所、绿化，等等，都要进行全盘的科学规划和设计。缺少这些，谈何归属感，何谈吸引力。我们要穷尽这代人的智慧，力争不留遗憾！

年近五十的卓成庆，汪然出涕，热血沸腾。

谁都清楚，县域经济发展要依靠规模化的实体经济。

而政和，是南平市唯一没有工业区的县。

为什么没有工业区呢？一是因为政和县交通闭塞、经济落后，招商引资极为困难。更主要的是，在这里创建工业区，周期长、见效慢，最少需要五六年时间。

但是，为了政和县的长远发展，廖俊波下定决心。

经过再三踏寻，终于在县城西部6公里外的丘陵地带，看好一片合适场地，可以最大限度地节省土地。

下一个难题，就是征地。

如何才能调动大家积极性，共同克难呢？他想起了县人大、县政协的领导们。他们都是当地人，在民间颇有威望，只是这些年的落后让大家信心不足。

县人大副主任许绍卫曾任开发区所在地的镇党委书记，现在临近退休。他摸着自己的满头白发，对廖俊波说："我老了，还是让年轻人冲锋陷阵吧。"

廖俊波说："老将出马，一个顶仨。这种事，还是老同志。"

劝说再三，老许仍是不愿出山。

一天晚上，廖俊波再次登门拜访。当许绍卫再度说到自己的白发时，他从口袋里掏出一盒染发剂："老兄啊，这是我专门给你买的，保证绿色产品，保证立马年轻！哈哈……"

老许再也坐不住了，站起来，一把握住书记的手。

…………

5. 政通人和

"小张，能不能帮我网购一双皮鞋？我的手机没有开通支付宝。"

"当然可以！多少码？"

"42 码，黑色，内增高 5 厘米。价格 300 元至 400 元之间。"

上网搜索，即刻锁定，定价 368 元。

第三天，鞋到了。当天晚上，小张向廖俊波办公室走去。

张斌，男，1982 年生，政和县黄垱村人，初中毕业后到上海打工，后来从事电商业务，主销手表。近几年，在廖俊波的邀请下，他回乡创业，设计开发自家品牌手表，在广东生产。

2014 年，政和县成立电商协会，全国各地的政和籍电商有了自己的组织，而张斌也与廖俊波成了无话不谈的朋友。

此时，全县工商登记注册的电商企业达到 460 家，从业人员超过 4800 人。

据阿里巴巴发布的"中国县域电商发展指数排行榜"显示：全国 2700 多个县市，政和电商赫然排名第 73 位。而在手表销售单项中，位居全国第一！

…………

2015 年 6 月上旬的这个晚上，廖俊波试穿皮鞋后，特别满意。

他悄悄地却是兴奋地告诉张斌，这是他平生最昂贵的一双鞋。因为，近日要去北京参加一个重要会议，中央领导人亲自接见。

说着，他拿出一个信封。368 元，不多不少。

小张满脸窘色。这几年，在廖俊波鼓励支持下，自己成了千万富翁，而一双不足 400 元的皮鞋，他竟然……

廖俊波温和却又坚定地说："小张，咱们是君子之交。亲兄弟，明算账！"

张斌仍是尴尬不已。

"你如果过意不去的话，就考虑一下我的建议。我希望你把手表生产地从广东迁回政和，带动家乡发展……"

廖俊波常说，招商引资，要有跪地求婚的真诚和勇气。

一天，他正在福州开会，晚餐间偶然听说一位国内知名机电企业董事长正在福安市。这位董事长曾来政和考察，之后便无回音。

马上电话，恳请见面。

但这位老板公务繁忙，第二天一早就要赶往厦门，飞往美国。

廖俊波恳求："我现在赶过去，您方便吗？"

老板大惊。从福州到福安，开车需要 3 个多小时，而且是夜行。正在他犹豫之时，廖俊波已经动身了。

当晚 10 点，双方见面。

一个小时后，廖俊波返回福州。

3 个月后，这个投资 3 亿的项目，落户政和！

国内某著名大型养殖企业，原料直供肯德基、麦当劳等企业。

廖俊波通过中间人联络多次，对方拒不见面。要是别人早就知难而退了，可他说，双方没有见面、没有沟通，希望犹在，一切皆有可能！

2013 年 3 月，廖俊波终于见到对方董事长。谁知刚进门，对方就毫不客气地说，我知道政和，那是一个兔子也不拉屎的地方，我怎么能往那里投资呢？

现场气氛，立时降至冰点。

片刻，廖俊波高兴地说，兔子不拉屎的地方，正是投资创业的好地方。您想想，过去兔子不拉屎，是因为偏僻，现在高速公路开通，这个问题已经解决；兔子不拉屎，说明这个地方广阔而且生态，正是养殖的首选；再者，兔子不拉屎的地方，地价肯定便宜。总之，希望您去看一看。

事态的发展，果如廖俊波所言。

在董事长从政和考察回来的路上，一个全新的构想诞生了。

双方签约后，廖俊波内心仍然不甚满足：这个项目虽然富民，却没有税收。

此时，他又得到信息：一家以熟食加工业务为主的美国著名公司正在寻找合作伙伴。

猛然，一个更新的构想再次诞生！

于是，他又开始了新一轮的奔波和游说。

2013 年 10 月，一家全新的集养殖加工于一体的中外合资企业，在政和呱呱落地！

如今，这家投资 15 亿的大型合资企业，已在全县闲置千年的山沟里发展养殖场 44 家，日屠宰量达到 12 万，用工 3000 余人。500 多辆冷链运输车，日夜不停地奔跑在这片曾经贫穷和寂寞的土地上。

天生天养的鸡鸭，源源不断地进入世界的肠胃；花花绿绿的现钞，滔滔不绝地回归小县的财政……

短短 4 年，天翻地覆！

2012 年，政和县县域经济发展指数在全省提升 35 位，上升幅度排名第一；2013—2014 年，蝉联全省"县域经济发展十佳县"；2016 年，财政收入由 2011 年的 1.6 亿元猛增到 4.9 亿元。

廖俊波离任之时，政和县已经脱胎换骨为一座现代化县城：改造 5 条大道；打通 9 条断头路；新增 3 家大型超市；设置 4 个红绿灯和 1500 盏路灯；建造高标准的市民广场和文化中心；电缆和弱电线路全部地埋；供水管网统统改造。特别是县城周围，高速公路通车，2 条国道过境，8 座大桥竣工……

更让政和人欣慰的是，经过几年培育，政和白茶再度崛起。一座投资 2 亿元的"中国白茶博物馆"已经奠基，"白茶银行"正在全国形成网络……

春节到了，外出的乡亲和学子纷纷回家过年。

走下高速，是宽阔的迎宾大道，两侧站立着一排排璀璨的中华灯，高挂着一枚枚喜庆的中国结，是父亲的迎讶，像母亲的微笑。看着这亮堂堂、红彤彤、热辣辣的场景，看着这全新的故乡，不少人瞠目结舌、热泪横流……

政和政和，政通人和！

一个千年梦想，终于实现！

6. 我爱武夷山

南平，俗称闽北。这里，真是一块风水宝地啊：三溪汇流，闽江之起首；武夷巍峨，福建最高峰。然而，令人尴尬的是，其经济发展水平，却位于全省之尾。

这些年，南平人一直在试图突围。

但是，毋庸置疑，南平的发展存在着巨大瓶颈。首先，市委、市政府驻地——延平区是一片狭窄山地，四周无处延展，而且处于市境的犄角地带。这些年来，为了寻找一方舞台，省市层面的领导和专家费尽心思，终于选定了一个好地方，那就是版图中心区域的邻近武夷山的建阳市市郊。如果依托现有城市基础，再创建一个武夷新区，作为全市的政治经济和文化中心，岂不是凤凰涅槃！于是，经过多年论证，在中央和省委的支持下，整套计划已经通过。

2016年，市党代会明确提出：2018年启动搬迁，2020年结束。

不仅要尽早建造一座武夷新区，还要搬迁一座地级城市，这是一项多么巨大的工程！

这项任务，又历史性地落在了廖俊波肩上。

2016年8月，身为南平市委常委、副市长的廖俊波，兼任武夷新区党工委书记。

市政府，他是常务负责人；武夷新区，他更是第一负责人。

武夷新区距离南平市委、市政府所在地130公里。于是，穿梭于两地之间，便成了他的常态。朝朝暮暮，风风雨雨。

工作之忙，压力之大，可想而知。

什么叫殚精竭虑？什么叫绞尽脑汁？什么叫夙兴夜寐？什么叫披肝沥胆？都是此时的廖俊波！

进入2017年之后，廖俊波的工作重心是软件园招商。

是啊，新区、新区，新在哪里？信息时代，怎么可以缺少软件产业？

但南平是一个偏僻之地、落后之隅，谁来落户呢？

一个多月时间，廖俊波马不停蹄，联系和拜访了国内IT业内多家规模企业，其中10多家已经签订协议并陆续入驻。特别是在福州，他与浪潮集团福建公司已达成初步协议。

3月15日中午，他飞到北京，正好下午空闲。工作人员提醒说，你父母住在北京。是的，父母在妹妹家已经住下两三年，自己从未登门看望，只是春节期间在老家见一面。作为儿子，他常常心怀愧疚。

转念一想，软件园工作太紧急。即刻联系浪潮集团总部。正好，对方执行总裁答应会面。

他马上拿出西服，整正领带、梳理头发、擦亮皮鞋，像谈恋爱一样，雀跃而去。

这一次，终于取得实质性进展。双方相约，3 月 21 日，南平见！

3 月 16 日，回到南平时，已是半夜。他兴奋地对大家说，这几天行程太紧，太累，你们明天休息一下吧，晚一个小时上班。

第二天 8 点 30 分，大家仍是正常到岗。可他呢，已参加过一个早上 8 点的开工仪式，又赶往南平市开会去了……

当天下午，纪检部门在武夷新区调研，他全程陪同。

3 月 18 日上午，市长主持会议，协调研究武夷新区生活搬迁等问题，直到 12 时 30 分结束……

午饭后，他睡得深沉。

可他设定了手机闹钟：14 时 30 分。

闹钟响了。他睁开眼，又闭上，对妻子说："我再睡一会儿，36 分喊我，盯紧啊。"

时间到了。妻子犹豫一下，还是推醒他。

下午 3 点，他主持会议，研究上午会议内容的具体落实。

会议 5 时半结束。他又与市国土局局长等人会面，商议武夷山国家公园事宜。

下午 6 点，回家吃饭。饭后还要赶到 130 公里之外的武夷新区，主持晚上 8 点开始的协调会。多项工作，迫在眉睫啊。

妻子静静地看着他。

这个匆匆忙忙的男人啊，真是她今生注定的眷侣。结婚 25 年了，他仍是像新婚一样宠爱着自己。几乎每天，他都要给自己送一束花——微信玫瑰！只是，他常常不在身边。每次想他了，就打电话，可总是不接。有时候，回一个字：忙。有一次，他抱歉地说，以后退休了，买菜、做饭、拖地、养花，我全包了！你什么也不用干，只需坐在沙发上指挥，哈哈……

那一刻，他兴奋得像一个孩子。而她，幸福得宛若初恋。

可他，毕竟心累啊。离开政和时，他还是一个精壮的中年人，而两年来，头发全部灰白，几乎脱落一半。脸上和手上，竟然长出了一片片老人斑……

想到这里，她一阵心酸。

他埋头喝粥。

这时，天色骤然阴沉，大雨将至。

忽然想起还有长长的山路，妻子试着说："今天是星期天，你休息一下，也让大家休息一下吧。"

他没有吭声。

她又说了一遍。

他沉默一下，略有嗔怪地说："你是老师，下雨天，就可以不去上课吗？"

妻子愣怔，无语。

这是多少年来，他们第一次交锋，第一次红脸。

于是，他微驼背，弓身，点点头，笑一笑，走出门……

40 分钟后，车祸发生！

7. 雨别

3 月 21 日，遗体告别日。

南平各界人士，纷纷要求现场祭奠，当面告别。限于安全、交通等方面原因，官方真诚劝阻。但执意前来者，仍达数千人，敬献花圈，达 1500 枚；而网上吊唁人群，超过 40 万！

一位在南平做生意的政和籍商人，深感故乡巨变，却从来没有见过廖俊波。这天一大早，他特意赶到灵堂，像拜祭长者那样，双膝跪下。而他的年龄，比廖俊波还长 3 岁。

许绍卫俯坐于地，泣不成声。昨天晚上，他再一次把满头霜雪，染成一顶黑发。

张斌赶到南平时才发现，全市宾馆爆满，他只得借住朋友家。去年以来，他遵从廖俊波的愿望，高薪聘请 16 名广东工匠，在本村创办手表制造厂，并对本地青年进行培训。大山深处的原始村落，竟然可以生产精密手表了！

浪潮集团执行总裁和福建公司总经理也来了。在廖俊波遗体和遗像前，他们噙着眼泪，用最简短、最低沉的语言告知，集团已经决定：在武夷新区投资 50 亿，建造一个高标准的软件基地。

…………

那一天，南平再降大雨。

天上雨，人间雨！

采访结束时，我专门拜访廖俊波的办公室。他的桌上，放着一个笔记本，和两支红黑水笔，仿佛是教师的教案，好像是学生的作业。

窗外，是九峰山。苍苍翠翠的群山之间，两条清清的溪水——建溪和沙溪，在南平市中心相约，举行婚礼，合二为一，形成一个大大的"丫"字。

这，就是闽江。

一江清水，向南流去。流向大海，汇入中国潮流，汇入世界潮流……

（发表于 2017 年 9 月 27 日《人民日报》副刊）

乡贤

村头一口老井。

井台的青石光幽幽、粗粝粝。毛茸茸的井绳，钩着水桶，颤悠悠地卸下去。水桶浮在水面，不肯下沉。猛用力，井绳一抖，水桶倒栽葱，翻个筋斗，呛满水。往上提，沉甸甸，勒得手疼。他咬着牙，握紧井绳，用尽洪荒之力，小心翼翼地提上井台。

村街瘦瘦的，沟沟坎坎，歪歪斜斜。下雨了，路上挤满白白胖胖的水泡，呼喊着，雀跃着，嬉嬉闹闹地向东奔去。

村东是一片枣林。暮春里，黄灿灿，雾腾腾，氤氤氲氲，宛若一片燃烧的火焰。每一个枝条上，缀满嫩绿的新叶，羞羞的，颤颤的，明眸皓齿，流盼娇喘。叶柄上米粒大小的细碎黄花，像一只只小手，像一个个嘴巴，在风中摇曳着，喘息着，嗡嗡嗡，嘤嘤嘤。于是，整个小村，都香起来了，都成了枣花的臣民。

上学了，和张明美、章鸿福等小伙伴一起，坐在破旧的教室里，听老师讲那稀奇的事情，眼里和心底闪烁着明明暗暗的惊喜和迷惘。放学了，饿得双腿打晃。钻进枣林，偷偷吃几颗青枣。肠胃登时有了支撑，手脚立时有了力量。

枣林旁边，是一个池塘，清水盈盈。夏天里，他常常光着屁股，在里面游泳，躺在水面上，挺着白肚皮。仿佛这就是他的大海，他的世界，他的快乐。

一天，粗糠吃多了，拉不出屎来，疼得躺在地上直打滚儿。街上的万医生跑过来，焦急地揉着，又用手指抠肛门。第二天，他去送治疗费，万医生摸着他的头，又把钱塞回他的手里……

这些，都是他的早年生活，永恒记忆！

他的小村，名叫万庄，位于河北省临西县东南角，与山东省搭界。

和所有胡子里长满故事的农村一样，万庄村的空气里也飘浮着许多传说：廉颇驻兵、乾隆摇鞍，等等。是真是假，不好说。但贫穷，是真实的；美好，也是真实的。

1953 年 7 月，他就落生于此。

高中毕业，王殿明揣着饥饿，满眼迷茫，离开了小村……

一晃 30 年！

这期间，王殿明始终在位于石家庄市的北京军区军医学校（现白求恩医务士官学校）服役。班长、副排长、收发员、保密员、通讯技师、军需科长、军务处处长，直到上校军官。无论啥岗位，都是顶呱呱。

有一个战友，家境贫寒，父母多病。他每月偷偷地寄钱。战友纳闷，直到两年后，才"抓"到原形。他还用自己微薄的工资，陆续资助 36 名贫困学生。一沓沓汇款单，加起来，5.6 万元。

1998 年，部队集资建房，分配他一套 80 多平方米的住宅，需要 5 万元。他拿不出来，只好借款 4.3 万。

妻子总埋怨他傻蛋，是一个呆头呆脑的大头兵。女儿呢，笑一笑说，爸爸的颜色，是赤红的。

转眼之间，年近半百，准备离岗。

组织和社会，没有亏待自己啊。儿时的伙伴，有生病的，有去世的，大都生活在困窘中。而自己呢，虽然没有升官，没有发财，但一个农村苦娃子，也算成功，也算圆满。坦坦荡荡，健健壮壮，落下一具好身体，一片好人缘。

想到这里，他点燃一支烟，神仙般眯眯地笑了。

人生不过如此。虽有小遗憾，却也知足矣。

王殿明的发财，简直是一个传奇！

1999 年，他正式离职，恋恋不舍地摘下了军衔、帽徽。那些日子，他一直在想，退休了，干些什么呢？

当时，各类民办高校大热，国家号召民营资本介入。

他没有钱，但有朋友，有胆气，有眼光。于是，捷足先登，借款 40 万，下海经商。

商海滔滔，商机无限。他用真诚、胆略和汗水为刀剑，为钥匙，居然凿通了一条条路，打开了一扇扇门。在部队没有实现的将军梦，居然在商场实现了。

他与 5 所高等院校合作办学，建公寓，造校舍，承包物业。

奋斗几年，竟然挣下数千万资产。

他的钱，来得是不是太容易了？

有时候，他也想，自己是不是一个投机分子？

但，又是合法的。

只能说，他是一个幸运者！

不管怎么样，聪明人、勤劳人、厚道人王殿明，从社会上，从商海里，特别幸运又合法合理地捞取了一大桶黄金，成为一个富人。

下面的问题，他应该如何消费这"一大桶黄金"呢？

有着足够的退休金，有着足以温暖的住房，唯一的女儿已留学海外。自己的未来生活，怎样安排？

他最初的设想，也是最直接、最简单的设想，就是购别墅、买豪车、观美景，安安静静地行乐。

是啊，吃苦大半生，应该好好享受享受了。

第二个设想，就是办企业，开公司，钱生钱，利滚利，当大企业家、大老板，坐视巨大财富的来来往往。

但这些，都不是他的愿景。

一天夜里，他梦见了童年，梦见了小村。那口水井，那片枣林，那片池塘……

离开故乡，已经 30 多年了。

改革开放之后，小村的温饱问题虽然解决，但仍是贫穷。路，还是儿时的坑坑洼洼；学校，依然如故；村集体，连一个办公场所也没有。不大的村庄，却流浪着 30 多条光棍。

2004 年，他开始向家乡无偿投资。

村头的水井早已消失，村民们长年饮用浅层井水，浑浑黄黄，十几个村民身患癌症。他叹一口气，投资 30 万，打一眼深水井。又铺设自来水管，通往家家户户。他通过大喇叭，向父老乡亲宣布：用水用电，永远免费！

村街，还是儿时的土路，晴天尘土飞扬，雨天泥泞不堪。他投资 27 万，全部硬化。于是，白净净的水泥路面，变成了一张张微笑的脸。

村民没有集中聚会的场所，开会是露天，电影是露天，看戏也是露天。下雨天、刮风天、大冬天怎么办呢？他投资 680 万，建造一个大礼堂，既可开会，又可娱乐。县城里也没有如此高档的设施啊，于是，县委机关开会，也常常前来借用。

游泳，是内陆干旱乡村的梦想。看着终生也没有触摸过泳池的父老乡亲，他突发奇想。城里泳池的标准面积是 25×50 米，而他的建造面积是 35×85 米。于是，小村的夏天，成为一个欢乐的世界。

村两委办公室、学校、广场、养老院等，一个个全建立起来了。

几年之内，他在村里的投入，接近 2000 万元。

村人暗暗庆幸，称叹小村出了一个好儿子！

直到有一天，村民们联合找他，希望再修一座庙。

他心底一怔。

霎时间，他明白了什么。

他的故乡，也与外界一样，是一个小社会啊，风气混浊，问题多多。有户人家，婆媳不和，媳妇拒绝赡养公婆，法院调解不下，纷争不休。上访、赌博、酗酒、打架，甚至偷盗现象，更是比比皆是……

他一直在思考，到底是什么原因，使乡村失去了重心，失去了和谐？

于是，他决定调整投资方向。

枣林还在，那是小村的根和魂。

枣树，与小村的深厚情缘，更在于它的实用性。俗话说"桃三杏四梨五年，枣树当年就还钱"。而且，枣树生命力顽强，抗旱涝，耐苦瘠，即使灾荒年，庄稼绝收，它也能如常结果，从青枣开始，便可续人饥肠。而它的枝干，更是钢筋铁骨，可做切菜板、擀面杖、蒜臼、棒槌、木梳、筷子，等等，全方位地陪伴人们的生活。

哦，童年的枣树，祖先的枣林。王殿明决心善待每一棵枣树，像老人一样精心养护。他要把这片枣林打造成一个园林，里面刻写一块块石碑，叙述小村的历史……

枣林旁边的水塘，是他小时候游泳的地方，现在早已干枯，变成一个巨大的垃圾坑，臭气熏天，蚊蝇滋生。

他更是下定决心，要把这里打造成一个纯正的文化场所，一个优美的宫苑。

这些年，他在创业中，深深折服于中华传统文化的魅力。

中华优秀传统文化的核心，也是孔子关于人类社会发展的最著名思想，便是"和为贵"。

"和"是什么？

《易经》六十四卦中，首卦为"乾"。文曰："乾道变化，各正性命，保合太和，乃利贞。"其意为天道变化中，万物各自遵循着自然生长的规律，保持着合和的关系。《易经》又言："夫大人者，与天地合其德，与日月合其明，与四时合其序。"

"和也者，天下之达道也。"《四书》在其核心篇章《中庸》中进一步阐述："和"就是符合法度常理，就是天下皆可通行的普遍原则。

《论语》在此基础上，更把"和为贵"提升为治国安邦的道行准则。

"和"首先是稳定，而后是发展，且是稳健、和谐地发展。这是一种哲学思想，是世界观，更是方法论，是解决一切矛盾的钥匙。

历史曲曲折折，但中华民族"和"的基因，从未变异！

王殿明再次投资 1800 万元，对这个垃圾场进行彻底改造：重新开挖池塘；围绕水塘，建造一个主题鲜明的"和文化"公园，把孔子、孟子、荀子等数十位中华传统文化名人和中华传统二十四孝人物，一一塑像，进行立体的介绍。

圣哲先贤们的一双双眼睛，看着小村，看着大家，静谧、肃穆而又慈祥……

在一个无形的世界里，王殿明进行着精密的建构。

小村偏僻，人流静滞。他与周围村庄联络商议，在本村设立固定集市。开市之前，他重金请来豫剧名角，连唱十台大戏。三里五乡，万人涌动。从此，每月逢四九，全村开集市。贸易流通了，观念苏醒了……

村里有个孩子安兴旗，高考落榜后，由于家境困难，考学无望，便找到王殿明，希望给他打工。在谈话中，王殿明感觉孩子基础不错，便赠他5000元，嘱咐复读，再次高考。第二年，安兴旗果然考入河北师范大学。但每年的学杂费和生活费，又需1万多元。王殿明异常高兴，欣然负担。

为了挖掘小村历史，他聘请本县文化名宿，先后编写5本图书：《万庄史话》《万庄民俗》《万庄故事》《万庄与临西》和《万庄神韵》，并正规出版，赠送各家各户。

与此同时，他在村里还设立"和文化"节，每年进行"十大和谐家庭"评选……

百善孝为先。孝，是儒家伦理思想的核心，是千百年来中国社会维系家庭关系的道德准则，更是乡村和谐的基础。

几年来，王殿明对此进行了深入的思考，最大的投入。

2009年11月，他立足小村，开始举行一次更大规模的活动：联合中国社科院伦理学会、国际儒学会、全国多所高校和多家媒体，举办中华"新二十四孝"评选。

中国古二十四孝，系元代郭居敬辑录宋代之前的孝亲故事，绘制成图，已经流传数百年。那么，在当下细细碎碎却又轰轰烈烈的现实生活中，有没有更有时代性的孝亲故事呢？

答案是肯定的。

一年之内，评委会共征集到来自全国30余省市的共1万多份案例。

为了评选出当今中国最具代表性的新二十四孝，一年多的海选，王殿明上山下乡，足迹遍布海内外，对入选人员一一登门拜访，盛情慰问，邀请出席。

2010年11月12日，在人民日报社报告厅，中华"新二十四孝"评选颁奖典礼举行。

来自全国各地的获奖者讲述了各自的孝行故事：行孝上班两不误的白

衣天使邓桂芳；五十年侍奉四老、四个儿子承接家风的王松梅；为救肝衰竭父亲、毅然捐出 60% 肝脏的台湾大学生黄致豪……

而后，他又投资 1000 万，在万庄建造"中国孝道园"，将中华"新二十四孝"全部雕塑。

精致典雅的"中国孝道园"里，流水潺潺，花香袅袅，熏染着空气，熏染着人心。

几年来，王殿明在故乡的累计投入，超过 8000 万。

原来名不见经传的小村庄，迅速蝶变为一个幸福、和谐的社会主义新农村。

王殿明的目标明确而坚定：打造"华夏和谐文化第一村"！

平时，王殿明最喜欢在那片枣林里散步。

六月中旬，枣花落尽，根蒂部便会长出青胎。

夏天里，毒毒的日头下，这些小精灵光着头，裸着身，顶着阳光，进行着最剧烈、最彻底的光合作用，把阳光、水、土壤中的矿质元素和自家祖传的独特配方，发酵、发酵，酿成甜蜜的液汁。而同时，身体也在日日夜夜地膨胀着，今天像绿豆，明天像豌豆，后天便是珊瑚大小了。

夜夜秋风起，涂黄又涂红。枣儿们成熟了，沉默了，定格为一枚枚赤红的椭圆，恰似一张张村民的脸庞，像父亲的渴望，像母亲的欣慰，像新娘的羞涩，像童子的笑靥，像醉汉的狂癫。

八月十五枣落竿。这些日子里，家家像过节，大人小孩子们挥舞着长长的竹竿，在树上扑打。枣子们噼里啪啦地落下来，像乒乓球，在地上来回蹦跳着。间或砸到孩童的头顶上，溅起一声声惊叫，一阵阵嬉笑……

每每看着这些，王殿明的脸，便也笑成了一枚红枣。

小村的富裕与和谐，也在悄悄地发酵、成熟。

100 多名村民在文化园林里服务和打工，不仅营造美丽，还可以领取工资。这其中，包括他儿时的伙伴张明美、章鸿福。当然也有他的新朋友，那个刚刚大学毕业的安兴旗……

当年的万医生去世了，他的后人万文礼继续开办诊所。小伙子刚刚 30

岁，不仅医术有家学，还喜欢收藏金石。在王殿明的影响和支持下，办起了一个家庭收藏馆。

还有几户村民，办起了孝道馆、书画社……

那一对多年失和的婆媳，早已和好如初。

30多条光棍，正在陆续脱单成双。

村里一位女青年，失恋后，几度自杀。走进枣林，静坐两天，醒悟人生，欣然回归生活……

几年来，万庄村再没有上访，更没有刑事案件。

春风化雨，润物无声。

虽然其乐融融，但在不少人眼里，他仍是一个另类。

他的妻子，似乎也不太理解，总说他太傻了，是天下最大的傻瓜。

唯一的女儿，在深圳，常常让他过去。并试图劝他适应所谓的新潮价值观。

父女两人，常常隔空舌战。

说来让人难以置信，办企业这么多年，可直到现在，他在银行从没有自己的账户。

他是一个细心的文化人，又是一个粗心的乡巴佬。

他只喜欢穿带襻纽的中式服装，一件几十元的衬衣，便能对付一个夏天；一双手工的粗布鞋，就可蹚过整个冬天。他吃不惯宴席，从不去歌厅，只喜欢萝卜馒头玉米粥。而他最香甜的睡眠，是在故乡的老房子。

他，终究是乡村的儿子！

而，乡村的儿子，有什么不好呢?

他有着和谐的心境，枣树般的身板。虽已64岁，却没有白发，没有花眼，走起路来，踩得大地咚咚直响；吃起饭来，嚼得黑豆咔咔爆裂。

是的，他只是一个普通人，却以全身之财、倾心之情，在痴痴地酿造着乡村的芳香，滋润着乡村人的心灵。

这些年，王殿明的追求，得到了越来越多的理解和支持。他当选河北省和谐文化研究会会长，并先后荣获"CCTV2008年度新农村建设杰出贡献奖""2013年和谐中国年度人物"和"2016年感动河北十大年度人物"等奖项和称号……

村头的池塘，又恢复了儿时的模样，一池清涟。池边绿柳依依，池内蓝天白云。

池塘里的鱼儿，红红黑黑，硕硕壮壮，每天在欢快地游乐。方才还似一群散乱的星斗，转眼间，便组成了一个天然的、浑圆的太极图。

热烈而和谐，曼妙而精壮！

那是自然，那是天道。

那是他的梦。

他的乡村梦，他的中国梦！

（发表于2017年5月5日《光明日报》副刊）

最后的小麦

小米与小麦，哪个是中国人的主粮？

当然是小麦。

但这是现在。几十年前的主角，还是小米。自古以来，公职人员的薪酬，曾多以小米支付。

因为，小米是中华民族的"儿子"。在8000年前的磁山文化遗址中，就发现了它的碳化物。

小麦，其实是中华民族的"女婿"。虽然在先秦时代就已经"入赘"，但可以肯定的是，直到汉代之后才在北方地区推广种植。小麦与小米的生长周期完全不同，正好可以在青黄不接时提供救命口粮。但由于磨粉难题的瓶颈，面食的魅力始终没有真正展现。直到近代，随着电力和钢磨时代的到来，人类惊奇地发现，小麦，这个艰涩、生硬的椭圆形微黄色粒状物，竟然可以拥有七十二种变化。如果说雪白的馒头只是初级开发，那元宝形的饺子无论如何也算是一种创造，至于面条、油条、面包、三明治、蛋糕等，则更是欲望的延伸了……

所以，田井安小时候的最大梦想，就是天天能吃白馒头。

但是，时运不济。自从来到这个世界上，整个童年和少年时代，田井安每天的主粮，就是红薯、玉米和野菜。

田井安是什么时候开始天天吃上白馒头的？

20世纪80年代中期之后。

肆无忌惮地吃白馒头，这是以田井安为代表的中国农民的一个划时代里程碑。

那时候，田井安代表中国农民，曾经自豪地认为，终于过上了好日子，终于实现了几千年的梦想！

但很快，他就发现，自己错了。

1. 童年的梦想

田井安，男，生于 1965 年，河北省保定市安新县小王营村人。

他的小村，位于白洋淀北岸的平原上，虽然属于安新县，却邻近容城县城，只有 3 公里。

冀中平原的村名，多带有营、寨、堡几个字。显然，大都与历史上的战乱有关。

在浩瀚的历史长河中，在战争与和平的波峰波谷之间，小王营村就像一艘小船，载着一船村民，在暗暗地泅渡。黑黑白白的日子，青青黄黄的季节，死死生生、枯枯荣荣。或者说呢，小村就像一棵大槐树，树叶年年更新，枝干依然苍虬。而田井安和他的家族，就是一片片叶子，在默默地摇曳着自己的春秋。

他的祖上和父母，均目不识丁。他兄妹四人，一个姐姐和两个哥哥也都没有上过学。只有他读过 3 年小学，学历最高。虽然在学校里勉强结识了 300 多个汉字，但很快就全忘记了，最后只记住 3 个字，那就是他的名字。

没有文化也不耽误什么啊，不读书，不看报，不空谈，不耽误吃饭，不耽误干活，不耽误睡觉，每天轻轻松松，快快乐乐。

虽然汉字都忘记了，但有一个梦想，却深深地种植在了他的内心深处，那就是老师曾描述的关于未来幸福生活的画面：楼上楼下，电灯电话，工厂汽车，大白馒头随便吃，还有城市人浪漫的生活……

这个情景，一直飘摇在他的梦中。

2. 少年的饥饿

梦想虽然浪漫，现实却是饥寒。

在田井安进入少年时代之后，身体、胃口乃至意识接近成人，他越发感到了两种生命本能的强烈，那就是寒冷和饥饿。寒冷大约持续四五个月，而饥饿伴随着全年的朝朝暮暮。

辍学后，10多岁的他开始参加生产队的劳动。

生产队最主要的农作物就是小麦和玉米，轮茬种植。

千百年来，这片土地上的主角曾经是谷子，也就是小米。但谷子产量低，亩产只有二三百斤。大约从20世纪五六十年代开始，北方地区开始大面积推广小麦种植。小麦秋季播种、夏初收获，正好可以填补秋收之前的饥荒，而且产量也高，几乎是谷子的一倍。此时，电力兴起，钢磨诞生，可以轻易地生产面粉了。面粉作为主食，可以蒸馒头、包包子、炸油条、擀面条，极大地丰富了人们生活。小米呢，只能煮粥。更重要的是，它的生长期与玉米完全重合，而玉米的产量，又是它的三四倍。所以，在小麦和玉米的夹攻下，小米让位了，成为杂粮。

小麦，真是一个灵物呢，竟然适合低温生长。秋后播种，初冬出土，青青灵灵的幼苗长至七八厘米，正好遭遇严冬，而后蔫蔫地匍匐在地，任凭严寒暴雪。最奇特的是，历经酷寒，却更加坚实。第二年春天，返青后，麦苗们厚积薄发，迎风而长，拔节孕穗，开花灌浆，直至6月初，成熟收获。

小麦收获后，马上种玉米。此时，已进入夏季，玉米长势猛烈，很快就变成青纱帐。青纱帐里，扬花结籽。仅仅两个月，便大功告成，抱出一个个棒槌大的金娃娃。秋后收获，马上种麦。

虽然连年劳作苦累，但仍不能吃饱。因为小麦收获后，大部分要交给国家，供城市居民食用。看着大车小车的小麦走进粮店、走向城市，农民们徒叹奈何。而玉米，则大部分留给自己。

于是，玉米，就成为农家主食。

玉米是粗粮，长期单一食用，与肠胃不相融，烧心反胃，直吐酸水。

面粉，只在重大节日时，才偶尔出现。

所以，吃白馒头，是那个年代中国农民最强烈的梦想。

吃不上白馒头，只能吃玉米。玉米太单调，而且也不充足，于是就吃红薯，吃野菜，吃小米的内衣——糠。

这些东西塞进嘴里，粗粗糙糙、苦苦涩涩，难以下咽；咽下，肠胃疙疙瘩瘩、鼓鼓胀胀，不易消化。

最难堪的是，吃这些东西，拉不出大便来，需要小伙伴们相互帮助，用棍子捅肛门。

田井安永远铭记着那些饥饿的感觉：肠胃虚空、收缩、痉挛，满眼阴影。看着天上的太阳，黑黑乎乎、扁扁圆圆；看着周围的一切，虚虚实实、弯弯曲曲。

一次，村里一个富户家盖房，帮助干活的人没有工钱，管吃白馒头。他主动报名帮工。晚上吃饭时，竟然吃下 11 个馒头。吃饱后，腹胀，绞痛，不能走路，只好四仰八叉地仰躺在地，直到后半夜，才爬起来，回家。

家里只是两间土坯房，是爷爷的遗产。

土坯房的西侧，有一个低矮的观音庙。每逢过年过节，母亲就虔诚地上供、磕头、烧香。

3. 青年的孤独

20 世纪 80 年代初期，包产到户。他家分到 10 多亩地，仍是种小麦、玉米。

不用说，他的干劲儿更大了。

小麦越冬前，要浇防冻水；返青后，要浇返青水、烟花水、灌浆水。春夏之交、暖风熏熏，极易滋生一种类似蚜虫的腻虫，专门吸食小麦的浆液。这时候，要打两遍药。

最苦累的是收获时。6 月上中旬，小麦成熟，进入雨季。一旦过雨，便会倒伏，必须抢收。而且，为了便于轮种玉米，要把小麦连根拔起。想想看，需要何等气力！所幸，他是生猛小伙子，奋起双臂，扭动熊腰，大战三天两夜，生生把麦子全部拔出。而后，再用铡刀把上半部铡下，摊放在麦场里，碾压、脱粒。

脱粒之后，便是扬场。一大堆麦粒，必须借助自然风力，吹除尘土和杂物。别无他法，只有手挥木锨，把麦粒们高高地抛洒在空中。

又是三天两夜。

太累了，太脏了，腰酸臂痛，浑身僵硬，脸面黑乎乎，眼仁白亮亮。

种玉米最难是拔草。玉米生产季节正值盛夏，杂草丛生。最烦人的草是苋草、尖草、水摆草等。玉米的青纱帐比人还高，不透风，太闷热。宽宽的玉米叶子，像锯齿，在裸露的皮肤上划出一道道血印，伴着汗咸，浑身刺疼。

苦累之后，收获满满。

这一年，粮食问题，彻底解决，田家的主食，终于告别玉米，走进白面时代。家里存储上千斤小麦，随便蒸馒头，任意擀面条，尽情包饺子。

一时间，他感觉自己是世界上最幸福的人。

但随着两个哥哥盖房、结婚，家里又外债累累。

他和父母生活在一起，还住着爷爷的土房。

悄悄地，他也18岁了，胡子疯长，荷尔蒙爆表。可没有媒人上门。

他只能在田地里拼命地干活。近些年，不少村民从事服装加工和粮食购销生意。他没有文化，不能参与，只有出苦力，只能混饭吃。

年龄越来越大，苦恼越来越深。

1991年，为了他的婚姻大事，父母再次举债，为他盖起了三间房，却仍是土坯墙。

这个年头，还盖土房，全村只有他一家。

1992年，27岁的他，终于娶妻。媳妇是一个来自外地的二婚女人。

但婚后不久，女人就嫌弃他，在生下一个女儿之后，悄然失踪。

4. 壮年的绝望

老婆跑了，他带着女儿生活，依靠母亲帮衬。

他实在没有别的技能，只能守着土地，种小麦、种玉米。偶尔，到附近企业打零工。

种地和打零工的收入，每年三五千元，便是全家的支出。

孤独，是他唯一的朋友。而孤独最好的朋友，便是抽烟。

可抽烟的钱，也没有啊。

只能抽旱烟。

当地民间有一种土烟叶，一斤半一束，售价10元。晒干，用手揉，便是烟丝。再买一沓白烟纸，自制卷烟。这种土烟，不仅便宜，而且猛烈。

他把自己深深地埋在浓烟中，打发岁月。

除了抽烟，他最大的爱好就是吃肉。在他的意识里，白馒头的更高层次就是肉食，吃肉就是好生活。

他的生活，没有规律。除了不读书、不看报、不听戏，还不刷牙、不洗澡、不运动。总之，他没有文化，没有追求，只想活着。而活着，除了种小麦之外，不就是抽烟、吃肉吗？

这样的日子，足足过了十几年，跨过21世纪。

2013年春天，田井安在种小麦时，时时感到眩晕，继而浑身冒虚汗，走路喘气，不能上坡，没有力气。

他突然意识到，自己的家族，或许有心脏病史。这些年，父母、哥哥都死于此病。

他悄悄地到容城县医院检查，果然如此。必须进行心脏搭桥手术，需要手术费十多万元。

天啊，他马上退缩了。

想着自己随时会死去，这个不足50岁的汉子，时时唉声叹气，时时战战兢兢。

他的世界里，天天盘旋着一群黑乎乎的乌鸦，在头顶上聒噪……

5. 中年的希望

2017年2月23日上午，村西南麦田里的土路上，突然来了几辆面包车，还有一些陌生的工作人员。不少好奇的村民走出门去，远远地看。

这些朴实的庄稼人啊，文化程度不高，理想也很低调。他们做梦也没有想到，冥冥中，命运已经发生了颠覆性的豹变！

他们更不知道，正是这些人，代表国家、代表历史，为这片土地赋予了全新的生命!

直到 4 月 1 日，国家公布雄安新区成立的消息，村民们才恍然大悟。

于是，大家循着电视上的影像背景，纷纷来到那条土路上，细细寻找，慢慢体味，深深感叹。

一望无际的大地，长满密密实实的麦苗，蜷卧着，像毛毯。阳光照在上面，懒洋洋、暖融融。麦苗们睡着了，做着碧绿色或金黄色的梦。

路边到处是枯草。不知谁在一簇草茎上拴了一根红头绳，仿佛一个小辫儿。

旁边有人指点着说，那就是电视中出现的地方。

红小辫背后的大田里，整整齐齐、纵纵横横地插着一排排小红旗。那是地勘人员或工程人员的信号。

这里，就是未来新区启动的核心地块!

…………

他没有文化，不知道北京城里的故事。

他更不知道历史上的故事。

他的脚下，竟然就是大禹治水的主战场。

仰韶时代（距今约 7000 年至 5000 年）早期和中期，气候暖湿多雨。华北平原河流纵横，白洋淀迅速发育，水域面积扩张到最大范围，覆盖今保定大部分地区，襟连廊坊、天津、沧州等地。

这场因地球大暖期形成的洪水，对华夏民族，影响甚巨。

《孟子·滕文公上》:"当尧之时，天下犹未平，洪水横流，泛滥于天下。"禹遵舜命，全力治水，"以开九州，通九道，陂九泽，度九山"，改障为疏，因势利导，历经 13 年，水患始平。

而佐助大禹治水成功的主战场，正是白洋淀!

《尚书·禹贡》记载:"导河积石，至于龙门……北过降水，至于大陆;又北播为九河，同为逆河，入于海。"

大陆，即大陆泽，在古白洋淀上游;逆河，指黄河入海的天津一带。

据此可以推断:大禹正是引导黄河由西南而东北，横穿白洋淀，于天津入海。

当大禹最后掘通白洋淀的入海水道时，一项伟大功绩诞生了。

6. 晚年的新婚

田井安只有 50 多岁，怎么说是晚年呢？

因为他面相苍老，且身染重病。其心态和健康状况，均已提前进入老年了。

但是，已进入老年的田井安，开始了新的人生。

这一切，要从 2017 年说起。

雄安新区成立的消息传开之后，这里成为世界的热点。而作为新区起点的小王营村，更是热点中的焦点。

最开始，政府通知村民：停止建房，并着手清理关闭污染企业。管控一段时间后，总是不见全面开工，往日平静的村庄便泛起风浪。一些人暂时失去工作，聚在一起喝闷酒、抽闷烟；旧房扒掉了，新房不让建，儿子要结婚，怎么办？还有几家小型服装企业，因污染被关停。不少人陆陆续续地加入"闷烟闷酒"一族。村街上，每每飘浮着灰色的叹息。

但是，苦闷和叹息，很快被理智和欣喜替代。村干部上门劝说，你们这些僵脑袋啊，有什么想不开？忍耐一下，直接变成市民，直接住进城市，这是积了几辈子的福啊。建造新城，总要准备充足吧。

于是，多云转晴，哈哈大笑，闷酒变成了喜酒。

伴随着这个喜庆气氛，田井安生命中的另一半出场了。

李淑梅，1970 年生于 50 公里之外的高碑店市白沟镇，小学毕业。少女时代的她，学过绣花。结婚后，与老公共同做箱包生意。最红火时，雇工达 50 人。后来，老公不务正业，欠下外债。2010 年，老公突然中煤气身亡。她把企业变卖之后，还清债务，决心离开伤心之地。正在这时，雄安新区诞生了。她的目光，便投向这里。

农家女子，朴实更现实。她想着借这个机会在这结下一个巢儿，安顿自己的后半生。之后，她认识了田井安。

要说田井安，虽然没有文化，却是憨厚实在。而这，正合她意。

相处一段时间之后，她做出决定，与这个男人牵手。

2019 年 9 月，小王营村拆迁，麦田全部征用。

这是田井安作为农民的最后一年。

这一年 6 月，他收获小麦 5000 斤，卖了 7000 元。

与此同时，田井安的第一笔补偿款到位。

款项到位之后，李淑梅和田井安的外甥一起，马上联系北京航天医院。住院半个月，开刀，搭了三个桥。

2020 年 3 月，他们租住在县城。

2020 年 8 月，两人结婚。

通过这些日子的亲密接触，田井安深深认识到，这个温柔善良却又敢说能干的女人，就是自己生命的另一半！所以，结婚的时候，虽然没有大操大办，但田井安还是像初婚那样，为女人戴上了一枚戒指。

那是在县城里定做的一枚黄金戒指，镶一块绿玉，价值 4000 元。

2021 年 11 月 5 日，他们搬进了雄安新区最早落成的居民区——容东片区。

他们的新居，120 平方米。

田井安办喜事的同时，女儿也结婚了。

这些年，女儿跟着自己受委屈了，他要大手大脚地补偿。于是，在李淑梅的支持下，他给女儿送上一套房子，又买了一辆 20 万元的奥迪轿车。

当然，他也没有亏待自己，把自己的新房进行了装修和配置。自己刚做手术，行动慢腾腾。他给自己买了一辆电动车，又花费 4 万元，添加一辆老年代步车。

日子虽然好了，但他们两口子心里明白，以后的生活，还要奋斗。

好在，田井安有一位好妻子。

现在的雄安新区，到处是工地。虽然重点工程由国家大型企业施工，但更多的是基础工程，还需要人工。特别是建筑工地，搬砖提土扛水泥，运钢筋、运石料。这些粗活累活脏活儿，虽然工资高，却缺少民工。

好一个李淑梅，这个年过五十的中年女人，真是一位女中豪杰。为了多挣钱，竟然选择干这些最粗重的活计，日工资 280 元。

这个工种的苦累，难以想象。100斤重的一袋水泥，来回搬运。一捆捆钢筋，肩扛手提。

问她为何如此选择，她哈哈一笑说，我身体好，既能在家门口挣钱，又可以照顾我们老田，还可以锻炼身体，何乐而不为！

田井安老田有福了。

7. 童年的梦想

雄安新区，在细细碎碎却又轰轰烈烈地成长着。

走在这片热土上，总有一种莫名的感觉，似乎进入了一个强大的磁场。的确，这里洋溢着一种特殊浑厚的气氛：每一个人、每一棵树、每一辆汽车、每一座房舍，表面上都是平和的、安详的，但其内心，又都是激情的、澎湃的。整个新区，仿佛一位已经披上红盖头的新娘，静静地端坐，正在等待着一场天地间最盛大的婚礼。

是的，过去的白洋淀，是小家碧玉，是河北的女儿。而现在，她已蝶变为一位白领丽人，成为整个国家的公主。

爱情，给了田井安第二次生命。

手术一年后，走过适应期，他的身体竟然完全康复了，似乎满血归来。

其实，自从共同生活之后，李淑梅就在善意而又严格地管理和改变着田井安的生活，比如每天要洗澡、刷牙、换衣服、吃水果。至于戒烟，要分三步走：先是由自制卷烟换成机制烟，红钻石，三天一包，而后是五天一包。但自从做完心脏病手术后，已经收缩到每天两根了。

与之同时，则是体育活动——甩大鞭，不仅练臂力，还增加肺活量。

最多的是户外运动，或郊野散步，或外出旅游。以前，田井安最远只去过保定。现在，他们去了五台山、张北草原、承德等地。如果不是疫情耽误，他们或许早去了南京和海南岛。

每每开着自己的汽车，田井安坐在副驾驶上，为李淑梅搞服务，削苹果或送水。

这个没有文化的粗人，竟然也拥有了浪漫爱情。

采访时，最让我感到不可思议的是，现在的他们，每天只吃两顿饭：早饭和午饭，肉菜丰盛，晚餐免除。

这个习惯，已经持续一年多了。

李淑梅干一天累活，晚上不饿吗？她笑一笑说，饿了喝茶水，吃一个苹果。再饿了，就吃一块小零食。

李淑梅说，她这样做，主要是为田井安做示范，让他节食。

的确如此。自从进入这种生活轨道之后，田井安的身体更加康健。他身高一米六九，原来体重170斤，肥肥胖胖，现在，减去十分之一。原来灰头土脸、疲疲沓沓，现在满面红光、身手矫捷，说笑嘎嘎嘎，走路噔噔噔……

田井安现在的工作是保洁，在小区内打扫卫生、清理垃圾、养护花草。

每每劳作时，田井安总是忍不住发笑。

是的，过去几十年，总在想方设法地除草灭草，而现在，却是千方百计地种草护草。

比如说，他们小区的一种绿化草，名为黑麦。这种草，外貌极像返青时的小麦，是一种多年生的植物，生长快、分蘖多、耐低温，可以生长两年以上；还有一种草，酷似玉米，名曰早熟禾。这种草更皮实了，可以忍受零下20摄氏度的低温。

想到这里，他笑了，笑成了满天彩霞。

偶尔，他也怀念麦田。

前几天，他央求李淑梅开车，带着自己，去远处看望小麦。

正值三月下旬，春光明媚。小麦已经返青，正在挺起腰杆，但还是低低的，弱弱的，尚未分蘖。

他趴到地上，深深地闻一闻，似乎有一种灵魂深处的亲热和醇香。

哦，这生命中最重要的伙伴，虽切近，却又遥远；是拥抱，更是告别。

（发表于2022年4月1日《光明日报》）

长城的苗裔

"为了大家的利益，你甘心吃亏吗？"一位头发苍白的独臂老人，火辣辣地盯着面前的青年。

"……"青年人的嘴巴嗫嗫嚅嚅。

"遇到危险，你敢于牺牲自己吗？"老人进一步逼问。

"……"青年人的目光躲躲闪闪。

"不行，你不能入党！"白头使劲地一摇，独臂坚定地一挥。

…………

这位倔强的独臂老人，是河北省秦皇岛市海港区龙泉庄村党支部书记。

他的谈话对象，是一名入党申请人，也是他唯一的儿子。

为谁断左臂

龙泉庄，燕山深处的一个偏僻小村。

这里，距离县城（2015年之前隶属抚宁县）80公里，去往镇政府也要20公里。最近的邻居，是长城。

据县志记载，他们的祖先来自南方，明末修建长城，在此落户。一条断断续续的季节河，400亩望天收的山坡地，还有几千亩荒山，就是他们的全部世界。荒山上，全是黑森森、粗粝粝的片麻岩，没有树木，更不能种庄稼。

1950年，温守文就出生在这个贫瘠的山村里。

中学毕业后，温守文回家务农。他全身心投入农业劳动中，锄犁耧镰、耘耕种收，样样是好手。他还喜欢琢磨，提出了一系列增产增收的好主意。

乡亲们喜欢这个一心为公的好青年，先后推选他担任大队会计、民兵连长、党支部副书记。

1974年夏天，县里选拔年轻干部，24岁的温守文被任命为公社党委副书记。

可就在上任的前一天，出事了。

正是5月，连续多日抢种抢收，生产队的脱粒机在昼夜不停地脱粒小麦。那天傍晚，劳累一天的他，主动走进打麦场，对伙计们说："我明天就去公社上班了，今晚上就和兄弟们大干一夜吧。"

黎明时分，实在困倦，在机械般地向脱粒机填送麦秆时，他稍一打盹儿，左臂被卷了进去，血肉喷溅而出……

醒来的时候，已经躺在医院，左手及小臂被截去。

…………

因为身体伤残，温守文被改任公社辅导员，每月挣300个工分、15块钱。

这在那个日工分不足两角钱的年代里，不啻鱼跃龙门、一步登天！年纪轻轻的他，成了公社干部，前途无量。

可是，谁也没想到，仅仅半年之后，温守文竟然辞职回村。

他说："我胳膊没有了，还要公职干什么？我是共产党员，不能自个儿享清福，看着乡亲们挨饿。我用一只手，也要让乡亲们吃上饱饭！"

1975年1月，温守文担任村党支部书记。

全村300多口人，只有400亩山坡地。要吃上饱饭，只能增加耕地。可漫山遍野尽是百无一用的片麻岩，总不能在石头上种粮食吧？

龙泉庄仄居的山坳里，有两条季节河裂村而过，在村西合为一体。暴雨季节，河床淤积，泛滥成灾，村民苦不堪言。

温守文想，如果把两条河交汇处由村西改在村东，然后用疏浚一条河的淤泥填平另一条废弃的河滩，不仅可以当作耕地，还可以变害为利，灌溉农田。

可要开挖搬运 10 万多方淤泥，工程量太大了！

春节过后，温守文和乡亲们便开始了一场苦战。

铁锤铁锹铁胳膊，扁担大筐小推车，火星飞溅，车轮滚滚，热血沸腾，汗流成河。温守文举着短把镐头奋力砍砸，虎口震裂了，就把镐头扔在一边。右手拿过铁锹，左残臂夹住锹把，继续挖掘。左肋磨破了，棉袄和皮肉粘在一起，鲜血淋淋……

大战一个冬春，硬是增加耕地 120 亩。

这一年，他们彻底告别返销粮，摘掉了"穷队"帽子，粮食增产在全县位居第一。

刚刚吃上饱饭，温守文又开始琢磨新路子。靠农业，人多地少，没有出路。经过慎重考虑，他决定创办一家小五金厂。

可是，在"以粮为纲"的年代，这无疑是触碰禁区。

工厂刚刚创办，就被勒令封停。一顶"唯生产力论"的帽子扣在头上，他被关进了学习班……

1977 年春天，温守文被免去职务。

刚刚苏醒的小山村，乍暖又寒。

为谁捐工厂

改革开放的春风，吹拂着封闭的山村。

1983 年，温守文借钱办起了一家小五金厂，生产抗磨材料。这是对自己的证明，更是为小村的未来投石问路！

他成功了。1985 年，小厂收入 12 万元。一时间，温守文成为远近闻名的致富能人。

这一年，他个人出资，为小村修筑了一条出村的路。而过去，村民的出村路，只是坎坎坷坷的河滩。

可是，小村太封闭了，太贫穷了。全村 99 户人家，其中 43 户向他借钱。

唉，龙泉庄不能这样一直穷下去呀。

…………

1990 年，温守文再次当选村党支部书记。

上任之初，他先后到东北大学、山东科技大学拜访专家。经过考察论证，终于选定球磨机研磨球项目。这一时期，正是我国煤炭、冶金行业的黄金时期。球磨机是煤炭、冶铁业的重要设备，而研磨球则是球磨机的重要部件。

村里没有一分钱，却还欠着银行 1.2 万元贷款。温守文只得自己出资，替村里把外债还上。

仍是无法贷款，因为村里没有可抵押资产。

温守文把心一横，决定抵押自己的小五金厂。

可是，他的小厂属于个体企业，不能抵押集体贷款。

温守文简直是一个傻子，他竟然要把自己的小厂转让给村里，用于贷款抵押。这可是他的全部身家，是全家人多年拼死拼活的血汗啊！

这一下，彻底惹恼了家人，全骂他是疯子。

更让家人无法接受的是，为了彻底消除村民的猜疑，价值数十万元的小厂，只是按废铁收购价，仅仅折价 7.5 万元。而且，转让费还需村里有钱后兑现。

贷款到位，项目上马。

1992 年，龙泉庄耐磨材料厂终于投产。

最关键的，还是推销产品。

异地他乡、荒山野岭，独臂温守文背着几十斤重的样品，甩着空空的袖管，佝偻着身体，满头大汗，一次次地深入矿山，游说用户。

企业开始红火起来。1993 年，利润高达 40 多万元。

有了钱，温守文首先创办龙泉庄小学。长城守军的后代们，第一次有了自己的学校。

但是，好景不长，势头正盛的村办企业遭到灭顶之灾。

1994 年开始，由于国家宏观调控，建筑行业跳水，钢材市场低迷，继而冶金受挫、煤炭歇业。一系列的连锁反应，致使龙泉庄耐磨材料厂遭受重创，陷入三角债中，无力自拔。苦苦挣扎之际，又遇到国有企业转产改制，亏损企业纷纷破产。按照国家规定，破产企业所欠货款一笔勾销。就这样，龙泉庄耐磨材料厂的 110 多万元外欠货款，几乎全部泡汤。

温守文千辛万苦打造的企业，转眼倒闭。

温守文什么都没有了。令人羡慕的公职，辞掉了；自家红火的工厂，赔掉了。只剩下一颗伤痛欲绝的心，和一具疲惫已极的躯壳。

本来残疾的身体，再也支持不住了，神经官能症、糖尿病、心脏病轮番来袭。

1997 年，他做了胆切除手术，不得不辞职休养。

为谁哭破山

穷山沟的路，到底在哪里？

即使身卧病榻，即使休闲在家，温守文的思考也没有停歇。

这时候，渤海湾因为工业污染引发大面积赤潮，国家愈加重视环保。改革开放后以乡镇企业为主体的第一轮工业高潮已经过去，高耗能、低产出的工业项目正在走向穷途末路。可要发展节约环保型、科技密集型工业企业，作为一个没有技术、资金和人才的穷山村，根本不具备任何优势。

思前想后，温守文的头脑逐渐清晰起来：龙泉庄最大的优势是开门见山，处处是岭，要让群众致富，必须从实际出发，靠山吃山，绿色发展。这，才是一条根本出路！

显然，这是一条硬碰硬的苦干之路。

但是，他别无选择！

据专家介绍，北京居庸关以东到九门口长城，承德以南到渤海湾这一带燕山山区，是全国乃至全世界最好的板栗产区。这里的板栗口感好，糯性强，营养价值高，深受世界各国特别是日本人的青睐。而龙泉庄，正处于这一区域。

可是，为什么几百年来祖先没有种植呢？

更让他奇怪的是，周围 2000 多平方公里的山区，几乎都没有种植。

是本地的片麻岩不能种栗吗？

温守文使劲地盯着漫山遍野黑黑蠢蠢的片麻岩。这千年沉睡的穷山苦土啊，难道真的百无一用？

1999 年，在乡亲们的殷切呼唤中，刚刚康复的温守文，第三次出任龙泉庄村党支部书记。

首先，温守文邀请土壤专家进行考察试验。

片麻岩是一种古老的变质岩，容易破碎，可以通过人工加速其物理风化过程，变成疏松的粗骨土。这些疏松的粗骨土，只要加以适当土肥和水分，就可以栽种栗树。而板栗具有极强的可逆性，尤其偏爱微酸性的片麻岩，虽然不易种植，可抗干旱，耐瘠薄，少病虫害，一经完植，百年不死。

心底拿定主意后，温守文开始念叨他的"板栗经"。

可由于本地从来没有种植栗树的经验，任凭他再三鼓动，村民们根本不相信。

为了调动群众积极性，温守文和村干部经过深入研究，决定把山场分包到户，并规定：承包山场栽上栗树后，前七年不收承包费，待栗树有了收益，每亩山场每年仅收 20 元。

即便如此，村民仍然无人理睬。

没有办法，温守文只好首先在最偏僻、最贫瘠的地块选择 100 亩，进行试种。他要给父老乡亲们做一个示范。

好在，苦干是山民的本钱，祖宗的遗传！

这年秋后，温守文带着妻子和儿子，并雇用了几位民工，开始了与大山的决斗。

每天早上五六点起床，晚上七八点收工。他们首先用钢钎把荒坡平整成简单的梯田，而后在梯田上挖坑。脆硬的片麻岩，与人力进行着强硬的抗衡。打断了多少根钢钎，磨秃了多少把铁锹，白天黑夜，风霜雨雪，决不歇工。妻子和儿子哭着说："求你了，咱不干了。"

"不干？乡亲们都看着咱们呢。咱不带头，谁还承包山场？"

他缺少一条胳膊，不能抡铁锤，只能铲土。可一只手握不稳铁锹，只能用断臂与身体夹住锹把干活。每挥动一下，僵硬的锹把都要与断臂和腋下的骨肉进行摩擦。很快，断臂和腋下的皮肉磨烂了，混着汗水的鲜血浸透了锹把。每天晚上，温守文都要忍着剧痛，将与血肉粘在一起的衣服剥离下来，蘸着盐水为伤口消炎。

后来，伤口屡屡破损，不能愈合。怎么办？铁锨不能用了，只能用镐。可镐柄太长，一只手难以把握。他不得不根据自己的用力习惯，把镐柄锯短。这样，一件特制的劳动工具出炉了。

他挥舞兵器，伐山不止。

但是，石头巨大的阻力，很快就把虎口震裂了。没办法，只得改为背土上山。

于是，伤口又转移到了肩膀上。两个坚挺的肩膀，全被磨烂了，青青紫紫红红，像两枚溃烂的西红柿。

当年祖宗修长城，也是这样苦干的吧！

第二年春天，100亩荒山终于栽上了1万多棵栗树。

可是半个月之后，栗树们并没有发芽，成活率不到5%。几万元投资和所有的汗水，都打了水漂。

一家人，全部哭倒在地！

这一下，全村人议论纷纷，一面嘲笑他，一面安慰他：咱这穷山沟，根本栽不活栗树，认命吧。

温守文心急火燎，满嘴水泡、满眼血丝，常常一整天痴坐在山坡上。他不甘心啊。他把枯死的树苗一棵棵刨出来。怎么就栽不活呢？难道这里真不适宜栽栗树？

再次求教专家。

专家们也束手无策。

连续半个月的苦思冥想，大山终于给他发出了暗示。

那天，他又在山坡上呆坐半天，几近崩溃。下山前，他又刨出一棵树苗来端详。刚把手伸进树坑的泥土，坑土却像沙漏一样陷了下去。顿时，温守文意识到了什么。他连滚带爬，来到幸存的几棵小树旁，用手刨土，均结结实实，如同顽石。

温守文终于悟出玄机。

原来，栽树时坑土踩踏不实，留有空隙，导致水分丧失。栗树命苦，咬定青山，扎根破岩，不怕坚硬，只怕疏松。

第二年春天，温守文再次投资一万多元，重新栽下一批栗树苗。

半月之后，小树苗们几乎全部抽出了枝芽，满山吐翠。

真是天无绝人之路！

那一天，温守文跪在山坡上，痛哭失声。

苦山、苦树和苦人，紧紧地拥抱在一起！

村民的思想终于松动了。

温守文趁热打铁，张嘴便谈栗子经，逢人必算经济账，并在全村的土墙上写满了口号："改造穷山，富我全村""靠山吃山，把山养绿，把山养肥，把人养富""向荒山要产业，向荒山要财富"。

接着，他又自费租了三辆大巴车，带领村民前往板栗成熟产区——唐山迁安市和迁西县参观。

同样在燕山深处，同样有浑身力气，巨大的贫富差距，让前来参观的村民们的眼睛，瞪得像栗子一样圆一样大。

板栗，在他们的心窝里悄悄地发芽了。

从此，村民们成群结队地走上荒山，掘石造田。

满山都是开荒人，四季响彻铁锤声，压肿了多少副肩膀，磨厚了多少双巴掌。

全村人日日夜夜苦干两个冬春。

2004 年底，龙泉庄的 4300 多亩荒山，全部栽上了栗树。全村 350 人，人均 1200 棵。

为谁拼老命

栗树在一天天地长大，但毕竟几年之后才有收获。

为解决短期收入和根本出路，温守文瞄准栗树种植空间，开始探索发展立体、生态、循环农业经济。

在树下和路旁种草，利用牧草和栗树落叶做饲料，发展圈养绒山羊，不仅可以防止水土流失，保持生态，羊绒和羊还可卖钱，而且羊粪更为板栗提供优质肥料。

苜蓿是绒山羊的理想饲料。他经过反复比较，决定引进北京、黄骅等地的紫花苜蓿。引进第一年，便喜获丰收。

既然能养羊，便也可养猪。猪肉是国人肉食的首选，而优质、放心猪肉是餐桌的奇缺。他经过综合考察，终于发现了一种原产于甘南草原的藏香猪。藏香猪又称"人参猪"，是我国唯一的放牧型猪种，以天然野生可食性植物及果实为主食，特别适合在栗树下饲养。

40多万棵栗树，每年可修剪下近百万公斤树枝，粉碎后，加工成食用菌棒，可生产栗蘑。栗蘑是一种稀缺高档的食用菌，口感好，营养价值高，有广阔的市场前景。而且生产完栗蘑的废菌棒还是优质有机肥料。

漫山遍野的栗树全部荫蔽后，杂草密，昆虫多，还可以开发土鸡养殖产业。

土鸡可吃掉树下的虫和草，鸡粪又能提高地力，改善土壤，鸡蛋更可高价出售。

随着土质改善，生态好转，山坡上还可以开发山野菜种植。

温守文的思路，越来越开阔。

⋯⋯⋯⋯⋯

满山的栗树在一天天长大，一个矛盾却越来越突出。

那就是修路。

山路弯又窄，犹如绳和蛇。山民们运肥担水，肩扛手提，不仅费时费力，而且危险。现在，随着整体规划的明晰，要发展大产业，修筑一条通畅的环山路和一套便捷的林间路，势在必行。

可要修路，必须适当占地毁树。

由于没有占地补助，又顾及栗园完整，村民们谁也不情愿村路从自家栗园通过。

修路方案一改再改，村民们吵吵闹闹，意见震天。

温守文反复踏勘，设计了一套线路。主路和辅路都最大限度地通过自家的栗园，需要毁树200多棵。

温守文二话不说，独臂持斧，砍掉了自己历尽艰辛种活的栗树。

大家看到温守文为了集体，如此牺牲自己，纷纷悲壮地砍树腾地。

但仍有个别人不理解。其中有一户，温守文多次上门做工作，道理明摆着，可他就是不接受，不配合。

筑路工程在一天天进行，终于修到了他的栗园。

那天一早，修路机停到地边，只见这个村民拎起大镐，狠狠地说："都别过来，小心我拼命！"

筑路工纷纷后退。

这时候，温守文拨开人群，甩着独臂，大步走上前："道理很明白，路必须要从这里通过。不能因为你一家，影响全村发展。"

那个村民扯着嗓门大吼："就是不能砍我的树。谁上前，我就砸死谁！"

说着，又举起了大镐。

大家眼睁睁地看着温守文。

这个年过六旬的汉子，真是豁出去了。只见他把独臂往后一背，灰白的脑袋往前一伸："砸吧！砸死我后，大家踩着我的尸体，也要往前修路！"

空气，顿时凝固了。

两人僵持着，满山的栗树都瞪大了眼睛。

终于，那个村民一屁股坐在地上，扔掉了镐头。

…………

为谁笑开颜

栗花飘香中，龙泉庄悄然脱胎换骨。

2007 年，全村板栗产量达到 18 万斤，加上别的收成，人均收入达到 7000 元；2011 年，板栗产量 40 万斤；2013 年，板栗生产更是达到 85 万斤。

周围乡镇的板栗种植，也被带动起来了。附近村庄 40 多万亩从来没有种过板栗的片麻岩山地，也都陆陆续续地种满栗树。

但温守文不甘心啊。他像一个灵巧而又勤劳的绣花女，在精心地刺绣着他的家乡、他的梦想。

几年之内，他又规划和整修了 43 条山路、8 眼大口井、9 座山顶蓄水池、60 个集雨水窖。村里没有钱，他就自己垫，先后垫进 4.5 万元。

绒山羊养殖户一天天多了起来，但主要饲料——紫花苜蓿却出了问题。前两年长势良好，第三年却大部分枯死。而且，绒山羊虽然价值高，但食性杂，容易生病。看来，仅仅依靠传统的养羊经验是不行的，必须科学饲养。

温守文唯一的儿子温如意，聪明好学，对生物尤感兴趣，大学毕业后，在秦皇岛市找到一份稳定工作，且已成家，小日子过得甜甜蜜蜜。如果让他辞职回乡，搞绒山羊科学养殖，不失为一个好主意。经过再三做工作，儿子终于同意了。

温守文和儿子一起，与市县林业局专家反复研究，最后决定从内蒙古引进更抗旱、抗寒的敖汉苜蓿。

接着，温如意自费外出学习，很快便全面掌握了绒山羊养殖技术，并成了一名过硬的羊兽医。他还练就了一手绝活，刚出生几天的小羊，只要翻翻羊毛，就能估算出将来的出绒量，这让农校的老师也自叹弗如。

如今，全村优质绒山羊养殖渐成气候，最多时达到700多只。

…………

继温如意之后，从龙泉庄小学走出的河北农业大学毕业生温寒汭也回到村里创业。在温守文的大力支持下，他带头成立了藏香猪养殖合作社，村民以栗园入股，股份按栗园面积计算，仔猪成本和成猪收益按股份分配。

如今，藏香猪养殖也已成为龙泉庄的主导产业之一。上千头"猪八戒"，在天然氧吧里无忧无虑地生长着、成熟着。

土鸡养殖业也红火起来了，喂养量已超过3万只。如今，这数万名天生的高音歌唱家，每天在山坡上高声放歌，歌唱着小村人日渐红火的日子。

2013年，栗蘑开始批量生产，以每公斤16元左右的价格全部送往秦皇岛市各大超市。

…………

接下来，更大的动作是建设新农村，全体住别墅。

小山村虽然只有99户，却占地近百亩，而且街道斜斜歪歪，房屋破破烂烂，已经严重不适应富裕的新生活。

一张全新的蓝图，早已在温守文的心底徐徐展开。

2010年开始，他率先借助国家发展新农村政策，积极争取政府扶持，规划建起了三排连体别墅式的新民居楼，每套165平方米，集中供水供暖。

2013年底，新农村建成。

2014年春节，全体村民入住。

而旧村复耕的土地，不仅栽上了数千棵栗树，还建起了养殖小区和板栗深加工厂。

与此同时，他们还把祖祖辈辈的季节河进行截流、疏浚，使之成为一个3800平方米的人工湖。湖面清清涟漪，仿佛小村庄明亮的眼睛。湖边遍植垂柳，宛若明眸闪烁的睫毛。

每到傍晚，三三两两的村民在柳荫中款款散步，在广场上翩翩起舞。深山的老百姓，终于过上了城里人的生活……

谁都知道，建造一座新农村，有多么困难。

谁也不相信，秦皇岛市第一批新农村的示范点，竟然在一个最贫困、最偏僻的小山村建成了。

…………

如今，龙泉庄的栗树、绒山羊、藏香猪、栗蘑、板栗深加工、生态旅游等多种产业共同发展，立体经济模式逐步成熟，百姓收益连年增长，全村人均收入已超过3万元。

昔日的四面荒山，已是层层梯田，叠叠青翠。

一夜春风，满山披绿，淡黄色的栗花摇曳多姿，异香扑鼻；夏天里，毛茸茸的栗子怀揣美梦、酣睡枝头；秋风涂金，几十万棵栗树弯下腰去，几十亿颗栗果咧开嘴巴……

听，那是小村甜美的笑声呢。

为谁愁满心

无疑，作为一名最基层的农村党支部书记，残疾人温守文用他的全部生命智慧，在实现着自己的理想，将小村引上了一条绿色发展之路。那充满生机的大山，就是村民们千年不变的绿色银行！

这其中，有苦累，有欣慰，有曲折，也有叹息。

的确，几十年来，温守文的牺牲很多很多。胳膊没有了，公职没有了，工厂没有了，他承包的是全村最偏远、最贫瘠的地块。20多年来，他为集体直接垫资数十万元，至今分文未还。特别是他当年抵押工厂的转让费，仍是没有兑现。村民们再三要求为他"秋后算账"，可他总是一笑而过。

原先，他是小村的首富；如今，他是小村的穷人。

但是，对于这一切，他无怨无悔，毫不在意。

他唯一忧心的，是党的农村事业。

几十年的农村工作实践，他有着深深的体会。

在一次党代会上，温守文焦虑地说："我们每一名党员都是党的一个细胞，只有每个细胞保持健康，整个政党才能健康，党的执政地位才会永固！可是现在，一些基层组织发展党员，是为了谋取私利，或培植爪牙，导致农村基层政权有变'灰'变'黑'的趋向，严重影响了当地发展，败坏了党的形象。而我们有些基层党政领导对此不闻不问。难道，这不是另一种更大的腐败吗？"

为了保证农村基层政权的稳固，他呼吁要纯洁党员队伍，宁肯少发展，也要真过硬。他的儿子温如意，是乡亲们眼里新党员的合适人选，可在他的眼里仍是缺乏担当和牺牲精神。因此，便出现了本文开头的那一段父子对话。于是，连续5年，儿子的入党请求均被父亲否决。

关于选派村官，他也有着自己的看法。最好选派本地大学生回乡任职，才能保证更长久，更有责任心和事业心。

另外，当前的乡镇干部普遍缺乏农村工作经验，导致干群关系有些疏远，基层政府职能出现弱化。如果选拔优秀村干部到乡镇任职，可以使来自不同方面的干部互相学习、取长补短、焕发乡镇干部队伍的生机与活力。同时，农村干部在政治上看到希望，将会进一步坚定立足岗位、干事创业的信心和决心。

当前的农业发展，已经到了一个关键的转型期，一家一户的传统生产模式与社会发展脱节。只有通过土地流转，进行规模化、专业化生产经营，才能有效降低成本，节省资源，提高产能和质量。在这方面，希望国家加大力度，尽快推进。

…………

温守文的这些思考，完全源自一位老共产党员的使命和责任。难怪老伴儿常常取笑他："吃地沟油的命，操大领导的心。"

他，还是青年人的理想，永远青翠，此生无悔！

常常地，温守文看着长城——祖先修筑的长城，虽然有些残缺，但在他眼里，仍然巍峨如故。

那是一个国家、一个民族的防线，更是一个共产党员永远不可逾越的防线！

而他，情愿和他的祖先一样，在长城脚下，做一名永远的普通的修造者和守护者！

（发表于《当代人》杂志 2019 年第 1 期）

扶贫办主任

　　8 年多前的 2009 年 10 月上旬，刚刚上任的河北省广平县扶贫和农业开发办公室主任郑贵章到省城开会。

　　会上，公布了全省同行业工作成绩：广平县排名倒数第一！

　　郑贵章心情十分沉重。会后，他没有吃饭，便匆匆赶回。

　　回到单位，马上开会。

　　他当场发下誓言：苦干几年，彻底摘帽！

　　果然，3 年后，广平县的该项工作便发生了翻天覆地的变化：

　　2013 年、2014 年，连续两年在全省考核中名列榜首！

　　2015 年，再次在全省同类县考核中位居第一！

　　在此期间，他们创造的一系列独特、有效的扶贫工作经验和做法，在国家、省、市各级扶贫系统内推广……

　　2016 年，是广平县脱贫攻坚历史上最关键的一年。按照工作进度和安排，20 多年的"贫困县"帽子就要彻底摘除，30 余万群众全部脱贫的梦想即将真正实现。

　　可是，11 月 16 日，就在梦想成真的前夕，长期超负荷工作的郑贵章却突然病倒在工作岗位。脑干大面积出血，两次开颅。一年多来，深度昏迷，不省人事……

1. 贫困的儿子

1963 年 4 月，郑贵章出生于广平县一个贫穷的农民家庭。兄弟三人，他是老小。3 岁时，父亲去世。在那个特殊贫困的年代，其家境贫寒，可想而知。上学期间，他特别刻苦，终于考入邯郸市卫生学校。

毕业后，他虽然当上了医生，但家境并未好转。及至婚龄，尽管他已经长成身高一米七八的帅气小伙，但由于家徒四壁，负债累累，仍是没有中意的姑娘愿意下嫁。没有办法，他只得倒插门入赘女家，甘做养老女婿，任由后代改姓。这在当时当地，极其无奈和羞愧。

特殊的人生经历，使郑贵章对贫困乡亲有着一种天然的亲情。无论在医生岗位，还是调入政府部门工作，他都全身心投入。特别是被组织任命为县扶贫和农业开发办公室主任之后，他更加珍惜，格外倾情。

广平县位于华北平原腹地，地处偏僻，没有一条国道通过，地下无资源，地上无优势，是一个典型的内陆农业小县。全县 4 镇 3 乡 169 个行政村30 万人口，主要依靠 35 万亩耕地生活。1994 年至 2010 年，被确定为国家级贫困县。2011 年，被确定为省级贫困县。长期以来，广平县的扶贫工作特别艰巨。

但郑贵章决心如山，信念如磐。绞尽脑汁，践行誓言。

2. 黄瓜与草莓的合唱

扶贫，主要是精准对象。

甫一上任，郑贵章就改变以往相对粗放的扶贫模式，和县扶贫办、乡镇村工作人员一起走村串户，对全县贫困情况展开拉网式大普查。经过精准识别，分类造册，共筛选出 96 个村 2 万多户共计 9 万余人，作为重点帮扶对象。

胜营镇马宋固村是郑贵章接手的第一批扶贫村。2009 年，全村 718 口人，人均收入只有 700 多元，是全县有名的光棍村。

村委会没有办公场所，郑贵章就把群众召集到村中心的一家农户院里开会。他反复讲解"一亩园十亩田"的老道理，启发大家搞蔬菜大棚种植，并承诺提供技术和资金支持。但连续三次开会，效果并不明显，任凭他讲得口干舌燥，村民们依旧各自抽烟、说笑、打瞌睡。

郑贵章马上意识到，"与会代表"还需要进一步精准。原来前来参加会议的大都是各家各户的在野派、闲散人。于是，他和村干部一起，挨家挨户确定既管事又管钱的当家人。

确定对象后，他租用3辆大客车，组织这些"当家人"到山东省寿光市等地参观。一路上管吃管住，细细讲解，耐心开导。

生机勃勃的现代高效农业，一点点地激活了传统的、僵化的头脑。

但仍有个别村民迟迟疑疑。

郑贵章主动找上门去，响亮承诺："只要你按规定程序干，赚钱是你的，赔了，我用工资顶！"

不长时间，村民便建起30多座大棚，种植黄瓜等反季节蔬菜。

初冬，一棚棚绿莹莹的黄瓜秧上，开满了金灿灿的花朵，长出了毛茸茸的瓜胎。突然，一场大雪不期而至。天蒙蒙亮，郑贵章就踏着深雪，火急火燎地跑进村里，拍门呼叫村干部，立即组织村民清除大棚上厚厚的积雪，防止压塌顶棚。

春夏之交，雨水淅淅，道路泥泞，外地前来收购蔬菜的车辆难以通行。村民们只好用小推车把一筐筐顶花带刺的黄瓜搬运到两公里外的大路上。一番倒腾，不仅累得气喘吁吁，还破损了蔬菜品相，每斤减少收入两三角钱。郑贵章十分心痛，立即协调筹资30多万元，当年便修通了一条长约1900米的通村水泥路。

3年过去了，马宋固村不但培养起来一批蔬菜种植户，还出现了一伙头脑灵活的蔬菜经纪人。全村人均收入近万元，不仅盖起了村委会办公楼，修建了宽大的文化广场，更关键的是，全村80%以上的光棍汉，集体脱"光"了。

…………

郭强彬是十里铺乡南小刘村的青年农民。

2013年春节，他发现新鲜草莓虽然价格昂贵，但颇受青睐，便动了心思。

"我想种草莓，可不懂技术，也没有多少本钱，不知道行不行？"

"只要你肯带头，组织大家一起干，资金、技术我们可以支持。"郑贵章说。

有了扶贫资金和技术支撑，郭强彬便联络几户贫困农民，拿出全部家底，很快建起9座长88米、宽12米的大棚，种植美称为"甜宝"的优良品种——嫜姬牛奶草莓。

郑贵章看到了小村未来的产业雏形，几乎每天都来查看指导。

11月中旬，气温骤降。此时，正值草莓开花时节，披着塑料薄膜的大棚，在冷风中瑟瑟发抖。如果不能及时穿上保暖"棉大衣"，娇嫩无比的草莓不仅错过"双节"销售的黄金期，而且将颗粒无收。

必须马上购置防寒棉毯，刻不容缓！

郭强彬心急如焚，郑贵章马上赶到。联系银行，贷款手续最快也要明天办理。实在没办法，他当即给妻子打电话，让她马上把自家的5万元定期存款送来。

元旦前，红艳艳的牛奶草莓，鲜美芳香，诱人垂涎，销售火热。此时的郭强彬，多么想把第一篮鲜嫩的草莓奉献给恩人品尝啊。可是，任凭电话如何联系，平时几乎每天踏访大棚的郑贵章，却再也不肯露面了。

节后，销售日渐冷淡。大棚里满地熟透的草莓，汁液饱满，吹弹即破，却无人问津。郭强彬惊慌失措，一筹莫展。这时，郑贵章又出现了。他立即协调县电视台，免费组织策划一场草莓采摘活动。一时间，媒体、网络助势，游客满棚，竞相采购。

郭强彬赚钱了，便有些得意和自满。

"年轻人，天地还大着呢，挣少了就迈小步，挣多了就迈大步，却不能原地踏步啊。"郑贵章再一次来到大棚，帮助他策划营销，开辟网上销售主渠道。

郭强彬，一颗乡村致富新星，冉冉升起……

3. 穷光蛋的尊严

66岁的农民高凤彬，是一个典型的"穷光蛋"。

为了给4个儿子娶媳妇，他借遍了大部分村民，多年无力偿还。走在村街上，满眼讨债人。贫穷和落后，使原本高高大大的他，常年佝偻着腰，像一只畏畏缩缩的刺猬。

2013 年，高凤彬所在的南阳堡镇后大寨村被列为第三批扶贫对象。

"有生之年再不拼一回，真是无颜见爹娘啊！"在县扶贫办的支持下，高凤彬破釜沉舟，毅然再次贷款 6.8 万元，建起了两座大棚，栽植反季节葡萄和蔬菜。

4 个儿媳妇冷言冷语，当面指责他"穷折腾""瞎胡闹"。

大棚终于建好，却万万没有想到，塑料薄膜刚刚撑上几天，一场无名大火从天而降，瞬间将高凤彬数万元的心血化为满地灰烬。

这一下，他的境遇更惨了。村民们都像躲避瘟神一样，老远就绕开他。儿媳妇们也不再往来，不按当地风俗称呼他"爹"了。

高凤彬绝望地大哭，给郑贵章打电话。

郑贵章从小没有父亲，他似乎从高凤彬身上，看到了一个贫困无奈却又倔强的父亲形象。于是他一边安慰，一边再次帮助其联系贷款。可几家银行出于风险考虑，担心高凤彬没有偿还能力，不肯放贷。最后，还是郑贵章想办法，以自己的公职身份担保，贷来 4 万元救急金。

苦心人，天不负。第二年春天，反季节葡萄、蔬菜高价上市。高凤彬净收入 10 多万元，不但还清贷款，还略有结余。于是，他扩大生产，又建起两座大棚。

第三年，老高收入 20 万元。

生活宽裕了，家庭也变得和睦起来。4 个儿媳妇一起登门谢罪，不但改回了往日的称呼，而且还提升档次，按城镇习惯，亲热地称呼他"爸爸"。

更令人惊讶的是，一向抠门过日子的高凤彬，在还清全部欠款后，竟然拿出 1.8 万元，购买了两盏大型宫廷式照明灯，高高地安装在门口的街道上。

明晃晃的街灯，照亮了小村的路，也照亮了小村的心。

窝囊大半生的高老汉，终于在这个世界上，直直地挺起了腰杆。

2016 年初，高凤彬联合 37 户村民，注册成立了"扶勤"合作社。不但种大棚蔬菜，还搞起了箱包、手套等加工业。

…………

几年来，广平县的大棚蔬菜和设施农业从零零散散的几十亩，发展到现在的 2.9 万亩。一年两茬变四茬，亩均增收 8000 元。

4. 清贫扶贫

在郑贵章的办公桌上，永远放置着一个天蓝色文件夹。里面夹着一叠散装打印纸，每页都工工整整地写满了一行行文字。

这是郑贵章以周为单位的工作记录。

郑贵章有一个极其良好的工作习惯：每天，他都是第一个到达办公室。周一的时候，他会把自己本周的工作要点清清楚楚写在白纸上，十几项，或二十几项。放在眼前，时时提醒。

办结一项，就画横线勾掉；没有办结的，累积到下周，并注明原因。

8 年多来，郑贵章每周的工作日志，从未遗漏。这 600 多页日志，装订成册，便是一部完整的广平县扶贫工作大事记。

的确，他是一个有心人。在真情帮扶重点贫困户的同时，他更注重探索和创新工作机制和方法。

为了使全部贫困村齐头并进，集体脱贫，他将工作重心下移，在全县 7 个乡镇设立扶贫工作站，在 37 个贫困村设立扶贫工作室，专人负责，职责分明，形成县、乡（镇）、村三级联动扶贫攻坚模式。这一经验受到国务院扶贫办肯定，并在全系统倡导推广。

如何用工业化理念统筹扶贫工作，进一步提升农民素质和工作效率？他设计创新了一种"合同联结、合作联结、股份联结、劳务联结"的产业扶贫新模式，发展大面积订单农业，拉动粮食生产和蔬菜深加工。"四个联结"模式已在河北省扶贫系统广泛推广。

他还积极探索现代农业、旅游、科技、电商、家庭手工业、龙头带动等六大新型扶贫模式，培育发展箱包加工、藤椅编织、坐垫加工等手工加工专业村 116 个，发展养殖户 760 家，辐射带动 2.5 万名农民增收 2.6 亿元……

多年来，郑贵章和同事们的笔记本，全是最简易的软抄本，每本不足 2

元。而塑料皮外封的硬抄本，每本虽然只需 4 元，但他却舍不得购买。

从家里到办公室，足有几公里。即使在国家公车政策改革之前，郑贵章的上下班和业余时间，也极少动用公车。每天清晨，吃过饭后，他早早地从家里出发，步行半小时，第一个赶到办公室。

郑贵章逼仄的办公室里，只有一张办公桌，两组书柜，几把简便椅子，竟然放不下一张可供小憩的床铺。

郑贵章的家，更是罕见的简陋：不足 100 平方米的老式楼房，没有任何装修。昏暗的客厅里，一台普通电视机，一组老式沙发。只有墙角处肃立的一架五彩斑斓的地球仪，骨架傲然，脉络清晰，沉静地彰显着主人的大爱与情怀。

这，俨然一个刚刚解决温饱的清贫之家！

他的妻子赵文华，直到退休，仍是县石油公司的一名普通加油工。

唯一的孙子，应该是郑贵章最疼爱的人了。可是，他总是早出晚归，从来没有闲情含饴弄孙，也没有与孩子建立格外亲密的感情。有一次，孙子突患大脑炎，昏厥过去，极其危险，在邯郸市内住院治疗一周。他忙于工作，竟然没有看望。

还有一次，妻子患腰椎间盘突出，住院治疗多日，他也没有前往陪护。

郑贵章总是对家人说，你们不是贫穷户，不缺少关爱，更不需要扶贫。我要把更多的关心，给他们，给他们……

这些年，郑贵章每年经手的扶贫资金都在数千万元以上。他把所有的经费和心血，都用在了这片贫瘠的土地上！

5. 冠军的冲刺

2016 年，是全面建成小康社会决胜阶段的开局之年。

河北省庄严承诺：高质量完成 20 个贫困县的摘帽任务。

广平县，位列其中。而对照标准，全县还有 24 个村 8450 户 17608 个贫困人口。

时间紧，任务重。是压力，更是动力。

为此，全县上下将这项工作作为当前最大的机遇、最大的挑战，全力以赴，下定决心，坚决如期脱贫出列，打赢这场硬仗。

他们采取扶贫、开发、农牧、财政、农工委等涉农资金打捆使用的方式，整合资金5771万元；同时，设立"农户贷"风险补偿金，即用县财政扶贫款项600万元为本金，与中国邮政储蓄银行签订合作协议，使对方放大10倍额度，提供信贷资金6000万元；构建"政府＋银行＋企业＋贫困户＋保险公司"为一体的金融贷款扶贫模式，发放小额信贷资金1.4亿元；建成盛融通、广融通等4家融资平台和3家小额贷款公司，为企业和农户融资2.2亿元。

在郑贵章的建议下，全县成立脱贫攻坚会战指挥部，由县委书记任政委、县长为指挥长，下设12个分指挥部和6个中心，逐一明确工作职责和完成时限。指挥部每天下午4点召开碰头会，听取情况汇报，每隔10天对进展情况进行排队。层层签字背书，倒逼压死责任，挂图作战，倒排工期。

另外，郑贵章还促成建立"互联网＋制度"督导机制，在指挥部中心建立一座微信平台，让包括县四套班子领导在内的500名党员干部全部加入微信群，即时督导、随时调度。

广平县扶贫工作的最大亮点还在于，把贫困村全部按照国家"美丽乡村"高标准推进。这是一个巨大的勇气，更是一个巨大的工程。

24个贫困村的角角落落，日日夜夜、时时刻刻都在发生着精彩的蝶变！

…………

一系列措施和行动，实打实，硬碰硬，细细碎碎，却又轰轰烈烈。

作为牵头部门第一负责人，郑贵章工作之繁忙，不可想象。既要参与全县顶层设计，协调沟通，又要深入现场排查，身体力行。

他把所有的心血，全用在了工作上，独独忽视了自己的身体。

本来，医生出身的他，深谙健康之道，从不抽烟，基本戒酒，多多步行，所以身材适中，身体健壮，多次体检从无异常。但是现在……

…………

2016年11月16日，市贫困退出督导组前来督导工作。

上午，郑贵章汇报本县工作进展情况。随后，陪同督导组一行到各乡镇和贫困村检查。

其间，他感觉头痛异常。同事劝他回家休息。他说，现在是冲刺阶段，我怎么能撤退呢？

下午，他继续陪同市督导组在各村走访。其间，疼痛加剧，脸色蜡黄。他强打精神，咬牙坚持。

下午5点，市督导组离开。他回到单位，马上开会，制订整改方案。会后，头疼欲裂，他回到自己办公室，关上门，给儿子打电话，让他火速赶来。隔壁房间的同事，正在紧张工作，他不忍打扰啊。

儿子将他背进医院。医生警告：脑血管破裂，严重出血，立即转诊邯郸市中心医院！

当天晚上，左脑开颅手术。随后，右脑开颅手术。从此，他陷入深度昏迷状态。

十天，半月，三个月过去了，他依旧不醒。

的确，他太累了，太累了……

6. 誓言永恒

鉴于郑贵章深度昏迷的状况，医生建议家属用患者最熟悉的声音、最牵挂的心事，频频呼唤，以刺激神经，配合治疗。

丈夫最大的心事是什么呢？

妻子思来想去。不是儿子，不是自己，也不是孙子，只是工作，只是扶贫。

于是，每日每夜，妻子就伏在他的耳边，千百次地诵读中央扶贫文件、省市县扶贫快报，或再三呼唤：

"贵章，马宋固村打电话，让你去看大棚！"

"小郭（强彬）来看你了，你还没有尝过他的牛奶味草莓呢。"

"老高（凤彬）的合作社开会，请你参加呢。"

"贵章，贵章，省脱贫验收组来了，你赶紧去汇报工作！"

…………

2017年初，省脱贫检查验收组终于来了。

经过验收组和贫困退出第三方评估组深入细致的调查验收，他们不得不再次为广平县精细入微的扶贫工作而震撼。

2017年7月，从河北省扶贫开发办公室传来消息，广平县的扶贫工作，再次名列全省第一！

这一天，中共广平县委书记董鸣镝再一次来到郑贵章的床头，伏在他耳边，深情地说："贵章，告诉你一个好消息，咱们县扶贫工作又获得了全省第一，咱们县23年的穷帽子终于摘掉了！

"伙计，醒醒吧，快起来去领奖吧！"

"贵章，你听到了吗？"

说到这里，一向坚强的县委书记，哽咽难声。

也许本能使然，也许冥冥感应，几个月来深度昏迷的郑贵章，嘴角竟然略略嗫动一下，眼角颤颤地流下了一行泪水……

誓言永恒，生死与共！

（发表于《山东文学》2018年第1期）

老兵

片尾曲缓缓响起，灯光骤然雪亮。

偌大的电影院里，空空荡荡。密密麻麻的座椅间，只有一个瘦高的老年观众，直挺挺站立着。

这时候，屏幕上呈现一行大字："伟大的中国人民志愿军烈士永垂不朽！"

老人庄严地举起右侧残臂，敬了一个军礼。

2021年国庆期间，抗美援朝题材电影《长津湖》在全国热映。为了致敬这位70年前在朝鲜战场浴血奋战的一级伤残军人，四川省广元市昭化区与相关部门特意为他一个人举行了专场放映。

放映结束后，举行座谈会。

区委书记热情地走过去，习惯性地伸出右手，准备相握，却突然意识到了他的双手缺失。一时间，竟然局促不安、手足无措。

现场气氛凝滞。

但仅仅片刻，区委书记便直接上前，将老人拥抱在怀，紧紧地拥抱，久久没有松开。

全场静默，泪光闪闪……

1. 秃肘肘

1933年12月，李化武生于大巴山深处的四川省广元县中漕村。全家7

口人，挤住两间茅草房。兄妹 5 个，都没有读书。不到 10 岁，他便为地主放牛。

新中国成立后，生活刚刚好转，抗美援朝战争爆发。

1951 年 4 月，他主动报名参军。

那一年，他 17 岁。

17 岁，首次远行，前方是战场。

他们步行来到一个山沟，换上军装。几天后，坐汽车到宝鸡；又停一周，乘闷罐火车，三天三夜，抵达丹东。在那里，进行了为期一个月的军事技能和时事培训。他主要学习 60 炮（60 毫米迫击炮）发射，瞄准目标，判断敌方距离，调整角度和射程。

他，最快地完成了一个山村娃子到一名志愿军战士的转变！

他们是第二批入朝作战的志愿军。

班长肖贵村，四川人；排长姓高，云南人。高排长和肖班长，训练时铁面无情，生活上亲如父兄，不仅睡觉时给他压被子，还帮他写家信。

他个子高、力气大，班长让他负责背运炮架和炮弹。

战争期间，朝鲜平原地带的房屋，几乎全被炸平。冬天，冰雪覆盖，气温低于零下 30 摄氏度。部队宿营，只能露天。在雪地上铺一块油布，两人一组，躺倒睡觉。战士们穿着棉衣棉裤，挤在一起，相互取暖。即使这样，每躺下两三个小时，站岗的哨兵就要叫醒大家起来活动，搓手踢腿、蹦蹦跳跳，等到身上回暖，嘴里哈出热气，再躺下。如果不这样，就会被冻僵甚至冻死。

后勤供养时时中断，雪拌炒面是家常便饭。坑道里不能洗脸刷牙，蓬头垢面……

第一次投入战斗，是 1951 年 11 月的一个傍晚。密集的枪炮声响起，本来紧张害怕的他，霎时忘掉一切。经过 4 个小时战斗，守住阵地。

而后，就进入了紧张的战斗生活。

平时，就是保养武器，他把 60 炮当作最亲密的朋友，托在掌上，抱在怀里，反复抚摸。作战时，每每冲锋号响起，他就扛着炮架和炮弹，飞跑向前，寻找炮位。

当年 12 月，李化武所在部队开赴轿岩山，阻击敌军。一天晚上，敌军连攻三次，先炮轰，再冲锋，均告失败。

又一轮进攻开始了。

突然，炮弹尖厉的呼啸声从高空传来。他按照训练要求，跳进身边最新炸开的弹坑，双手护头，顺势趴下。炮弹在附近爆炸，他两眼一黑，昏死过去……

3天后，他有了一丝感觉。右眼黑漆漆，刀绞般疼痛，只有左眼前面晃动着一缕光明。他想用手揉一下，双臂却被木板紧紧夹住。拼命睁开左眼，模糊的视线里，自己的双臂，都没有了。

这只是前线战地医院的临时抢救，必须马上回国继续手术，否则性命难保。可归国的路，何其艰难！

由于战场相互交叉，交通时时断绝。他只能躺在担架上，辗转转移。有一次，竟然在一个冰窟般的隧道里滞留一周。想想吧，一个双臂断裂、眼球溃烂的伤员，颠簸在零下30摄氏度的冰天雪地里，是何等的煎熬？

一个多月后，他才被送到黑龙江省北安县医院，取出了早已坏死的眼球，并进行了第二次残臂切除手术。

从此，他彻底失去了右眼和双前臂。

不久，他被民政部门评定为一级伤残军人。

2. 零起步

伤情稳定后，他被送进四川省革命伤残军人休养院（简称荣军院）疗养。在这里，吃饭有人喂，衣裤有人穿，便溺有人帮。

没有双臂、没有右眼，什么也不能干，每天只是吃、喝、呼吸吗？不，除了呼吸，自己连吃喝的能力也没有啊。

李化武情绪低落，甚至有了轻生的念头。医护人员告诉他，全排战友都牺牲了，只有他幸存下来。还给他讲述保尔·柯察金的故事，一遍遍朗读长篇小说《钢铁是怎样炼成的》。慢慢地，他被主人公钢铁般的意志感动了，决心也要那样去生活，替逝去的战友坚强地活下去。

下定决心后，李化武开始练习自己吃饭。

两只残臂太短，均从肘部炸断。他让工作人员在右臂残端系上手帕，将勺子插入，再用牙齿勒紧、固定，而后哆哆嗦嗦地向着嘴巴方向靠近。最初，无论怎么努力，也送不到嘴里，反而把饭桌弄得一片狼藉。医护人员心疼他，说："您是英雄，我们的工作就是照顾您。"他说："保尔双目失明、全身瘫痪，还能坚持写作呢。"

继续练习，10次、100次、1000次、10000次……10多天后，当他把第一口饭菜送到自己嘴里时，他激动得泪流满面。

反复练习一个月后，李化武终于可以熟练地用汤勺吃饭了。

信心大增的他，接着练习穿衣服、洗漱、上厕所等基本的生活技能。

生活基本自理之后，李化武又有了新目标——脱盲。自己一字不识，在新社会如何生活啊？

这个过程与学吃饭相似，用手帕固定铅笔。

刚开始，铅笔触到纸，稍一用力，断臂就禁不住地颤抖，笔尖更是乱戳。费尽九牛二虎之力，写不出一个字。他日夜揣摩、反复练习。一个月后，终于可以写字了。

两年后，李化武不仅掌握了1500个汉字，还学会了读书、看报、写信。

他还踊跃参加集体活动，主动开导、安慰其他伤病员。他常常陪着失明的战友出去遛弯、晒太阳，还给他们读书、读报。

凭着良好表现，李化武被评为二等休养模范。

1956年1月，他用颤抖的右臂，工工整整地写了一份入党申请书。不久后，他光荣入党。

这期间，在组织的帮助下，他认识了南部县谢合乡女青年杨正清。两人一见倾心，当年就领了结婚证。

1957年5月，荣军院演出队成立，李化武和5名上肢残疾的战友经过苦练，学会了吹口琴，可以演奏《中国人民志愿军战歌》《我的祖国》《我是一个兵》等曲目。

次年3月，时任中央人民政府内务部部长谢觉哉来到成都，观看之后，深受震撼，当即表示欢迎他们到北京汇报演出。

1958年5月26日，李化武随演出队赴京演出。

《人民日报》《光明日报》《中国青年报》先后报道。八一电影制片厂专门摄制了电影纪录片《最坚强的人》。

而后，他们赴全国各地巡回演出。

10 个多月，他们走遍了大半个中国，在天津、南京、上海、济南、广州等城市巡演 300 多场，观众上百万人次……

这是李化武一生中最骄傲的日子！

通过巡演，李化武深切感受到：新中国在中国共产党的领导下，发生了翻天覆地的变化。在荣军院里，伤残战友们有的种菜和养猪，有的缝纫和绣花，有的修理三轮车和皮鞋，大都找到了继续奋斗的"战场"。自己才 20 多岁，虽然缺少两只手和一只眼，但嘴巴还能说话，双腿还能走路，难道让国家养活一辈子吗？不能，绝对不能！

不久，李化武再次用颤抖的右臂，工工整整地写出了一份申请书——回家种田，支援农业！

这出人意料的举动，让所有人大吃一惊。因为国家明确规定，像他这样的一级伤残军人，由民政部门设置专门机构，供养终身。

他，完全可以过一种衣来伸手、饭来张口的安逸生活啊。

但他，决心如磐！

3. 回故乡

1963 年 3 月，四川省民政厅为李化武办理了分散供养手续，同意他返乡务农。

鉴于他的特殊身份，组织同时出具了一份证明：随时回归（荣军院），终生有效！

就这样，李化武回到了老家中漕村。

刚刚回村时，他内心似乎有些自卑，经常靠在墙角，默不作声。村民们见到他，好奇地询问。他告诉大家，自己在战场上受伤了。

你的手呢？

没了。

有人小心翼翼地走上前，摸一摸他的两个袖管，软塌塌、空洞洞。村民们惊呆了，不晓得怎么安慰他。

没想到，他反而安慰大家："没事，没事，我啥都能干。"

确实，人们很快就发现，他除了没有双手和右眼，说话、唱歌、写字、说故事、讲道理等，都比别人强多了，更别说他去过北京，受到过党和国家领导人接见了。

但话说回来，学农活也是学技术，也需要绣花功夫。而绣花，首先要有手啊。

只是他，偏偏没有。

这就注定了要吃更大的苦。

担粪时，用肩胛窝夹着长粪勺，自己舀，担起来无法换肩膀，更不能扶稳扁担。爬坡上坎，难以平衡，经常跌倒打翻，溅得浑身屎尿。

耕田时，牵牛的绳子只能缠绕在断臂上。牛骤然发力，把他的断臂拉出了血。

耙冬水田最难。没有手牵牛鼻绳，就套在一只秃肘上。没有手去掌耙尾，就套上一个圈圈，把另一只秃肘穿进去。开始时，踩不住耙，常常摔在泥水里，冷得直打战……

百次、千次地练习，并与牛交上了朋友，配合默契。

他终于学会了各种农活。

最自豪的是，双手没有了，力气却大。扛过迫击炮的肩膀，格外硬实，竟然可以负重180斤。交公粮时，村民们背着大背篓，步行8里送到粮站。别人中途歇几次，需要半天时间，只有他健步如飞，像当年在战场上扛着60炮飞奔一样，一口气就到了终点。

年底，生产队评工分。没有双臂的他，竟然被评为最高的10分。

但是，随着6个孩子陆续长大，父母身体渐渐衰老，家庭负担日益加重，李化武的生活越来越困难。

最困难的时候，战友们纷纷来信，劝他回归荣军院。但他表示，决不后悔。

改革开放后，土地包产到户。李化武和妻子每天天不亮就起床，白天在大田躬身劳作，天黑了才背着柴火回家。他们用自己腥腥咸咸的汗水，辛辛苦苦地拉扯着6个子女。

当然，国家没有忘记这个功臣。

1985年11月，民政部门出台相关政策。当时，他生活在偏远农村，信息闭塞，但工作人员还是辗转找上门，主动帮他将 6 个子女全部转为城镇户口，并陆续安排工作。

1993 年，广元市民政局在市区为他协调安排了一套面积 74 平方米的公租房。房子没有电梯，为了他行动方便，特意安排在一楼。

刚刚搬进新居不久，他发现同单元七楼住户也是一位伤残军人，而且是腿部受伤，上楼吃力。于是，他主动找到组织，要求互换，没有任何条件。

房管部门的工作人员都瞪大了眼，相同面积，没有电梯，一楼和七楼，价值差距巨大啊。

家人也不同意。你年纪更大、伤残更重，难道不担心爬楼困难吗？

他说，都是伤残军人，应该互相体谅。他，也是我的战友啊！

家人和工作人员，都不说话了。

4. 困难是什么

20 世纪 90 年代之后，随着市场经济的全面确立和国企改革深化，不少人转岗和下岗了。李化武的儿女们也在此列，生活一时陷入困境。

有人劝他，你是老英雄，可以找找组织，帮助儿女们调整到有稳定收入的单位。

但他，决不给国家找麻烦。

他说，我的战友们年纪轻轻就为国捐躯了，他们牺牲之前提过什么要求吗？我侥幸活着，享受着国家的优厚待遇。我们小家暂时有困难，但国家也有困难啊，我不能再给国家增加困难了！

他鼓励和支持儿女们自力更生、自谋出路。

大女儿李开香在路旁租下一间小房，开办了一家擦鞋店；二女儿李开碧患有严重风湿病，只能在家休养，其丈夫便进入一家金融机构打工；三女儿李开芬进入一家超市，销售调料和土特产；四女儿李开会从食品厂下岗后，因生活困难，患上严重肾炎，刚刚 30 岁就去世了；五女儿李开琼则跟着大姐，也以擦鞋为生计。

最小的孩子也是唯一的儿子李开杰，从业最杂，受苦最多，先是为液化气公司运送气罐，接着开办录像厅，后来到山西下煤窑，在建筑工地上做电焊工，再后来，受聘开货车、跑运输。

那些年，为了渡过难关，他和老伴也成了几个孩子的家庭保姆，承担起了买菜、做饭、送饭、看店、接送孩子上学的任务。

可喜的是，几年之后，孩子们生活都有了根本好转。最让他挂心的小儿子李开杰，2005年买下了一套105平方米的商品房。

经过几十年岁月的磨砺，高度残疾的李化武，几乎恢复成了一个正常人。

吃饭、穿衣、洗脸、刷牙、做饭、烧菜、冲茶、刮胡子、洗碗、洗衣服、系腰带、开门、如厕等生活技能，他基本都掌握了。

唯一的困难是解扣和系扣。好在，他有亲爱的家人帮助。我们每一个人的生活，不都是需要别人帮助吗？我为人人，人人为我。

这，就是有情有爱的人世间啊。

生活啊，剥夺了他的一只右眼和两只手臂，却赐给了他一颗坚强的心！

5. 幸福是什么

80岁之后，李化武爬楼困难，便和儿子住在了一起。

为了照顾父亲，儿子置换了一套电梯公寓楼，就在嘉陵江畔。

他每天的生活，就是坐在家里看电视。困乏了，就走出去，沿着嘉陵江两岸散步。

常常地，凝视着巍巍青山，遥望着湛湛蓝天，他又想起了肖班长、高排长和战友们。再想想自己的幸福生活，不禁潸然泪下。

2017年，家门口的西成高铁开通，千年蜀道难，变成蜀道闪。

2021年，我国全面建成小康社会。

李化武生活的城市，也发生了巨大的变化。以前，楼房最高是7层，现在超过了36层，而且处处是公园。嘉陵江上，原来只有一架桥，现在已有十几座。

…………

战场归来70年，老兵李化武用自己仅存的左眼，看着新中国一步步走向繁荣强盛。

作为一个久历世事、饱经沧桑的老者，他要把自己80多年人生的所见所闻所感所悟，讲出来，向着青山讲，向着青年讲，向着社会讲，向着世界讲……

于是，这些年来，他频繁在社会各界宣讲。

在企业里，他讲责任，讲诚信。

在学校里，他讲感恩，讲珍惜。他用自己的经历，告诉孩子们美好生活是如何来的。只有好好学习，努力成才，才能回报父母，回报国家。

对机关干部，他讲勤政，讲敬业，鼓励他们拼搏奋斗，勇于担当。

对部队战士，他讲奉献，讲纪律。作为军人，为了党和国家的根本利益，要勇于冲锋、敢于牺牲……

6. 老兵永恒

他，宣讲无数，分文不取！他说，我是志愿军老兵，国家有优厚抚恤。我决不收费，我只尽义务。

每逢宣讲时，李化武总是身穿老式军装，仿佛这样就回到了青春时代。

的确，他的思想永远青春。他既讲述当年的故事，又贴合时代气息，很快便引发听众共鸣，掌声经久不息。而他用残臂致敬的军礼，更是让现场听众热泪盈眶……

虽然时代在变化，但一些恒定的核心精神，永远不会变。他的现身说法，他的真诚讲述，仍然让今天的人们震撼。

当地大学生军训时，他总是上第一课。

那一天，阳光特别猛烈，烤得大家满头流汗。但他一直站着讲，讲他17岁上战场的故事，讲他18岁断双臂的经过，讲他19岁学吃饭的感受……

火辣辣的太阳下，口干舌燥。让他喝水，他拒绝了。建议中途休息，他也没有同意。为什么？水喝多了，会上厕所，会给工作人员添麻烦；中途休息，会耽搁娃娃们宝贵的学习时间。

强光刺激眼窝，泪水流出来了。他从军装里伸出两只秃肘肘，熟练地夹起工作人员递来的一片纸巾，快速地擦拭一下。右眼没有眼球，却有泪腺，经常感光流泪。

"我老了。让娃娃们见笑了。"他不好意思地说。

这些十八九岁的孩子们，惊叹不已。老爷爷像我们这个年龄时，已经保家卫国了，而我们呢？为什么连军训的苦也受不了？

烈日下，孩子们都感动得流泪。

夏天晚上座谈时，天闷热，飞虫多，咬人。别人可以用扇子、用手臂驱赶。他不能，只是直挺挺地坐着。

党史活动时，在烈士陵园讲战争故事。工作人员为他准备了椅子，他不坐，站着讲。讲了一个小时，他仍然笔直地站立着。

面对烈士，我怎么能坐下？

平时走路，他也总是昂首正视、步履稳重。从背后看，虽然两个袖管空空，但劲风吹过，更加威武，更加刚硬。路人都会说，这是一个军人，标准的军人。

只是路人不知道，这是一位参加过抗美援朝战争的一级伤残军人！

……………

2021年国庆期间，抗美援朝题材电影《长津湖》热映。

长津湖，与他受伤的轿岩山战场距离不远、环境相似。看着电影里逼真的画面，当年的烽烟岁月，滚滚而来。

当电影里的战士们集合时，他也不自觉地站直，举起右臂，大声地报出了自己的部队番号和姓名："我是中国人民志愿军12军35师105团3营7连4排60炮班战士李化武！"

他直挺挺地站立着，早已泪流满面。

向战友致敬！

向岁月致敬！

向历史致敬！

（发表于2022年4月11日《人民日报》）

秀儿

——"时代楷模"黄文秀纪事

2018 年 3 月 26 日上午，广西壮族自治区百色市乐业县新化镇百坭村党支部书记周昌战接到镇政府电话：上级给村里派来驻村第一书记，让他迎接一下。

周昌战匆匆赶到镇党委办公室。

镇党委书记指着从座椅上站起来的一位年轻姑娘说："这是黄文秀同志，你们的驻村第一书记。"

这位面带微笑的年轻姑娘，个头儿不高，圆圆脸庞，戴一副宽边眼镜，扎着高高的马尾辫，白白净净、文文弱弱。

周昌战的心底，不由得"咯噔"一下。

1. 超强战队

百坭村，下辖 11 个自然屯，散居在起起伏伏的大山深处。

全村 472 户 2067 人，人均年收入不足 3000 元，村集体收入为零，属于深度贫困村。

与村干部们见面之后，大家共建了一个微信工作群。

黄文秀为这个群取了一个响亮的名字：百坭乡村振兴地表超强战队。

她的住处，就在村部。窗外庄稼碧绿、河水清清，远处山峰叠翠、云雾缭绕。景色太美了。只是，在贫穷面前，美丽也会失色。

上任第二天，村头发生一起严重的交通事故：一辆卡车辗死一个村民。

消息传来时，黄文秀正在和大家座谈。初来乍到，情况不熟，她本可以回避。但她毫不犹豫，起身就跑向了车祸现场。

处理完事故，周昌战对她说："今晚让妇女主任陪你吧，你一个人会害怕的。"

"不怕，我要挑战自己，不然怎么驻村呢？"

2. 穷孩子

1989年4月18日，黄文秀生于百色市田阳县德爱村一个壮族家庭。

这里位于三县交界的犄角，别说县城，距离乡政府也有40多里。而且此地是典型的石漠化地区，土地贫瘠、干旱缺水，不能生长高产水稻，只能种植玉米、甘蔗等。

由于自然条件恶劣，政府号召易地搬迁。

1992年，黄文秀一家迁至县城10公里外的一个林场附近，租种10亩土地。住处呢，先是租借。直到两年后，才盖起三间简易平房。

由于家庭贫困，黄文秀从中学开始，年年享受国家助学金。

2008年夏天，她高中毕业，考入长治学院政法系。

四年本科毕业后，黄文秀考取北京师范大学哲学与社会学学院硕士研究生。

彼时的黄文秀，课余时间在外打工，暑假也很少回家。朴实又勤奋，善良又可爱，同学们都亲切地呼她"秀儿"。

3. 麻柳话

驻村第一步，必须摸清贫困底数。

黄文秀列出了全村2014年以来的贫困户数、脱贫户数、返贫户数。按照上级要求，2018年全村预脱贫计划为88户419人。

以村部所在地百布屯为中心，其他 10 个自然屯散落在山沟沟里。每个屯只有一条弯弯曲曲的山路连接。最远的长沙屯，离村部 30 里。

第一站，黄文秀走进百爱屯。

"大婶，我是新来的驻村干部。请问，韦胜双家在哪里？"

大婶叽里咕噜吐出一串方言。黄文秀听不懂，一脸茫然。

这里的村民通常讲桂柳方言，虽能听懂普通话，但都不会说。

正在这时，迎面走来一个女孩。在女孩指引下，她总算找到了韦胜双的家。

"笃笃笃！"黄文秀敲了敲门。一位中年男子探出头。

走进院子，黄文秀在石凳上坐下，从双肩包里掏出几张表格，拿出笔记本，开始询问。

韦胜双低下头、抽着烟，任凭怎么问，什么也不说。

随后，她来到了贫困户黄世亮家。

黄世亮也是吞吞吐吐，不说话。那意思很明显：你一个小女娃娃，能帮我们解决问题吗？

又是一个"软钉子"。

黄文秀再去敲梁家忠的大门，但老梁挡在门口，坚决不让进去。

两个"软钉子"之后，又吃一个"闭门羹"。

转了大半天，什么信息也没有收集到。

晚上回到宿舍，她越想越难过，禁不住趴在床上，"呜呜"痛哭起来……

第二天，周昌战开导她说："农村就是熟人社会，村民跟你熟了，自然会接纳你。"

是啊，自己初来乍到，就拿着本子问人家各项收入，对方肯定有顾虑。看来，首先要改变自己。

此后，黄文秀再去走访，先脱下外套，帮他们干家务，然后才话家常、摸情况。贫困户不在家，她就找到农田，一边干活一边聊。

为了消除语言障碍，黄文秀下功夫学习桂柳方言。

"嫩子（怎么样）"、"更子（这样子）"、"过笼（太过火）"、"发气（生气）"。

"你想嫩子？我就更子……"

她一句一句反复练习。

"一过奶老坐在马卵古高头打啷衣（一位老奶奶坐在鹅卵石上面织毛衣）。"几天后，桂柳话的这个"绕口令"，黄文秀也能流利地说出来了。

有一天，一个村民想逗逗黄文秀，递给她几个超酸的枇杷："很甜，你尝尝吧。"

黄文秀接过来，咬一口。哎哟，酸得龇牙咧嘴。

另一位村民笑道："你惹得太过笼，黄书记发气了。"

黄文秀说："哎哟，你更子。枇杷真的好甜哟，甜得我牙都快掉了！"

看着她张嘴挤眼的样子，村民们都笑了。

开心的笑声里，双方的心，渐渐靠近了……

4. 我要下乡

硕士研究生毕业时，黄文秀可以留京工作，可她执意回到家乡。

2016年7月，她作为广西壮族自治区优秀选调生，被分配到百色市委宣传部。

一年转正期后，黄文秀主动申请到基层工作。

组织经过考虑，安排她到故乡田阳县，挂职那满镇党委副书记。

2018年2月，市委号召机关干部到农村扶贫，担任驻村第一书记。黄文秀再次申请，希望去更艰苦、更偏远的基层农村。

于是，400里外的乐业县百坭村，从此与她结缘。

乐业县，位于云贵高原东南麓、十万大山深处，地处黔桂两省三市（州）七县接合部，是国家扶贫开发工作重点县。

5. 咱村的女儿

者乐屯贫困户黄邦旋，是有名的倔脾气。

那天，村干部上门填写《扶贫登记表》，不料他把大门"咣当"一关，吼道："不给我办低保，那我要'贫困户'干什么？"

任凭怎么喊，就是不开门。

进不了门，填不了表，后续工作就无法进行。

黄文秀说："我来试试。"

她一边敲门，一边打起亲情牌："你姓黄，我也姓黄，我叫你哥吧。哥，你这么勤快，如果再加上政府帮助，一定能脱贫。你不开门，填不上表，不是要受损失吗？哥，有事慢慢说，好吗？"

门开了，黄邦旋还是黑着脸："我为什么不能享受低保？你们不给办，我就不签字。"

黄文秀笑着说："哥，你放心，只要符合上级政策，一定给你办。还有，你要是把果园管好，我还能帮你申请产业补助款呢。"

"说话当真？"

黄邦旋态度和缓了，黄文秀赶紧趁机做工作："哥，我们认真研究过你家的情况，按政策规定真的不符合低保条件。但是，国家扶贫政策很多，何必只想着低保呢？低保只能解决基本生活。只有脱贫致富，好日子才会长久。"

黄邦旋心有所动。

黄文秀接着说："你可以申请产业补贴资金，用这笔钱种果树。种得好，脱贫致富不成问题，不比吃低保靠谱？"

黄邦旋脸上终于有了笑容："小妹妹，说得有道理。就冲你，我签字！"

经过一个多月走访，黄文秀基本掌握了全村情况：建档立卡贫困户195户883人，目前还有154户691人未脱贫，因学致贫和因残、因病致贫占比最高……

全村11个自然屯，不是坐落在山顶上，就是蜷曲在山沟里。

虽说前些年修了几条砂石路，但坎坷不平，尤其雨季，路面坑坑洼洼、泥泞不堪，别说汽车，就连摩托车也难以通过。

更紧要的是，果园大多集中在山上。山路不通，农副产品运不出去，外来物资也送不进来。

"要想富，先修路，看来真是这样！"

黄文秀带着村干部天天踏勘，终于画出了详细的地形图，精确到每块农田、每个果园的位置。

全村需要硬化的产业路，共44里。按照4.5米宽的标准，需要几百万元。

她和村干部努力向上级争取资金，并决定：先急后缓，分条分段，逐步修建。

即使能争取资金，道路今年也不能完工啊。果子在一天天成熟，如果今年再运不出去，果农又要受损失。

他们决定：组织村民，自己动手，对破损路面先行抢修，作为应急之用。

山上的几个屯子极缺水，村民生活用水全靠蓄水池。可百果、那赖、长沙、百布四个屯的蓄水池老化、渗漏，经常干涸。

从8月开始，黄文秀带着修建蓄水池的方案，一趟趟跑往县水利局。

经过一番努力，4座大容量蓄水池终于建好了。

山上屯子缺水，山下屯子却又常遭水灾。

那用屯10户人家，房屋都建在小河对面的堤坝上。村民外出、下田劳动、孩子上学，都要跨过一条小河。河上无桥。平时过河，村民们就用绳子吊起几根木杆，架在两岸，权当桥用。但到了雨季，河水上涨，木杆不是被淹没，就是被冲走，人们只能望河兴叹。

一次，黄文秀从县里请来一位技术专家，给村民讲授果树管理。恰逢刚下过雨、河水大涨，架在河上的几根木杆被冲得无影无踪。专家过不去，村民们也过不来。

无奈，双方只能隔着河，"喊"了一堂课……

黄文秀提出："无论如何也要修一座桥。"

她向镇里和县里打报告，申请一部分资金，然后又发动群众出工出力，终于修起了一座真正的桥。

原来，村民们都称她"黄书记"；后来，都喊她"秀儿"……

6. 孝心

黄文秀是一个孝顺女儿。

上大学后，她就不再向父母要钱，而是自己打工。2016年她从北京毕业后，被广西壮族自治区招录为选调生，国家补贴了一笔安家费。她拿出一部分钱，帮助爸妈把那栋居住了 20 多年的老旧小平房，改建成一栋两层砖混小楼。

工作转正后，月收入稳定。为了回家和工作方便，她又交上首付，贷款买了一部白色越野车。

她想，这几年，要好好孝敬一下父母。

不想，2019 年 2 月，父亲被诊断为肝癌，先后做了两次大手术。黄文秀十分揪心，常常痛哭。

前些天，她得知有一种特效药，便马上委托在京同学帮忙购买。

7. 从戒烟开始

村部的环境卫生状况较差，桌子上、地面上到处是烟头烟灰，开会时更是烟雾缭绕，咳嗽声一片。

一天，黄文秀说："抽烟有害健康，大家都知道，但多年习惯一时也不容易戒掉。不过，我想给大家提一个要求，今后不乱扔烟头、不乱弹烟灰，好吗？"

几位村干部一愣。

黄文秀就笑着讲解抽烟的害处，还找出相关视频，给大家播放。

村支书周昌战吸烟多年。黄文秀说："周大哥，你要是能戒烟，我就奖励你 500 元。"

周昌战嘿嘿一笑："一下子戒掉有点儿难。要不这样吧，先从乱扔烟头罚款做起，谁要是乱扔一个烟头，罚款 5 元！"

黄文秀一拍手："好，一言为定！"

几天后的一次干部会上，黄文秀又把一个电脑放在桌上。

周昌战疑惑："这是干什么？"

"现在是信息时代，网络都普及到村里了，电子政务、电子商务是大方向。我发现，咱们村干部只有两个人会用电脑，这可不行。"

黄文秀把电脑向周昌战近前推一推："村干部带头学电脑，从支书做起。"

"秀儿，我这么大年纪了，还能学会吗？"周昌战有些犹豫。

"没问题，我来教你。"黄文秀笑着说，"学电脑可没有戒烟那么难。"

"好好，我学。"周昌战连连答应。

不久，几个村干部不仅学会了打字、绘制表格、打印图片，还能在电脑上看文件、查资料了。

8. 砂糖橘

百坭村冬暖夏凉、降水丰富，特别适合种植砂糖橘。

其实，前几年，政府曾经号召种植，村民们也种了500多亩，但由于缺乏技术，很多橘树遭受病虫害。这样一来，导致果农丧失信心。

怎么办？

必须选一个种植砂糖橘的"示范户"。

选谁呢？

班统茂！他身体壮实，种有30亩砂糖橘。更可贵的是，他爱动脑筋，摸索了一些种植经验。

黄文秀找到班统茂，可他坚决不答应。

的确，当"示范户"，既没有经济补助，还要浪费自己时间。

黄文秀三番五次做工作："班大哥，你扛起一面旗就行，其他问题由我们来解决！如果你赔钱，我用工资补你，我写保证书！"

面对黄文秀的真诚，班统茂终于答应了。

恢复种植，扩大规模，都需要启动资金。黄文秀想方设法，帮贫困户申请无息贷款。

看到秀儿这么尽心尽力，果农们都重振精神、行动起来。

经过多方询问，黄文秀还找到一家农林公司。这家公司在林果种植技术方面拥有丰富经验，并且还有畅通的销售渠道。

在黄文秀的邀请下，公司与百坭村共建"标准化果园"。公司派出4名技术员，手把手地教果农剪枝、疏果、保果、施肥、喷药……

经过科学管理，原本无精打采的橘树重新生机勃勃，枝干茁壮、果实累累。

进入十一月，砂糖橘陆陆续续成熟了。

看着红澄澄的果子，村民们喜忧参半：喜的是从来没见过砂糖橘长得这么好，忧的是果子能不能及时卖出去？

黄文秀笑而不语。

原来，她早已与云南、贵州、四川、海南等地的果商签订了销售协议。

黄文秀还摸索网上销售的路子，组织几个青年村民，建立了百坭村电商服务站。

2018年秋天，百坭村砂糖橘产量高达180万斤，全部销售一空。

2019年春天，全村扩种砂糖橘1000亩、八角1200亩、油茶1000亩和优质枇杷500亩……

9. 最后的晚霞

6月13日，黄文秀终于收到了北京同学寄来的特效药。

这天是周四，两天后的周日恰好是父亲节。于是，她决定，周末回家送药，好好陪陪父亲。

入夏以来，雨水格外多，村里的水利设施多有毁坏。

14日全天，黄文秀和村干部们查看全村受灾情况，商量申请项目资金、制定维修方案。

在笔记本上，黄文秀认认真真地写出了几项清单：

1. 百果屯和百爱屯，600米，预计9万元；
2. 百布屯水利维修（建渡槽），20米，预计1万元；
3. 百果屯、百坭屯水利维修（建渡槽），30米，预计1.14万元；
4. 拟建20座垃圾池，预计10万元；
5. 那用屯平板桥，预计8万元。

傍晚收工时，她对周昌战说："我回家一趟。周一回来后，咱们就抓紧落实。"

回到宿舍，匆匆吃一包方便面。10分钟后，黄文秀驾驶那辆白色越野车，披着五彩晚霞，离开了百坭村……

10. 水殇

一栋粗粗糙糙的两层砖混楼房，默默端坐在一座山脚下。

房子旁边几棵高大的木瓜树、芒果树，翁翁郁郁、蓬蓬勃勃。夏日的阳光，在叶片上闪闪烁烁地跳跃。微风吹过，繁叶飒飒作响，似乎在交头接耳地窃窃私语。

这里，是黄文秀父母居住的地方。

十几天前，父亲刚做过第二次手术，在家卧床静养。

前天晚上，黄文秀驾车3个多小时，穿越400里山路，回到家时，夜已深深。这两天，她每顿饭都要亲手喂父亲吃些松软食物。

16日中午，黄文秀对父亲说："我下午要到市委宣传部商量工作，然后赶回百坭村。"

父亲吃力地坐起来，担忧地说："秀儿，天气预报说今晚有暴雨。400里山路，你一个女孩子开车，太不安全，明天再回村吧！"

黄文秀看着父亲："阿爸，下暴雨，几个屯子很可能发生山洪，我更应该回去。"

16日下午，黄文秀在市委宣传部谈完工作时，暮色已浓，黑云滚滚。

同事劝她晚饭后出发，或干脆明天回去。

她说"不行呢，明天是周一，有任务。我今晚必须赶回去！"说着，匆匆下楼。

驾车出发不久，淅淅沥沥的小雨渐渐浓密。一道闪电划破漆黑，几声响雷滚过，大雨倾盆而降。

途中，黄文秀给周昌战打电话，提醒他做好防洪准备。

驶进凌云县境内，暴雨更猛。

此时，夹在两山之间的公路，已经变成汹涌的河面。

23时43分，黄文秀用手机拍了一条洪水视频发到网上，并配发声音："好危险，有一辆车已经被水冲走了，我现在过不去了。"

市委宣传部工作群里，同事们纷纷留言："注意安全！""太危险，快掉头！"

视频里，不时有兽爪状的闪电撕裂夜幕……

2019 年 6 月 17 日凌晨，不幸降临！

11. 她在丛中笑

乐业县，是一个奇特的地方。

由于特殊的喀斯特漏斗地貌，山高谷深、天坑密布。全世界 13 个超大型天坑，其中 7 个就在这里。因此，乐业县被誉为"世界天坑之都"和"世界天坑博物馆"。

这里，山水灵异，处处美景。瘦瘦弱弱的山路，白白胖胖的迷雾，迷迷幻幻的岩洞，幽幽深深的天坑。

……

2019 年底，百坭村整体脱贫。

2020 年 11 月 20 日，经广西壮族自治区人民政府批准，乐业县正式退出贫困县序列。

如今的百坭村，山上山下水泥路成网，处处是精致的小楼、鲜花盛开的庭院。一条条小河，绕村而流。一架架石桥，横跨两岸。

溪水潺潺，翠竹环绕，菜花粉蝶，白墙黛瓦。欢乐的广场上飘荡着美妙的音乐，幽静的小路上摇曳着浪漫的街灯……

一切，似乎安安静静、默默无语。

但是，只要你停下脚步，对视群山，仿佛能听到一声声轻轻的呼唤：秀儿、秀儿……

（发表于 2021 年 9 月 29 日《人民日报》）

农妇的宇宙

　　2017 年 2 月 6 日，中央电视台《中国诗词大会》的挑战者舞台上，出场的选手格外引人注目——一位病恹恹的农村妇女。

　　她，没有读过高中，只是一位贫困的农村主妇。而且，身患淋巴癌。

　　然而，出乎所有人意料的是，她竟然正确回答了全部选题。

　　白茹云，一个夜晚，感动中国！

　　2 月下旬，我专程前往河北省南和县，在县城东南方向 8 公里的侯西村，找到了她的家——

　　说起来，白茹云真是一个苦命女人。

　　生于 1975 年，姐弟 5 人，她是老大。原本赤贫，子女又多，父母不得不以耕作为主。她从小的任务，便是负责照看弟弟妹妹。

　　二弟 8 岁时，颅内生出一个肿瘤。每逢发作，疼痛难忍，便用拳头使劲击打自己的脑袋，常常头破血流。这时候，身为长姐的她，拼命地抱住弟弟，哀求停手。一次，实在无措，她哭着说，别打了别打了，姐姐给你念一首诗吧。于是，她把在课本上刚刚学过的《咏鹅》，绘声绘色地背诵起来。

　　此时，这个十多岁的小姑娘，慈祥又沉稳，像一个阅尽沧桑的老母亲。紧紧地抱着弟弟，耐心地吻着、哄着，念一遍，又念一遍。

　　小弟弟静下来，仰着脸，呆呆地盯着姐姐。

从此之后，每每如此。

可白茹云还是一个小学生啊，只学过几首诗，不会别的。她便变换着腔调，不厌其烦地把这几首诗念一遍，再唱一遍。如是再三，反反复复。

弟弟的童年，她的少年，就是这样度过的。

这是她与诗词的第一次结缘。

后来，弟弟终是脑瘫，生活不能自理。

这样的家境，她还能上学吗？可她，已经喜欢上了古典诗词，语文成绩在全班名列前茅，而且她也有了自己羞涩且坚定的梦想，那就是考大学，当作家！

但是，现实无情。

初中毕业后，由于家境太过贫困，她不得不辍学。

由于身材瘦弱，没有力气，她便在本村小学代课，每月 55 元。可不到两年，由于正规院校毕业的师范生普及农村，没有文凭的她，只得下岗。她又去附近的木材厂打工，拉大锯，出苦力。可这是男人的活计啊，她瘦弱的肩膀，实在受不住，便去北京当保姆。

就这样，在命运的皮鞭下，她一步步诀别梦想！曾经常常叹息，每每哭泣。但叹息和哭泣，有什么用呢？她只是命运的巨石下的一棵小草，一只蚂蚁。

1999 年，正在北京做保姆的她，被家人喊回来，结婚。

她的少女时代，就这样结束了。

大多数农家姑娘的婚姻，无所谓浪漫，就是过日子。

她与丈夫感情尚好。小夫妻用尽全身力气，像两只灰灰的麻雀，日日夜夜地衔回一片片羽毛、一根根碎草，营造着自己的巢穴。几年后，他们买来一台电视，生下两个女儿，盖起三间房子……

生活虽然清苦，但也温暖。她不再希冀什么，只希望像门前的树、栏中的鸡一样，高高兴兴、健健康康地活下去，活下去，把庄稼种好，把女儿养大，把日子过出滋味来。

可是，命运无常。仅仅这一丁点儿可怜的奢望，也被剥夺。

2011 年夏天，她感到身体不适，被确诊恶性淋巴癌。

这一年，她 36 岁，大女儿刚刚 10 岁，小女儿只有 7 岁。

确诊的时候，在医院的角落处，她跺足捶胸，号啕大哭。但在回家的路上，便逐渐安静下来。及至回到家见到丈夫和女儿的时候，脸上已是微笑。不能死，必须活下去！自己死了，孩子怎么办呢？父母怎么办呢？

那年 10 月，收完秋，种下麦，巢掉家里多余的粮食，又向亲戚和邻居借来一笔钱。她告别丈夫，独自去省城医院治疗。

别人治病，都有家人陪护，可她不用。两个孩子还小，正在上学，需要照看。外债如山，需要偿还。家里的 3 亩田地，需要打理。丈夫必须守在家里，干好农活的同时，去附近打工。什么最挣钱呢？自然是最苦最累的活计。木材厂拉大锯，建筑队搞搬运，装修队砌地板，日日夜夜，加班加点。

村头有一辆大巴专线，车票 45 元，两个小时直达省城。但她从不乘坐。她有自己独特的行走路线：早晨 5 点起床，乘公交车，1 元到县城；2元公交，到邢台市汽车站；从汽车站到火车站，也是 1 元；到省城最便宜的火车，只需 16.5 元；最后，再用 1 元钱，从火车站乘公交车到省第四医院。这样，来回奔波，辗转五次，虽然要花费五六个小时，却可以省下 23.5 元。

每个治疗周期半个月，不能回家，她只能自己照顾自己。疼痛，疼痛，她咬着牙，忍着，忍着。化疗期间，她舍不得住院，也租不起房子，更不敢住旅馆。夜晚呢，就蜷卧在医院大厅的沙发上。

疼痛之余，便是漫长的寂寞。寂寞和无聊中，她狠狠心，咬咬牙，花费 5 元钱在街头地摊上买下一本书：《唐诗宋词鉴赏词典》。

5 元钱，能买到什么书呢？这是一本盗版书，错字多多。她便用女儿的字典，一个个地查找，一个个地纠正。

上午输液，下午静养，就到医院的小花园里读诗。

这个可怜的女人，似乎又回到了少女时代。只不过，当时面对的是脑瘫的弟弟，而现在，面对的却是身患癌症的自己。她像当年哄劝弟弟一样，千百遍地劝慰自己，不要哭，不要哭！要镇静，要镇静！

像过去那样，她仍然喜欢读出来，唱出来。虽说不成调吧，但还是会唱，还是要唱，常常唱得泪流满面，哽咽失声。因为诗里有悲情，有故乡，有童年，也有自己。

一年时间，她把一本书唱得滚瓜烂熟！

一粒粒纯美的文字，就是以这样一种独特的方式，植入了她苦难的生命！

近两年时间的化疗放疗，留下多种后遗症，耳朵听不清，眼睛总流泪，声带粗而哑。但病情，总算暂时稳定了。

按照医嘱，平时药物控制，每年来省城复诊一次。这样，每年的治疗费用需要七八千元。

此时，她的外债，已达七八万元。

而她全家的年收入，是多少呢？

白茹云刚生病时，丈夫起早贪黑，拼命干活，每月能挣 3000 多元，现在累坏腰椎，干不了重活，只好去县城一家保安公司当保安，一个月仅挣 1300 元上下。

家里 3 亩薄田，一年收两季，小麦和玉米，全部收入最多只有 3000 元。

没有办法，白茹云只能另想门路，挣钱还债。干不了重活就养羊吧，城里人都喜欢吃涮羊肉，每天要消化若干羊群呢。她想得很美：买母羊生小羊，小羊变大羊，繁衍生息，财源滚滚……可想不到的是，梦想很美好，现实很残酷。那一年，市场上羊价昂贵，她用 1200 元买了 3 只小羊。可喂养一年后，羊价回落，每只大羊才 400 元，仅添了两只小羊羔。等于辛辛苦苦 365 天，只挣了 400 元。去年夏天，村里遭水灾，她把羊全部卖掉了。唉，赔了几年光景，却没有挣到钱。

其间，她最大的收获，便是放羊间隙，在野外尽情地吟唱，牢牢地背诵了上千首诗词……

为了挣钱，白茹云便在种地和家务之余，在家给别人加工塑料插花。插花工艺琐碎，要将花片捻开、分瓣、叠加、安蕊、粘胶和插装，有六七道工序，需格外精心和耐心。这样，一天插花五六个小时，能赚得五六元。

良好的诗词修养，早年的作家梦，忍不住，她也尝试着写作，想挣点儿稿费。

偷偷地写诗，暗暗地投稿。去年以来，她在《燕赵晚报》上发表过几首。另外，她还定期给本市的《三阳诗社》及河北卫视的《中华好诗词》节目写诗。去年 7 月，她的《蝶恋花》在《中华好诗词》微信公众号评比中，获得三等奖……

但这个年月，稿费能糊口吗？她全年的稿费总收入，也不过 100 元。

不啻说，她是全村里最窘迫的女人。

她已经五六年没有购置新衣了，平时穿的都是女儿的淘汰货。这次在中央电视台亮相的装扮，也是向女儿借来的。

刚刚过去的这个春节，她全家的消费，只有 26 元，买回两张红纸，一袋花生，一袋瓜子，一袋糖块。最主要的，是 2 斤猪肉。家里自产白菜和大葱，凑凑合合就可以包饺子。

"买新衣了吗？"我问。

"没有。"她摇摇头。

"给孩子压岁钱了吗？"

"从来没有过！"白茹云熟练地操作着手中的绢花。

即使如此，家中的苦难仍在漫延。

二弟一天天长大，身体发育如同常人，病情却丝毫未见好转，仍是时时捶打自己。偌大的头颅，满是伤痕，严重变形，像一个畸形的地瓜。现在，早已成为一个完全的痴呆人，吃喝拉撒，全靠别人照顾。

三弟也没有读完初中，先是在家干农活，后来出门学厨师，总也不挣钱。及至婚龄，由于家境特殊，没有姑娘愿意下嫁，只能长期打光棍。2009年，郁闷迷茫的三弟到北京打工，糊里糊涂地被传销组织骗到保定，从此一去不复返。2011 年，白茹云在医院治疗时，曾接到过三弟一个电话，他吞吞吐吐，语焉不详。但很快，就再也打不通了，直到现在。

采访期间，白茹云多次为父母担忧："父母命不好，压力太大，5 个孩子有 3 个不正常：我摊上这个病，让父母心里不安静；二弟呆傻，要拖累父母终生；三弟已经七八年不见面，今年 34 岁了……"

虽然困顿，虽然重病，白茹云却在营构着属于自己的诗意生活。任凭身外车流熙熙、尘世攘攘，她的世界依然桃花灼灼。

也许她天生就有一种文学情结和乐观情怀，两个女儿，一个取名笑笑，一个取名笑涵。双双含笑，笑对人生。

平时独自在地里劳动，她会大声地对着玉米，对着棉花，对着白菜，对着大葱吟唱诗词。偶尔有灵感，便会马上记在随身的本子上。即使在插花时，手边也会放一本书，口中念念有词。伴随着手中的花枝颤动，沉重的时光，似乎也变得轻松起来，芳香起来……

屋内的角角落落，到处是她抄写的诗词纸片。窗台上，还种植了一些并不名贵却郁郁葱葱的花花草草。你看，东墙那一排漆皮斑驳的棕色立柜顶上，摆放着一盆吊篮，飘飘摇摇，簇簇条条，低垂而下，摇曳得绿意盎然……

还有，我采访时，猛然发现她家的影壁前，伫立着一个憨态可掬的雪人：黄色搪瓷脸盆是一顶"帽子"，两块乌黑的煤核是一双晶亮的"眼睛"，而半截红萝卜呢，便成了红彤彤的蒜头鼻子。

白茹云羞赧地笑一笑："前几天下雪，我一个人在家堆着玩儿。"

…………

平时再节俭，白茹云也不忘孝敬双方老人。

她是全村有名的孝顺媳妇。这个春节，她全家的消费虽然只有 26 元，但给婆婆和娘家的支出，却是 60 元，为双方老人各送去 30 元的鸡蛋。

日子黑黑白白，季节青青黄黄。悲凉与欢乐，都是一天，为什么不坦然面对呢？

想着想着，她便不自觉地与苏轼相遇了：

"竹杖芒鞋轻胜马，谁怕？一蓑烟雨任平生。"

"回首向来萧瑟处，归去，也无风雨也无晴。"

常常地，看着一只羊，一株玉米，一棵树，看着丈夫，看着女儿，她会想，只要努力，只要期盼，只要耐心，一切会安然，一切会如愿。

有些奢望，她不再幻想，只求顺其自然，各归其归。

而更多的希望，要放任燃烧，殷切呼唤。失踪的弟弟啊，快快归来吧，姐姐还要为你张罗着娶媳妇呢；亲爱的丈夫哟，祈盼你的腰椎快快好起来，一家老小还指望你顶门立户呢；娘的心肝女儿啊，好好学习，考上大学，盼着你们能圆我破碎的梦。娘一定会供养你们上大学。哦，苦命的父母，愿你们的每一天，平平安安……

这些卑微的希望，就是她毛毛茸茸，却又实实在在的生活。

人生时时可能有坎坷，但总要站起来，总要向前行！

每天每天，她已经养成了一个习惯，一边干活，一边诵读诗词。这似乎成了她的生活，她的生命。做饭的时候，洗衣的时候，喂羊的时候……

一个被命运歧视的农妇，在一个被世界遗忘的角落，在暗暗地舔伤，在默默地安慰着自己，修炼着自己，好比每个生命都是一个神圣的小世界、小宇宙。她的生命虽然贫寒愁苦，但仍是完整。她要把自己的内心，修炼成一个丰满的宇宙，一个欢乐的宇宙。

从2013年到2016年，这4年的时间，恰好是一个本科周期。她没有图书馆，没有教授，也没有同学。她的学校，只是一本书，一本字典。她的课堂，只是病房、灶台、公共汽车和野地。她的学伴呢，只有太阳、月亮和星星。

而她的积累，却是数千年的数千首古典诗词。从诗经到鲁迅，这些五千年优秀传统文化的结晶，这些发自民族心底的、融通古今人心的一首首诗词，像一颗颗种子，在她的心底扎根、萌芽、开花……那一粒粒黑黝黝的饱满的汉字，像圣哲先贤们的一双双眼睛，静谧、肃穆而又慈祥。

这些诗心，都是天籁，皆是天心。

而心与心，是知音！

那是先祖最真挚的语重心长，那是恋人最动情的执手相看，那是母亲最深切的嘱咐与呼唤，那是弟弟最纯净的娇嗔和呢喃，那是艳阳最温暖的照耀，那是嫦娥最曼妙的舞蹈，那是赤诚和善良的演说，那是公平与正义的宣告……

那是屈原的"吾将上下而求索"，那是陶潜的"俯仰终宇宙，不乐复何如"，那是李白的"仰天大笑出门去，我辈岂是蓬蒿人"，那是苏轼的"枝上柳绵吹又少，天涯何处无芳草"，那是龚自珍的"我劝天公重抖擞，不拘一格降人才"……

冥冥之中，她的灵魂深处在发酵和蒸腾着一种洪荒之力。

几千首古典诗词，刻骨铭心，椎心泣血，与生命融为一体，充满了她的内心，她的宇宙！

2016年底，中央电视台《中国诗词大会》报名的时候，她悄悄打去一个电话。

而，当她揣着她的小宇宙出门的时候，小村并不知晓，更无觉察。小村根本不会相信，在这个穷乡僻壤，也能出灵芝，也能响惊雷！

她，仍是沿着当年的路线，在村头乘公交车到县城，再从县城到邢台，然后从邢台汽车站乘公交到火车站。

所不同的是，这次的目的地，是北京。

而后的过程，出乎北京的预料。她一马当先，一路过关，突出重围，直到最终。而一路PK的，有全国各地的诗词爱好者，有大学中文系古典文学专业的学士硕士，还有几位专家……

谈起在中央电视台舞台上的镇定，她淡然一笑。

是的，她早已历经沧海，早已超越生死，她还害怕什么吗？所以，尽管舞台上灯光闪烁，斑斓炫目，但她的心态，沉静如水，如山，如恒定的宇宙。

她的惊艳，让整个小村，整个邢台，整个河北，整个中国，都瞪大了眼睛。

她的惊艳，也让全国读书人汗颜。

且不说她一路超越了多少学士硕士，专家学者。还有我，这个自诩的作家，虽然自幼喜爱古典诗词，藏书不下万卷。但，万卷藏书又何妨，不如农妇书一本。我们这些人啊，身在花花世界，心在云里雾里，蜻蜓点水，浅尝辄止，没有打深井，未能真激活。

这是我，我们一代人最大的遗憾啊。

其实，每个人都是一个小宇宙，都是一个核工厂。

只要肯激活，人人能爆炸。

但愿每个人，都有自己的支撑，都爱我们的文化，修养自我的精神，饱满自我的宇宙！

那一天上午，坐在白菇云家的老式沙发上，我与她随意聊着。

她时而凝思回忆，时而哈哈大笑，两手还在熟练地择着一捆青菜。那是她和老公的午餐。

她的生活，正在全面步入正轨。

她的病情继续稳定。这几年，政府实施全方位的"精准扶贫"战略，她家和娘家，都属于扶贫对象，已全部纳入低保，全家每人每月可领取216元低保金。另外，她也已参加医保，治疗费用可以报销大部分。他的大弟，水暖工，开一小店，收入不错。他的二弟，现在吃低保，将来可入敬老院，由政府供养。只有他的三弟，暂无下落，但县公安局早已采下血液样本，发布网上，多方追查。

最让她高兴的是，两个女儿十分争气。大女儿在县一中读高三，年级前三名；二女儿小学六年级，成绩优秀。家徒四壁的墙上，抬头便能看到女儿的一张张奖状，宛若一张张笑脸。

她的丈夫收入稳定，身体转好。刚刚40岁，人到中年，正是好时候呢。

还有，她的外债，现已所剩不多。

虽然仍然是清寒的早春，虽然头顶上仍旧堆满阴霾，但她的世界，依然青翠；她的宇宙，日升月沉，天道健行……

刚刚一场大雪过后，田野里白白胖胖，静谧安详。惊蛰将至，雪泥消融，空气里总是弥漫着一种窸窸窣窣的声音，微微弱弱，却又轰轰烈烈。

哦，春天的锣鼓，像迎亲的队伍，在远处鸣响着，正沿着田埂，沿着麦垄，悄悄走来……

（发表于《山东文学》2017年第4期）

告慰方志敏

前些天，应朋友之邀，去上饶市的三清山访游。

不愧是名山，处处皆美景。瘦瘦弱弱的山路，白白胖胖的云雾，精精灵灵的岩石，香香甜甜的野风。

我正在美景中欢畅地游走，同行的友人指着对面不远处的一片青山，说，那里就是方志敏被俘的地方。

我的心"哐当"一下，脑海里立时呈现出一幅悲壮的画面，耳畔响起一串沉闷的脚镣声。

对于方志敏，相信许多人与我一样，怀有一种特殊的景仰。他是无产阶级革命家、军事家，杰出的农民运动领袖。他36岁的生命虽然短暂，却迸发出奇异的光芒。他的忠诚担当，精神信仰，均震撼后人。更加辉映历史的，便是他对未来中国的美丽设想。

旋即，我的耳畔，又响起了他在《可爱的中国》中的名句："朋友，我相信，到那时，到处是活跃跃的创造，到处都是日新月异的进步，欢歌将代替了悲叹，笑脸将代替了哭脸，富裕将代替了贫穷，康健将代替了疾病，智慧将代替了愚昧，友爱将代替了仇杀，生之快乐将代替了死之悲哀，明媚的花园，将代替了凄凉的荒地！"

这里，就是方志敏出生、战斗的地方？！

"上饶"之名得于古语"山郁珍奇，上乘富饶"。"饶"字的基本含义是丰富、富裕。

富饶，是这片土地自古以来最强烈的梦想！

上饶位于闽浙皖赣四省交界地带，山高路远，七山一水两分田。千百年来，数万个参参差差、扁扁圆圆的小村，隐藏在大山皱褶里，饥肠辘辘，愁眉苦脸。虽然也曾诞生过朱熹、洪迈、詹天佑等名士俊彦，但贫困总是如影随形。第二次国内革命战争时期，方志敏等人在这里创建闽浙赣革命根据地，一呼百应，纵横五十县，人口数百万，极大地支持了中央苏区，被誉为"模范根据地"。

1949 年之后，在中国共产党的领导下，这里开始向贫困发起了一轮轮进攻，取得了一个个阶段性成果。改革开放后，特别是进入新时代以来，随着中央各项普惠政策的落实和"精准扶贫"战略的实施，这里正在彻底告别贫穷。

铅山县葛仙山镇，距离县城 60 多公里，山高路远，石多土少，是贫困片区。但这里位于武夷山区深处，原生态的山水和果蔬是山外人的憧憬。近几年，当地政府把扶贫与果蔬产业、旅游产业结合起来，联合打造，耐心激活。其中两个村，绝大多数居民是北宋著名文学家欧阳修的后裔。他们又把文化元素结合进来，梳理欧阳氏血脉，修建欧阳修文学馆。仅仅几年时间，这片土地全面发展，游客盈门。目前，居民年人均收入已突破13000 元。

当年方志敏领导的闽浙赣革命根据地的首府设在横峰县。横峰几十年来始终处于国家级贫困县之列。2017 年，横峰县终于正式宣布脱贫。2018年，这个只有 23 万人口的偏远小县，财政收入超过了 12 亿。

方志敏的故乡，是弋阳县漆工镇湖塘村。小村只有 104 户，438 人，全部方姓。这个红色小村里，处处是精致洋气的小楼，鲜花盛开的庭院。

如今的湖塘村，已经基本城镇化，居民生活垃圾分类处理，全部使用水冲式厕所。中青年男女或打理自家店铺，或在附近企业和农业合作社上班。老年人则自觉地组成志愿者服务队，义务为小村的绿道、广场"洗脸美容"。富裕，从院内走到了户外；文明，从表面渗透了内里。

一条梅溪河，绕村而流。一架小桥，横跨两岸。周边是一棵棵沧桑的苦槠树，似乎都是原始模样。当年，方志敏就是从这里出发。

桥头，镌刻着方志敏早年的一篇小说的片段。在作品里，他尖锐且深刻地思考着贫困问题，并提出了清除贫困的设想。

而今，这一切正在变成现实！

走在上饶农村，溪水潺潺，翠竹环绕，菜花粉蝶，白墙黛瓦。欢乐的广场上飘扬着悦耳的音乐，幽静的小径里摇曳着浪漫的街灯……

在上饶信州区，我见到了有关负责人。

他介绍，过去的信州区虽然属于城市中心，但由于基础薄弱，城市功能严重滞后。最明显的观感，到处都是棚户区。

城市要发展，必须要棚改。2015 年下半年，市政府相关部门经过测算后，下达给信州区的拆迁任务为 300 万平方米。

城市要拆迁，天下第一难！

如何破解这个难题？

其实，关键就在于如何对待群众的利益诉求。

认识到这一点之后，他们公开亮明观点，对选择附近安置的群众，保证用黄金地段为大家建造新家园。

不长时间，区政府做出决定：把两块商业价值最高的 100 亩地作为安置地，建造一座春天新苑，并在周围规划配套学校、医院、菜市场，等等。

这里寸土寸金，每亩价值 450 万，100 亩就是 4.5 亿。政府没有卖给开发商，而是交还老百姓。

春天新苑，真正温暖了老百姓的心！

政府真心实意为人民服务，群众实意真心为政府着想。

于是，拆迁工作异常顺畅。3 年时间里，原定拆迁 300 万平方米，实际拆迁超过 700 万平方米。

由于棚户区改造的顺利推进，为城市的美丽蝶变提供了广阔舞台。

3 年之内，上饶市主城区内，新筑城市干道 40 条，总长超过 150 公里；新建（改扩建）医院 6 座，增加床位 1200 多张；新建（改扩建）学校 25 所，增加学位 3.1 万；新增停车位 6 万多个。另外，博物馆、规划馆、档案馆、群艺馆、美术馆、老年人综合活动中心、青少年活动中心、职工活动中心、妇女儿童中心等一批公共场馆纷纷开工上马、投入使用。

香樟依依，宛若美女的裙裾；杜鹃彤彤，犹如帅哥的雄心。

上饶，时尚而丰饶！

在上饶期间，我曾数次听到"一碗粉"的故事。

故事的原型是上饶人招商引资，虽然政策优惠、服务周全、地热人亲，但由于自然条件所限，仍是门庭冷落。一个国内知名企业的董事长考察之后，总是犹犹豫豫，难以决断。一天，他乘坐火车到福建办事，路过上饶。本地负责人听说后，专门赶到站台，走进车厢，送上一碗他最喜欢的上饶烫粉。

上饶烫粉，米粉经煨烫后加入特制汤料，集鲜、香、辣于一体，是上饶极有代表性的地方小吃。

一碗热粉，项目落地。

在老区人民的热情与坦诚中，外地客商纷纷前来。短短几年，这里便形成了一个新型的产业集群。他们乘势而为，着力打造"世界光伏城""中国光学城"和"江西汽车城。"

2018 年以来，他们还精准发展大数据产业、呼叫产业、游戏产业、大健康产业、航空产业等新经济，成功引进华为、阿里云等一大批项目。

这一个个大型化、高科技、新能源项目，代表着未来，代表着财富，为这片英雄的土地补钙、积金、蓄元气……

多年的贫穷落后，漫长的坎坷山路，虽然曾阻碍了现代化的步履，却也幸运地保留了原生态的青山绿水。

上饶东北部的三清山，展示了地球上已知花岗岩地貌中分布最密集、形态最多样的峰林，2300 多种高等植物、1700 多种野生动物，构成了优美环境。

在这里，处处是形态各异的石林，是鹰，是兔，像神龟安眠，似将军跃马，如纤夫怒吼，若书生静思，粗犷"巨蟒"冲天而去，美艳"女神"俯首浅笑，有的仿佛怀春少女羞涩地等待情郎，有的宛若坐窝母鸡耐心地孵化小鸡……

世界遗产大会认为：三清山在一个相对较小的区域内展示了独特花岗

岩石柱与山峰，丰富的花岗岩造型石与多种植被、远近变化的景观及震撼人心的气候奇观相结合，创造了世界上独一无二的景观美学效果。

三清山已经正式列入《世界遗产名录》。

中国第一大淡水湖——鄱阳湖位于上饶西部。浩浩渺渺，一碧万顷，它的众多支流，更是织就了周围地区密密麻麻的水网，直通每一座城市，每一簇村镇，每一条街道，每一户家庭。

上饶的北部，便是婺源。

婺源之美，妙不可言。恬静的田园风光和典雅的传统村落，点缀在绿水青山之中，被海内外公认为"中国最美乡村"。

在这里，每一个村，每一条溪，每一棵树，每一座房，都是美的主角。甚至，每一个村名，皆充满了诗情画意：溪头、秋口、清华、江湾、太白、富春、晓起、菊径、诗村、歌村、赋村、词村，等等。我惊异，这些都是为了旅游而重新命名？当地人摇头曰否，都是千百年的老字号喽。

哦，先人的美好想象。

篁岭，是婺源最近开发的一个景点。这是一个悬挂在山壁上的小村落，一条条古色古香的石板街，一座座亦竹亦木的吊脚楼。粉墙黛瓦马头墙，飞檐翘角美人靠，高高低低，隐隐约约。

晚上七八点钟，夜幕四合，街灯璀璨。女人们永远是夜市的主角，一个个粉面妖娆，裙裾翩翩，手擎甜食，款款而行。两侧的杂货店铺，各自敞开门扉，花花绿绿、鲜鲜艳艳。一家茶馆的门内，两个古装女子，在琴声渺渺中，对弈黑白。灯光雪亮，纤毫毕现，十指尖尖，宛若玉雕。弯弯曲曲的青石路面，昏昏黄黄，恍恍惚惚，仿佛通向明朝，通向宋朝……

青山不墨千秋画，绿水无弦万年琴。

在上饶期间，我还听到许多朴朴实实却有筋骨的故事。

上饶人除了坚决打好"三大攻坚战"之外，还结合本地实际，轰轰烈烈地开展了17场战役。

比如，农村宅基地改革，是家庭联产承包责任制改革之后农村土地工作的又一场具有重大意义的改革。过去，多圈多占浪费严重，建房建楼矛盾多多。近几年，上饶人在法律的框架内进行"宅改"，退出面积1900多万平方米。同时，针对农户建房相互攀比的现象，市人大制定出台了《上饶市农村居民住房建设管理条例》。这是全国第一部关于规范农民建房的地方性法规。

过去，各地畜禽养殖虽然划分了禁养区、限养区和可养区，但无法执行到位。近年来，上饶人坚决拆除禁养区和限养区内养殖场 917 家，真正改善了水源、土壤和空气质量。

多年以来，乡村河塘电鱼现象屡禁不止。近年来，上饶人迎难而上，重拳出击，依法整治，共查处相关案件 1100 多起，收缴非法电渔具 1.35 万套。现在，上饶城乡的沟沟渠渠里，水流清澈，鱼虾肥美。

农村垃圾如何处理，又是一个巨大难题。最早是村边倾倒，后来是集中填埋，现在是统一处理。如何彻底解决？上饶人把城市垃圾处理模式延伸到农村，实行政府购买服务。同时，投巨资在全市规划建造了 7 座垃圾焚烧发电厂。2020 年，上饶将率先在全省实现全市城乡生活垃圾焚烧发电全覆盖。

…………

这些工作，没有硬性考核，却涉及这片土地的根本利益和长远发展。

这一切，都体现了当地干部的工作作风。

这是一群像大山一样沉默而朴素的人。他们默默地忠诚，默默地担当。

说起方志敏，他们更是亲如家人，敬若圣贤。

可以看出，方志敏的精神，在他们心底早已落地生根。

这是从方志敏《清贫》中发端而来的一种奉献精神。

对于清贫，方志敏说："清贫，洁白朴素的生活，正是我们革命者能够战胜许多困难的地方。"

清贫，并非贫困，而是一种信念、一种作风。在新时代，在未来的任何时期，即使身居高位，即使物质富裕，也要始终持守清贫，用一种谦虚、节俭的作风，去生活，去工作，去创业。只有这样，才能与人民群众站在一起，才能永远保持一种进取向上的态势！

习近平同志曾深情地说："我多次读方志敏烈士在狱中写下的《清贫》。那里面表达了老一辈共产党人的爱和憎，回答了什么是真正的穷和富，什么是人生最大的快乐，什么是革命者的伟大信仰，人到底怎样活着才有价值。"

天下富裕，我自清贫。清贫财富，富足精神。

这，就是清贫的真正意义！

秀美上饶，且秀且美，且上且饶。

千座青山昂首，那是方志敏的身躯；万亩绿水涟漪，那是方志敏的微笑。

在方志敏的注视中，这里城乡联手，正在全面地走出贫穷，走出落后，走进富裕，走进文明……

在上饶期间，我采集到一组权威数字：2018年，全市主要河流地表水监测断面水质达标率96.85%，饮用水水源达标率100%，空气质量优良率91.8%，工业增长率9%，均明显高于全国标准或全国平均水平。全市共有21373个自然村，2019年底将全部提升为秀美乡村，并保证如期脱贫！

《可爱的中国》中设想的"八个代替"，已经基本实现。

谨以这份初步的成绩单，敬献可爱的新时代，告慰英雄方志敏！

（发表于2019年12月2日《人民日报》）

灰毛驴，黑毛驴

记忆中，故乡村庄里的毛驴，狗一样多。

改革开放以来，随着役用价值的消失，驴类已基本退出乡村的视野和记忆。而随着美食时代的到来，驴的食用价值却又连连爆棚，即使历史上远离驴肉的广东市场，每年也需要 30 多万头。

既然需要，便有饲养，这是市场铁律。但奇怪的是，中国的驴数量，仍在逐年锐减。

这是一个巨大的矛盾！

矛与盾之间，碰撞着怎样的故事呢……

一

许大叔养了一群小毛驴，邱大姐养了一群小毛驴，刘大爷也养了一群小毛驴。

他们，并没有生活在一个村庄里，而是相距几公里，甚至几百公里。但他们的驴，却是同一个模样：白眼窝、白嘴唇、白肚皮；浑身黑色，滚圆滚圆；体型偏大，类似骡马。

传统的小毛驴，在我们的记忆中，灰色、瘦削、毛乱，一副受苦受难的模样，常常大汗淋漓、气喘吁吁、逆来顺受地奔忙农活，或蒙着眼，日日夜夜机械地拉磨，或被人骑在后背上，低着头，默默无声地赶路。

可它们，不一样。

二

这一片土地，位于内蒙古自治区赤峰市境内，是大兴安岭、燕山山脉与内蒙古高原、辽河平原的过渡带，纯丘陵、半沙漠、寒冷、干旱、偏远，聚集着内蒙古自治区三分之一的贫困人口。

敖汉旗四道湾子镇四德堂村，距离镇政府 50 里，处于农牧交错带的中心。全村 401 户人家，按照国家扶贫办公室的最新统计标准，有 197 户处于贫困线之下。

的确，这里降水量只有 310 毫米左右，庄稼全是望天收。贫困，是这里千年不变的"钉子户"。

62 岁的许永章，是一个苦命汉子。20 年前，妻子身患癌症，住院化疗，3 个孩子陆续进入婚龄，而家里背负着十多万元的外债，住在低矮的土房里。

但命运并没有垂怜这一家人。2011 年之后，厄运再度降临。妻子又罹患乳腺癌，很快又向淋巴转移。家里的外债，堆成了丘陵，堆成了大山。

许永章的妻子经常绝望地大哭，却又无可奈何。

漫长的苦闷时光里，许永章依赖抽烟解闷，却又无钱购买，只能抽旱烟。旱烟叶每斤 10 元，一次买 5 斤，自己动手，把烟叶揉碎搓细。再买 1 斤白纸，5 元。纸条一拧，即成烟卷，自卷自抽，可维持 1 年。旱烟，比成品烟冲劲大，常常呛得咳嗽，但他感觉过瘾。浓烟滚滚中，暂时忘记人生的烦恼。

10 年了，他从未买过一包烟。

日子，就这样黑黑白白、酸酸苦苦地爬行着。

邱文君，女，39 岁，生活在巴林左旗林东镇后兴隆地村。这里位于赤峰市的北部，距离敖汉旗 200 多公里。小村 825 人，312 户，分 5 个村民组，建档立卡的贫困户达 158 家，近 500 人。

邱文君是独生女，上有一个 80 多岁高龄的奶奶，父母常年有病，需要用药并照顾。没有办法，她只得招了一名上门女婿。丈夫腰椎残疾，不能从事重体力劳动。婚后生育两个孩子，又需要上学。不用说，家里累积着数万元外债。

一家 7 口人的生活，几乎全压在她一个弱女子的肩上。

看着她一家的贫困，满村的大树小树们都摇头叹息。

贫困，像一座大山，死死地压置在她一家人的头顶上。

贫困，像一根钉子，深深地铆搐在她一家人的生命里！

刘和，今年 64 岁，出生在距离后兴隆地村 30 里外的马家河村。由于家贫，他一直在黑龙江省的边境线一带流浪，以给人放羊为生，直到 48 岁才组成家庭。

老伴霍书芹，比他小 1 岁，生来左腿残疾，年轻时在生产队担任饲养员，负责喂驴，铡草时，不小心被铡掉 3 根指头，后来嫁给一位马姓男人。丈夫去世后，经人介绍与刘和相识。

两个穷苦人，组成了一个家庭。经过几年打拼，终于盖起房子，还清外债。

不料，2014 年冬天，残疾的老伴不慎滑倒，摔断了第 11 节和第 12 节脊柱，累计花销 11 万元的医疗费。而年老体弱的刘和，也患有严重糖尿病，需要注射胰岛素控制，每天 4 针。

…………

在这片广袤的土地上，还有许多这样的家庭，他们有着各种各样的困窘。

他们，是乡村的苦楚，更是国家的忧戚。

2014 年，中国开始全面部署和实施精准扶贫战略，数以万计的贫困家庭被纳入国家档案和国家关怀之中。

中国政府向全世界郑重承诺：2020 年全部脱贫！

由此，人类历史上最大规模、最深层次的一场脱贫攻坚战斗，拉开大幕……

精准，这两个字太精准了。

社会的发展、思想的深化，都是一个由粗放到精准的过程。比如说，过去对于刘和、邱文君、许永章等万万千千的贫困户，虽然政府真诚关心，社会都在帮扶，村民也在资助，但怎么能够彻底解决他们的贫和困呢，却没有具体的精准办法。

三

驴，其实也是舶来品。

原产北非，有 4000 多年驯化史，后通过西亚、中亚输入西域。西汉张骞出使时，引入关中地区。

驴子优点甚多，性情温顺、吃苦耐劳、食量小、病疫少，不仅干农活，还能做家务——拉磨，我们祖先食用的白面白米，大都是它们蒙眼转圈的成果。而且，它们还是交通工具，张果老骑过，陆放翁骑过，大多数的农村媳妇也都骑过。在漫长的历史中，它不啻是中国农民最亲密的伙伴。

改革开放以来，农业机械全面普及，交通条件全面改善，即使在山区，各种小型农机具也全面替代畜力，名为"气死驴"。现代社会里，驴类几千年的役用价值几乎完全丧失，数量急剧下降。

据统计，20 世纪 80 年代中期，中国毛驴存栏量 1400 多万头；2006 年，减少到 777 万头；2014 年，更下降到 470 万头。

驴类，正在退出乡村的视野，正在退出人们的记忆。

但奇怪的是，随着美食时代和营养时代的到来，人类却越来越喜爱驴肉了。"天上龙肉，地下驴肉"，成为天南海北食客们的共识；山东、安徽、河南、山西、陕西、河北等地，都形成了独具特色的地方名吃。即使历史上从不养驴、远离驴肉的广东，每年也食用 30 万头。于是，人们咀嚼着，也怀疑着，这是驴肉吗？

更奇怪的是，既然市场有需要，多养即可多赚，这是铁定的经济规律。可与鸡猪牛羊等养殖业完全不同的是，唯有毛驴养殖业萎靡不振！

为什么呢？

原来，驴的生理特征与鸡猪牛羊等普通家畜不同。一只母鸡年产蛋可达 250 枚；一头母猪年生产两三胎，可产仔 20 多头；一只母羊可年生两胎，产仔 10 头左右；即使是母牛，虽然怀胎 9 个月，但肉牛体量大，达 1500 斤左右。

而驴呢，不具备这些优势。它的怀孕期超过 12 个月，一胎只生一个，肉驴体重只是牛的三分之一。再一个原因，鸡猪牛羊，已经形成了成熟的产业和市场，国家专项资金扶持，科技机构全程护航。而驴养殖，什么也没有。更重要的是，毛驴养殖在全世界都没有引起重视，在科学领域一片空白。

现实大有需要，中梗却未打通！

初级阶段，特殊时期，老实本分的毛驴，被置于一个非常尴尬的境地。

要改变这个局面，要撬动这个市场，要培育这个产业，无异于第一个吃螃蟹，需要巨大的勇气、巨大的耐心和巨大的投入。

众所周知，东阿阿胶股份有限公司以阿胶产品闻名，而阿胶的基础原料是驴皮。这些年，他们在改善毛驴品种和饲养毛驴方面，积累了丰富的科学经验。他们在筹划着，如何回报社会。

四

2014年，许永章被确定为精准扶贫贫困户，进入国家档案。

在享受国家相关扶助之后，确立哪一项兴家产业呢？他用政府提供的3万元无息贷款，购买了5头青年母驴。

多年来，家里的5亩旱地，只是种植玉米、小米、土豆和大豆，产量很少，秸秆和豆秧却多。过去，大多就地焚烧，而现在正是毛驴的主食。

毛驴刚进门时，眨着陌生的大眼，看着这个一贫如洗的家，似乎有些失望。于是，便像一个个嘎小子，常常发脾气，吹胡子瞪眼，甩头吊屁股。而老许，有着足够的耐心，像对待刚刚娶进门的娇妻。他试探着，用笤帚挠挠驴肚皮，用手掌摸摸驴脖子，请驴吃蔬菜，喝温水。

果然，第二天，驴看他的眼神也温暖了。

第三天，驴便成了他的好伙伴。

平时，除了喂草料外，许永章还常常添加一些小米饭、大米饭、白萝卜、水果片。过年时，自己吃饺子，也请它们吃几个。

亲爱的驴子，一天天地膘肥体壮、毛发油亮起来……

二三十年前，村里几乎家家养驴。邱文君的父母也曾经养过两头，是那种传统的灰驴，个头小小，浑身土灰。

现在，政府免费提供的3头毛驴，是一种新型的"三粉驴"，眼窝、嘴唇和肚皮均呈粉白色，浑身黑油油、圆滚滚，既漂亮又高大。

羊猪牛鸡养殖，粪便多，味道重。而驴以草为主食，是单胃动物，不反刍，粪便无味。

驴的怀孕生育周期长达12个月，且小驴6个月断奶，其间需要多多照顾，像照顾孕妇和婴儿。从这个角度而言，毛驴养殖极适合家庭作业。

搞家庭饲养，老弱病残孕和儿童均能派上用场。就像邱文君家，80多岁的老奶奶能干，60多岁的病弱父母能干，腰椎残疾的丈夫能干，即使几岁的孩子，也能干。

家里人手多，邱文君又租赁了两头基础母驴。每驴每年只需付出130元保险费，一切产出便可归属自己。

通常情况下，母驴每13个月生产一头驴驹儿。小驴断奶后，售价5000元左右。

刘和年轻时也养过毛驴，吃过驴肉，却从不知道驴的价值。比如驴皮，过去都扔掉了，现在才知道是宝贝，能做阿胶。

他的老伴，更是对驴有着特殊感情，被铡掉的三根手指，便是刻骨铭心的纪念。现在，她要把一生的损失，从驴身上找回来。

他们用无息贷款，购买了两头母驴，又租赁了两头。

一头驴，每天2斤料，以干谷草为主，配以少量玉米豆和葵花饼。驴喜饮干净水，冬季需温水。

…………

2014年开始，东阿阿胶与位于赤峰市辖区内一南一北边境的敖汉旗和巴林左旗政府联合，对已经进入国家档案的贫困户，进行精准扶持。

他们投资500万元组建了全国第一家养驴专业合作社——"天龙养驴专业合作社"，建设标准化养殖场，免费提供各种养殖技术，并按市场价对贫困户购买基础母驴予以50%的补贴。

在敖汉旗，他们与旗老区促进会联手，筹资1000万元。其中500万元，作为风险保证金，放大10倍，撬动银行贷款5000万元，扶助2000个贫困户。另外500万元，全部贴息，对贫困户实行租赁养驴、无息贷款养驴等优惠政策。同时，引进优良品种"乌驴"，全面改善和提升当地传统的毛驴品种。

"乌驴"又名"三粉驴"，是东阿阿胶投资巨大、耗时多年培育的一种优种毛驴，不仅体形大，而且病疫少。

五

毛驴世界，多多趣闻呢。

驴的前腿内侧，天生存有两个椭圆形的肉团团，俗称"夜眼"。但人们多次做实验，用黑布包住夜眼，驴仍是善走夜路。于是，有人认为是关节经常弯曲导致。又有人说，这是胎儿时两条前腿长期夹紧头部留下的印痕。

总之，"夜眼"到底是什么，没有定论。

还有，母驴的妊娠时间大都在夜间。

母驴产前三天，要多喂小米汤，再添加一些粮食，如玉米粉、豆子等。

母驴生下小驴后，脐带自然扯断。驴的胎衣呈灰白色，像薄纱，小驴会自动蹬开，母驴也会用嘴巴舔开。整个生产过程，只有一刻钟左右。

小驴生下时，约50公斤，两个蹄子抱着头，趴在地上，像一个酣睡的婴儿。懵懂一会儿后，睁开眼，试图挣扎着站起来。摇摇晃晃，站一下，摔一下，反复七八下。此谓"八叩八拜"，感恩母亲。而后，站稳，"嗯昂、嗯昂……"地叫两声，找准妈妈乳头，一口含住。

一个新生命的人间旅程，就开始了。

其实，母驴选择夜间生产，是为了安全。这是一种特殊的生物学特性，是几百万年野外环境的自然进化而形成的。

哺乳动物，大多如此。

只是，驴类更加原始，更加简单。即使冬天，产房零下20摄氏度，也不需加温，母子平安。

哦，真是一个本性纯朴、甘于奉献的伟大种类啊。

一次，邱文君家的母驴要临产了。她熬了一锅小米粥，又准备了剪刀、棉球和白酒等，准备接生。可等到后半夜，也不见异常，便回屋睡觉。

第二天早晨，猛然发现驴棚里蹦蹦跳跳地多出了一头小毛驴，眨着亮晶晶的眼，好奇地看着她……

六

许永章饲养的 5 头青年母驴，其中 3 头当年怀孕，第二年就生下 3 头小驴。

6 个月后，小母驴留下，小公驴出售，每头 5000 元左右。母驴在产后 12 天，即可配种再孕，而小母驴仅需两年，即进入育龄。

2016 年，许永章出售 3 头小驴，获利 15000 元。

2017 年，出售 8 头，收益 35000 元。

2018 年，他又租赁了 10 头基础母驴。

现在，许永章家里饲养着大大小小 33 头毛驴。成群结队，蹦蹦跶跶，步调一致奔小康。

外债早就还清了，孩子们也都结婚了。

妻子的病情趋于稳定，脸上泛动着润红的笑容。

平时，他与驴们特别亲热。驴呢，也是他全家的亲密成员，看到他，嗯昂叫，高兴时，欢天喜地，摇头摆尾。还会笑，龇牙咧嘴，做鬼脸，打滚儿撒欢儿。

去年以来，许永章开始抽纸烟了，一次买一条。平时，也常喝几杯小酒，过年过节时，还邀上几个亲友，轰轰烈烈地热闹一回。

而他所在的四德堂村，现在有一多半人家养驴。2017 年，全村人均收入已超过 8200 元。

邱文君的家里种了 4 亩玉米、大豆和谷子，这些秸秆，正好用于养驴，不用外购。全家人，虽然多是老弱病残，但正好可以派上用场。

现在，她家里已经育有 5 头基础母驴。

一头基础母驴，如果直接出售，价值 1 万元；如果用于生驹，每 13 个月一胎，半年后，小驴可售 5000 元。

这个账，她算得清清楚楚。

她的目标很明确，多多培养基础母驴。因为每一头基础母驴，就是一个小银行呢。

刘和与老伴，没有自己的儿女。他们把所有的爱，都给了驴。

驴的一日三餐，要准时：早上6点，中午11点，晚上7点。三遍草，三遍水，半夜再加一次夜草。

3年来，这4头母驴已产下9头小驴，给他们老夫妻抹平了一笔又一笔的外债。

目前，又有3头母驴怀孕了。

心里有事儿，腿上有劲儿。他们的病情，全都稳定了。

…………

石墨与金刚石，价值迥异，但构成它们的化学元素完全相同，只是元素结构排列不同而已。

人，作为一个个社会元素，总有一种排列结构最科学、最给力。而每个人，一旦进入这种最科学、最给力的结构之中，便可以爆发出惊人的能量。从这个意义上说，人人都是一个核工厂，就看怎么激活。

本文涉及的几个地处偏僻的贫困家庭，因为几头驴的加入，似乎被激活了。

2017年底，这三个家庭，陆续宣布彻底脱贫！

的确，他们十分苦命，却又万分幸运。

这一切，都是毛驴带来的，更是这个时代带来的。

东阿阿胶还在辽宁、新疆、黑龙江、宁夏、甘肃等地的20多个偏远贫困乡镇，以自己的优势，进行着特殊形式的"精准扶贫"。

敖汉旗新惠镇小王爷地村青年张亚星，2012年7月毕业于内蒙古科技大学，在城市打工几年后回乡创业。2017年，他投资20万元，正式注册"敖汉旗恒都农民养驴专业合作社"，计划用两年时间，养殖规模突破200头，实现年纯收入60万元的梦想。

和张亚星相隔千里之外的辽宁省铁岭市郊区，有一位海外留学归国的年轻人刘泽，想法更加宏大和惊人。2018年，刘泽的公司已经饲养种驴2000余头，带动了周边上千个贫困户。

截止到目前，东阿阿胶已累计投入扶贫资金2.4亿元，辐射带动投资55亿元，惠及全国1000多个乡村、2万多个贫困户。

他们特殊的扶贫故事和扶贫模式，已受到国家的高度肯定。2017年，他们被国务院授予"全国脱贫攻坚奖奉献奖"。

这在全国医药和食品行业中，是唯一的。

七

2016 年，原农业部出台《全国草食畜牧业发展规划（2016—2020年）》，首次将毛驴作为特色禽畜列入国家畜牧业发展规划。

据中国驴交易所数据库统计，截止到 2018 年 9 月，我国毛驴存栏量已经超过 478 万头，新世纪以来第一次出现止跌回升现象。

驴类的群体，在一天天繁茂起来；贫困的人家，在一天天富裕起来……

富裕的基础是稳定，稳定的根本是平衡。

而平衡，需要方方面面。驴产业，便是其中一个小小环节。

只有每一个环节都结结实实、严丝合缝，这个国家，这个社会庞大的文明链条，才能圆融地运转、前行、衍生……

（发表于 2019 年 2 月 1 日《光明日报》）

铁人张定宇

无疑，在这次武汉抗击疫情战斗中，金银潭医院始终引人关注。

这里，累计收治了2220名新冠肺炎确诊患者，其中包括武汉市大多数危重症患者。

这里，还因此曝光了一个备受关注的人物。

他，就是身患渐冻症的"铁人院长"张定宇。

铁人，并非仅仅形容他的意志刚强如铁，还因为他的身体状况。由于病情日益加重，他双腿僵硬，犹如铁具……

1. 山雨欲来

2019年12月27日晚7时。

像往常一样，张定宇滞留办公室。

每个傍晚，都是属于他的黄金时间。大家都下班了，再没有人来人往，再没有电话喧闹，整个楼层，像空山一样静谧。沏上一杯茶，静心地处理文件、细心地翻阅报纸、安心地回复微信，既处理了当天事务，又避开了堵车高峰。晚上7时半，大街空敞了，开车回家，回归自己的小生活。那里，是妻子热腾腾的饭菜和甜蜜蜜的微笑。

秋冬交替之后，是呼吸道疾病和常见传染病高发期，可今年格外稀少。虽是好事，但也有些不正常。因为暖冬？还是别的原因？张定宇的心里隐隐有一丝不安。今天，他让业务副院长黄朝林留下，想聊一聊。

两人刚刚打开话题，手机响了，是本市同济医院的一位专家。

对方语气急迫，有一位不明原因肺炎患者，肺部呈磨玻璃状，疑似一种新型传染病。对方还说，第三方基因检测公司已在病例样本中检测出冠状病毒 RNA，但该结论并未在检测报告中正式提及。鉴于这种情况，询问是否可以将病人转诊过来。

心底，一道闪电掠过。

张定宇所在单位是武汉市唯一的传染病专科医院。相关法律规定，传染病要定点集中治疗。

"你们做好准备，我马上通知值班医生，带车接人！"

可，一会儿后，对方又打来电话，病人不愿转院。

又是这样，总有患者因忌讳"传染病"三个字，对金银潭医院避忌有加。

他叹息一声："那就做好隔离，密切观察吧。"

虽然患者没有过来，但张定宇的内心，已经风起浪涌。

他当即联系那家第三方检测公司，经反复沟通，由对方将未曾公开的相关基因检测数据发送本院合作单位——中科院武汉病毒研究所，进行验证。

几个小时后，初步基因比对结果提示：一种类似 SARS 的冠状病毒！

12 月 29 日下午，湖北省疾控中心来电，省中西医结合医院出现 7 名奇怪的发烧患者，所述病状与同济医院的那名患者类似。

心头，一阵惊雷震响。

张定宇马上安排黄朝林副院长亲自带队，前往会诊，并叮嘱务必做好二级防护，出动专用负压救护车。最后，又特别强调：每名患者单独接送，一人一车，不要怕麻烦！

就这样，小心翼翼、战战兢兢，直到深夜 12 时左右，才把患者陆陆续续接入金银潭医院南七楼重症病区。

他的双腿，禁不住颤抖起来。

他隐隐约约意识到，考验来临了。

这是一场战役，一场新中国历史上规模空前的抗疫战斗。

2. 我本医生

张定宇，1963 年 12 月出生于武汉市汉正街。小时候，他跟着哥哥，跑遍了那里的每一条街巷，体味着老汉口的繁华。1981 年，他考入华中科技大学同济医学院医疗系。

大学期间，最亲爱的哥哥患病而亡。凶手，是一种名叫流行性出血热的传染病。

这，是他生命中永远的痛。

医学院毕业，张定宇进入武汉市第四医院，成为一名麻醉科医生。

个头不高、浓眉大眼、身材清瘦、医术精湛，说话办事风风火火，严肃认真，从不服输，这是他留给所有人的印象。

出色的表现，使他成为组织重点培养对象，从医生、副主任、主任、院长助理，直到副院长。

在这里，他还邂逅了爱情。妻子程琳，武汉卫校毕业，本院护士。贤惠的妻子，无微不至地照料着他和全家人。父亲病故后，母亲跟随他生活。婆媳亲好，宛若母女。

2013 年 12 月，张定宇调任金银潭医院院长。

金银潭医院，几年前由本市三家具有传染病业务的医疗单位合并而成。相比许多综合型医院，业务比较单调。

虽然如此，但他没有灰心。

别人不知道，因为当年哥哥的早逝，他与传染病，一直较着劲呢。

针对医院的不景气状况，他开始尝试各种探索、多方突破。

专科医院？综合医院？创伤中心？肝移植技术？后来，思路逐渐清晰：还是立足传染病业务，这才是正路。

于是，他下定决心，在原有基础上加强管理、全面提升、重点突破。

第一个突破点，便是把艾滋病防控工作争取回来。法律规定，法定传染病由各地传染病医院负责。但是，由于种种原因，原来这方面业务大都挂靠在别的部门，颇不顺畅。张定宇多方努力，终于捋顺关系，进一步确立了金银潭医院在区域传染病界的影响和地位。

同时，针对传染病治疗的关键难点，引进一系列先进设备，全面提高治疗水平，吸引广大患者。

最精妙一步，是费尽千辛万苦，建立 GCP 平台。

什么是 GCP 呢？

简言之，就是新药试验平台，即在国家支持下，对所有预上市新药进行系统且缜密的试验确证。这是庞大的系统工程，需要专业团队和设备，还有结构合理、人数众多的志愿者队伍。当然，在整个过程中，如果表现良好，自有经费补贴。而他们打造的平台，在全国评比中，名列第二。

年近六十，就这样再干几年，光荣退休，享受生活，无悔无憾，此生足矣。

他万万没有想到，一场突如其来的疫情，打乱了他的生活……

3. 新冠肺炎

12 月 30 日，市疾控中心相关人员来到金银潭医院。他们反馈，已收治的 7 名患者的检测结果显示，所有已知病原微生物，均为阳性。

张定宇大吃一惊。

"你们取什么检测的？"

"咽拭子。"

咽拭子取样是在上呼吸道，而肺炎病人的感染已经抵达肺叶。

"不行，马上做肺泡灌洗！"

张定宇通知纤支镜室主任，采集患者的肺泡灌洗液样本，火速分送省疾控中心、中科院武汉病毒研究所检测。

当天下午 5 时，标本采集完毕。

3 个小时后，初步结果出来了：病原体均呈阳性！

第二天清晨，国家卫健委派出的工作组和专家组，乘坐第一班飞机，抵达武汉。

专家组来到金银潭医院，会诊病人和查看相关影像资料。同时，相关人员进行传染病流行病学调查。

当晚，武汉市卫健委 10 楼会议室，灯火通明。

专家组向国家卫健委派驻武汉市工作组汇报临床观察意见。

这次会议一个最为紧要的任务，就是分析新发疾病，抓紧商议制订一个诊疗方案。

会议开到第二天凌晨 3 时。

真正的跨年会议！

1 月 1 日早晨 8 时，检测人员紧急采集环境样本 515 份。

1 月 3 日，4 家权威科研单位对病例样本进行实验室平行检测，初步评估判定为不明原因病毒性肺炎病原体。

1 月 10 日，紧急研发的 PCR 核酸检测试剂运抵武汉，用于现有患者的检测确诊。

12 日，这种全新疾病被正式命名为"新型冠状病毒感染的肺炎"。

4. 别无选择

1 月 3 日，金银潭医院新开两个病区，转入 50 多名新冠肺炎患者。

同时，紧急采购呼吸机、监护仪、输液泵、体外除颤和心肺复苏设备。每个楼层，大致准备 25 台呼吸机和 25 个输液泵。

1 月 5 日，患者已达 100 余位。

查房时，张定宇猛然发现一个问题：病人自费用餐，非但营养不全，而且任由剩饭剩菜裸放床头，不便清理。

这是一个巨大隐患。

他马上下令，即日起，所有病员餐饮费用由本院负担，标准与本院干部职工相同。且全部统一送餐，统一保洁！

有人表示不解，这会额外增加医院的经济压力。

张定宇说，特殊时期，不算小账！

形势越来越紧张。

正在这时，金银潭医院的 50 多名保洁员不辞而别。

怎么办？

护士和行政人员顶上！

第二天，18 名保安也全部离岗。

怎么办？

生死关头，不能回头！

所有党员、后勤人员，全部上前线！送餐、保洁、保卫！

…………

在此期间，张定宇紧急招聘多家外部工程队，聚合院内所有人力物力，日夜苦战，用最快速度将全院 21 个病区全部改造完毕、消毒完毕、布置完毕。

大战之前，这是多么艰巨的工程！

事后证明，这是多么及时的工程！

关键时刻，张定宇身边两位最重要人物，先后感染。

妻子在武汉市第四医院门诊部负责接诊，虽然小心谨慎，还是感染了。听到确诊消息，张定宇眼前一黑，瘫倒在地。

他已经好多天没有回家了，现在更是分身无术，不能前往探视。

仅仅几天之后，他在工作上最倚重的战友——业务副院长黄朝林，也不幸感染，且是重症。

无奈的张定宇，愤怒的张定宇，疲惫已极的张定宇，眼泪夺眶而出。

此中悲痛，此中心焦，如坐针毡，如火焚烧！

别无选择，别无选择，只有拼命地工作，拼命地工作，把所有的措施补防到位，把所有的预案准备到位。

每天晚上，他都要闭眼、面壁，单腿直立半小时。

是在祈祷吗？

当然不是！

5. 除夕夜

大年三十，傍晚 7 时，办公室。

吃过饭，张定宇突然想起，要与病房里的妻子视频，说几句安慰话。这个可怜的女人啊，为我付出了一切，现在身染重病、生死未卜，不仅没有得到我的探望和照顾，连暖心的问候也少之又少。想到这里，张定宇心如刀割，禁不住泪流满面。

他擦擦眼泪，使劲摇晃麻木的脑仁，想出了几句温柔话。可刚刚酝酿好情绪，电话响了。

紧急通知，解放军陆海空 3 支医疗队共 450 人，已乘军机星夜驰援，3 小时后降落。其中，陆军军医大学 150 人医疗队，将直接奔赴金银潭医院。

少顷，电话再响：上海医疗队 136 名医护人员也将进驻，凌晨 2 时抵达！

"好！好！马上布置，马上迎接！"他挺直身体，一下子来了精神。

放下电话，急速召集人马，分头行动，再次冲锋。

真是武汉有幸、天道垂青。前些天，他已经抢在大疫来临之前，把全部病区规划改造完毕。这个"提前量"，在这个节骨眼儿上帮了他的大忙。

想到这里，心底涌上一股职业的自豪。他伸出大拇指，狠狠地为自己点一个赞！

的确，张定宇提前完成的这一系列改造工程，太果断了，太给力了。

这，才是一个优秀管理者真正的责任感！

日历翻至 1 月 25 日，大年初一。

这是全国人民万家团圆的欢乐之夜，人们看完春节联欢晚会之后，大都进入了甜美的梦乡。

可张定宇和他的战友们，却不能停下。他们要立即清洁消毒、摆放物品，为即将进驻的医疗队能尽快投入战斗做好准备。

1 月 26 日下午 1 时，陆军军医大学医疗队接管两个病区。

下午 2 时，上海医疗队入驻另外两个病区。

截至当晚 11 时，金银潭医院已累计收治重症患者 657 人。

火线 48 小时，张定宇兵不解甲、马不停蹄！

6. 铁与冻

金银潭医院的空气中，溢满了浓浓的消毒水味道，像硝烟，似雾霾。

楼道里，大家时时看到张定宇跛行的身影，常常听到他的大嗓门。

只是，他的嗓门越来越大，脚步却越来越迟缓了，特别是双腿僵硬，如假肢般愈发不灵便。

上楼时，必须用双手紧握栏杆，用力地拉、拉。有一次，走着走着，居然趴倒在地，好久站不起来。

1月28日早上8时，全体病区主任见面会。

简短地汇报完工作后，大家准备四散而去、各就各位。但这一次，张定宇破例要求大家留下，似有话说。

人们颇感意外。

而他，却又吞吞吐吐，足足一分钟。

众人纳闷了。这完全不是张院长的作风啊，从来没有见他如此局促啊。

他停顿一下，慢慢张口。

"兄弟姐妹们，事到如今，我不得不说。再不说，可能要耽误大事。"

大伙儿瞪大眼，眼神里翻动着惊疑的问号。这些年来，单位由乱到治，由弱到强，发生了太多太多细细碎碎而又轰轰烈烈的事情。对于这些，大家都已经习惯了，只要有张院长在，便没有什么大事。就像现在，天大的事，不也是他在硬挺挺地支撑着吗？

"我的身体出了问题……"

大家一惊，会场一片寂静。

"我是……渐冻症！"

什么？什么！大伙儿不敢相信，不愿相信。

"是的，渐冻症，前年确诊。"他缓缓地却是平静地说，"医生告诉我，或许还有六七年的寿命。现在，我的双腿已经开始萎缩……"

渐冻症，即运动神经元病，属于人类罕见病。此病多为进行性发展，其病变过程如同活人被渐渐"冻"住，直至身体僵硬、失去生命。更重要的是，这种病，无法医治。

在座的都是医生，谁不明白呢？

联想他这些天来的异常行动，大家恍然大悟。

张定宇沉默少许，接着说："我向各位兄弟姐妹道歉啊。这两年，我脾气不好，批评你们太多，你们都受委屈了！现在，我的时间不多了。在这最后的日子里，我必须跑得更快，才能跑赢时间；我必须跑得更快，才能抢回更多患者；我必须跑得更快，才能和大家一起，跑出病毒的魔掌。现在，形势万分危急。我们要用自己的生命，保卫武汉！"

说完，他用尽全身力气，站起来，一跛一拐地走向前台，双手抱拳，深鞠一躬："拜托大家了！"

泪水模糊了大家的眼睛……

白衣执甲，冒死前行！

最疲惫的时候，最痛苦的时候，张定宇就仰躺在办公室沙发上，与妻子视频聊天，一是问候；二是排解压力。

"疫情过后，我陪着你，好好休息。"

"咱俩相差 5 岁，正好可以一起退休。到时候，我给你一个人当护士，你给我一个人当院长。"

"只是我脾气不好，急躁、不服周，老毛病改不了。"

"这才是武汉人。一代代都是犟脾气，好像会传染一样。"

"别提传染。我不想听！"

"好吧。张院长英明，张院长能干。在张院长领导下，金银潭永远风平浪静。"

"哈哈哈哈……"

笑着笑着，却没有声音了。

再听，却是一串串呼噜声。

他睡着了。

7. 灵丹妙药

如何提高治愈率、降低死亡率？

在张定宇主导下，金银潭医院采取了多种治疗方法，比如大量补充氧疗设备，在病房里尽量多地匹配氧气面罩、高流量氧疗、体外膜肺氧合等。

但仅有这些常规"武器"，还不行啊。

探讨新路！

他们在国家专家组指导下，根据病情给予鼻导管氧疗、高流量湿化氧疗、无创通气治疗、气管插管呼吸机辅助通气等疗法，同时酌情给予抗病毒、抗感染、抗炎、抗休克，纠正内环境紊乱、纠正酸碱平衡失调等治疗。

还有血浆疗法。

大部分患者康复后，体内都会产生一种特异性抗体。这种抗体可有效杀灭病毒。目前，在缺乏疫苗和特效药物的前提下，采用这种特免血浆制品治疗，可以增加重症患者存活的机会，也可为医生的救治争取更多时间。

张定宇妻子康复后，经过身体检查，符合捐献血浆的条件。2月中旬，她来到丈夫所在的金银潭医院，捐献400毫升血浆。

很快，在国家卫健委印发的《新型冠状病毒肺炎诊疗方案（试行第六版）》中，赫然增加"康复者血浆治疗"一项。

遗体解剖，无疑是寻找致死根源的最直接途径。

目前，医学对新冠病毒感染、致死的病理机制认识不够，也没有对症特效药。通过遗体解剖，可以最快地掌握和判断其传染性和致病性变化规律。

为此，张定宇耐心地与患者家属沟通，苦口婆心地劝说：我们知道凶手是谁，但它到底如何行凶，我们需要知道。只有这样，才能挽救生者。请您理解，请您支持啊……

终于，有家属同意了。

2月16日，第一例、第二例患者遗体解剖工作在金银潭医院完成。10天之内，共完成12例。

由解剖获得的直接数据，有望给未来的临床治疗提供有力依据！

…………

疫情发生后，科技部紧急启动针对该病毒的应急科研攻关。

金银潭医院承担的多个临床研究项目也陆续上马，涵盖优化临床治疗方案、抗病毒药物筛选、激素使用等急需解决的问题。

张定宇当初建造的GCP新药平台，此时发挥了大作用。

在武汉前线的几位院士、教授和相关科技人员，迅速在这个平台上展开了克力芝、枸橼酸铋钾、瑞德西韦等药物的临床研究。

各种"武器"，一齐开火。

瞄准新冠，精准射击。

8. 最后的战斗

2月9日，已经超负荷运转43天的金银潭医院，再次接到收治一批危重症患者的紧急任务。

21个病区，每层楼都在走廊添加10至14张病床。

这天晚上，这里又吃力地接纳了256名危重症患者！

那段时间，每天都是如此节奏。而调动整个医院运转的张定宇，无疑是其中最忙碌、最劳心而又最坚定的那个人。

一天天在萎缩的双腿，时时疼痛，好似抽筋。最痛苦的时候，必须单腿站立，把全身重心压迫到一条腿上，连续站立半小时左右，才能缓解。满头大汗、浑身颤抖、咬牙切齿、气喘如牛。

当然，还有他的战友，这些可敬的勇士。在那些漫长的日子里，他们有家不能回，大都寄宿在自己的汽车里。

"汽车宾馆"就是他们战火中的家！

魔高一尺，道高一丈！

整个武汉市，战斗都是如此激烈。

在党中央的统一指挥下，来自全国各地的十多万医务工作者、志愿者和各界爱心人士，和武汉人民并肩作战，共同筑起一道道血肉长城，抗击疫魔！

日日夜夜、风风火火、铿铿锵锵。

希望之光、胜利之光，就这样吃力地从最初的慌乱和暗淡中走出，走向黎明、走向日出、走向满天朝霞……

2月21日，金银潭医院收治患者13人，出院56人。出院人数首次超过入院人数。

黄朝林副院长的病情也稳住了。最终，他获得了新生，并于3月2日回归医护队伍。

截至战疫尾声，金银潭医院的820张病床，累计收治2220名新冠肺炎患者，其中大多数为危重症患者。

而金银潭医院的勇士们，在与病魔决斗的同时，最大程度地保护了自身。作为战斗最激烈的一个主战场，这里只有9名医护人员感染，且全部治愈。

这，堪称奇迹！

张定宇和他的战友，用最大努力和最小牺牲，为保护这座城市尽了全力！

9. 肺腑之言

一场大战，正在收兵。

张定宇，已近3个月没有休息了。

3月下旬之后，他偶尔回归原来的节奏：晚上7时下班。

他，终于可以回家了。家里，有妻子热腾腾的饭菜和甜蜜蜜的微笑。

生活，如此美好；生命，如此温馨。

只是这样的美好和温馨，对他来说，太有限了！太有限了！

但是，无论如何，现在的他，已经释然，足以欣慰。

因为，他问心无愧。

作为传染病专家，他想通过这场新冠肺炎之战说出自己的肺腑之言——

未来世界，重大传染病将是人类面临的最大敌人。人类，必须改变生存方式，进一步与自然和谐相处。

我的祖国、我的武汉、我的亲人，我爱你们，祝你们康宁恒好！

（发表于2020年4月1日《人民日报》）

三月正青春

"我叫肖思孟。孟子的孟，不是梦幻的梦。"

电话中，她热情却又认真地对我说。

是的，在近期的新闻报道中，她的名字大多被写成肖思梦。采访之前，我曾想，这应该是一位清纯、漂亮且浪漫的女孩子。

3月上旬，由于她仍然在武汉市第七医院病房做护理工作，我只能通过视频和电话联系。视频中的她正蜗居轮休，戴着一顶可爱的小红帽，的确清纯且漂亮，但谈到疫情，谈到工作，她马上收起浪漫的表情，变得严肃起来，并摘下帽子，露出白亮亮的光头。提及自己的名字，她也格外较真。

"我的孟，是孟子的孟。"

"我当然也有梦，但每一个梦，最需要的是脚踏实地……"

一

肖思孟的生命，有着别样的沉重。

她，是一个遗腹子！

1994年10月，她出生于河北省秦皇岛市青龙县一个名叫拉马沟的小山村，乳名梦梦。此前一个月，她的父亲遭遇车祸，不幸去世。

第二年，母亲抱着小梦梦，改嫁到邻镇的拉拉岭村。继父纪友义，是一位家境贫困的民办教师，兄弟5人，多半光棍且残疾，所以年过三十，尚未婚配。

办理妻子户籍时，好友向纪友义耳语：要让女孩改姓纪。

可是，这个朴实、善良的汉子啊，不仅没有这样做，而且还时常送她回拉马沟村，看望肖家的爷爷奶奶。是啊，儿子去世了，孙女就是两位老人唯一的精神寄托呢。

看着女孩健康，看着妻子病弱，想着家境赤贫，本来可以拥有自己亲生孩子的纪友义，便主动提出，不再生育，全心全力养育小梦梦。这个特殊家庭，虽然异常贫寒，但从来不缺少恩爱和温暖。

到了上学年龄，长辈和邻居们再一次郑重劝说纪友义，一定要给小梦梦改姓。他们说，这个孩子与你没有血缘关系，又与肖家亲密，如果再不随你姓，长大后肯定会远走高飞，谁为你养老？但这个固执的民办教师，仍然不改初衷。不仅如此，他还为她取了一个有特殊寓意的名字——肖思孟。

纪友义抚摸着女儿的头，深情地说："肖，是你亲生父亲的姓。他虽然去世了，但你要永远感恩父亲。梦，虽然美妙，但总是飘忽。咱家穷，将来你要扎扎实实地做事。所以，我把梦改为孟。这是孟子的孟，孟子与孔子齐名，是中国传统文化的根！"

母亲身体欠佳，因此小思孟从幼儿园到初中，都由继父一手带大。虽然纪友义待小思孟如同己出，但从不溺爱，不仅学习上严加教导，为人处世上更是时时叮嘱——要学会吃亏、先人后己，要有责任心，更要有爱心。

在父亲的宠爱和教诲里，小思孟出落成了一个纯朴善良、温柔体贴的大姑娘。

2013 年，肖思孟考入河北中医学院护理专业。2016 年大学毕业后，她以优异成绩，考入河北省中医院，成为该院呼吸二科的一名护士。

母亲患有高血压、颈椎病和腰椎间盘突出等慢性疾病，需要长年服药。父亲虽已转为国办教师，但年近花甲，由于多年劳累过度，已切除胆囊，还患有胃糜烂、鼻炎、便秘等病症，近日，又做了喉异物切除手术。而且，父母还供养着两个光棍兄弟，其中一位残疾。生活的重担，像山一样压在这个小家庭身上。懂事的肖思孟参加工作后，总是将自己的大部分收入，寄给父母，补贴家用。

同时，她还以护士的专业和细心，为父母详细制订康复计划。所有的用药，都是她精心选配。不仅如此，父母的通信费、家里的水电煤气费，等等，所有可以通过手机远程缴纳的费用，全部由她包揽。纪家的爷爷奶奶都去世了，只剩下肖家奶奶，她也时常买衣寄物，嘘寒问暖。

每天，她都会给父母发去许多微信图片，汇报自己的工作和生活。

上学的时候，她喜欢三毛、琼瑶小说和一些消遣类杂志，可参加工作之后，她的业余阅读逐渐向文学、历史方面靠近，尤其喜欢唐诗、宋词等古典文学和传统文化。

有一次，她给父亲打去电话，首先吟诵了一段："鱼，我所欲也；熊掌，亦我所欲也。二者不可得兼，舍鱼而取熊掌者也。"而后，询问作者何人。

父亲不明就里。

她接着诵读："生，我所欲也；义，亦我所欲也。二者不可得兼，舍生而取义者也。"再问语出于谁？

父亲一时想不起来。

"爸爸呀，您怎么把咱俩的根本都忘记了？"

"怎么回事？"父亲一头雾水，大惊失色。

"这是孟子的名言。而且，您的名字，也来自他老人家啊。"

"哈哈哈……"纪友义恍然大悟。

渐渐地，这个善良可人的小姑娘，已经成了家中的顶梁柱和主心骨！

二

2020年春节快到了，父母早早动手，鸡鸭鱼肉、蒸烤卤煮。

纪友义和妻子每天念叨啊，女儿哪天放假，哪天回家。从石家庄到秦皇岛，高铁票245元，太贵了，女儿从来不坐，而是乘坐81元车票的普通列车，但那需要行走八九个小时。今年，父母反复催促女儿，一定要坐高铁回家。他们心急啊，他们已经大半年没有见到女儿了。

肖思孟早就预订了高铁票，并为爸爸妈妈和家人都准备了礼物。她还专门来到美发店，打理了头发。

是啊，她刚刚26岁，正是爱美的年龄、恋爱的季节。她特意蓄养了几年的披肩发里，藏着内心深处甜蜜的期盼呢——等到当新娘的那一天，盘一个最漂亮的发型。

发梢轻烫微卷，空气刘海——她对自己的新发型十分满意，于是随手一拍，第一时间发给父母。

看着照片中娇美的女儿，父母的心底，甜蜜蜜。

然而，就在肖思孟起程回家的前一天，本来春节值班的同事因家中急事，不得不离开，单位里人手骤然紧张。看到这种情况，肖思孟略微犹豫了一下，便主动要求留下来值班。单位领导，喜出望外。

肖思孟赶紧退掉车票，并给父母打电话，许诺元宵节一定回家。于是，爸爸妈妈，又开始眼巴巴地盼望元宵节。

鼠年春节近在眼前，新冠病毒突然偷袭！

农历腊月二十九，疫区中心——武汉市宣布关闭离汉通道。

大年初一晚上，肖思孟值班。

凌晨5点，电话骤然响起，火急火燎。她以为是"120"接诊，接听之后却是护士长："刚才接护理部主任通知，要组建医疗队赴武汉救援，现在开始报名，自愿参加。"

"护士长，我……报名！"她迟疑半秒，旋即坚定了语气。

"思孟，你不再考虑一下吗？"

"我刚才已经考虑过了！"

…………

当天中午，肖思孟接到通知："你被批准去武汉了，下午两点半集合出发！"

她匆忙回到住处，简单收拾衣物。

这是河北省派出的第一批援鄂医疗队！

可是，如何告知父母呢，他们身体虚弱，正苦盼自己回家。肖思孟心中纠纠结结，颤颤抖抖，直到踏上南下的火车，才拨通电话。

纪友义沉默良久，嗫嗫嚅嚅地问："孩子，必须要去吗？"

"我在火车上，已经开车了。"

"哦，既然这样，我和妈妈支持你。不过，千万千万要注意安全……"

三

第二天凌晨4点，医疗队抵达武汉。

从大巴车上向外望去，街头一片死寂，昏黄的路灯无精打采。影影绰绰的暗影里，似乎有无数伸头探脑的恶魔，正在居心叵测地打量着远道而来的北方来客。谁都不说话，空气黏稠凝滞，甚至连呼吸都格外小心，生怕一不留神，便会惹祸上身。

新来乍到的肖思孟，接受的第一项任务，就是培训。

培训从穿脱防护服开始，首先用消毒液清洁双手，然后戴防护帽、戴口罩、戴橡胶手套、穿防护服、戴护目镜、穿高腰鞋套、戴第二层口罩、戴第二层橡胶手套……

人被防护装具包裹得严严实实、密不透风，像茧中被五花大绑的蚕蛹。

特别是平时引以为豪的一头披肩长发，此时却变成累赘，总有几缕头发固执地露在防护帽外，只得高高地盘在头顶，可穿上连体防护服后，又感觉紧紧绷绷，如压重物，低头弯腰、举手投足，更是牵牵绊绊。

最危险的是脱防护服的时候，长发失去束缚，猛然披散下来，屡次触碰防护服外部。如果在实战中，必然造成病毒沾染。

每一次穿脱防护服，都要耗费一个小时。

投入实战的前夜，肖思孟失眠了。

她，定定地看着镜中的长发。

之前，爸爸曾经开玩笑说，我闺女的这头秀发，价值千元。

然而，此时的"千金"长发，却突然变得怪异起来。

四

肖思孟进驻的武汉市第七医院，医疗条件和医护力量比较薄弱。疫情暴发后，这里被开辟为定点救治医院，由武汉大学下属的中南医院接管。

医院共有5个病区，肖思孟被安排在第一病区，与另一名护士负责护理16位患者。

南北方语境不同，方言各异，对他人的称呼也五花八门。

起初，她见到一位年长的男性患者，便按照北方习惯，上前亲热地称呼"大爷"。对方听罢，一脸茫然。原来，武汉人称年长的男性为"爹爹"、女性为"婆婆"。

与患者交流的障碍，还不仅仅是方言难懂。戴着两层厚厚的口罩，说话闷声闷气，语音不清。可是，如果声音过大，又戴着护目镜，患者看不到医护人员的表情，往往会误以为带有情绪，因而拒绝配合。

各种想象不到的困难，更是接踵而至。

以前肖思孟的双手多么灵巧啊，为患者输液、扎针穿刺，伸手一摸，就能探到对方的血管。眼疾手快，轻柔稳准。

可是现在，戴着两层橡胶手套，双手木然迟钝。加之穿着臃肿的防护服，更像笨拙的木偶。

面前的婆婆已经70多岁了，连日输液反复穿刺，血管瘪瘪。肖思孟伸手探摸，丝毫没有手感。

用眼睛看呢？护目镜镜片上结了一层薄雾，像隔着一层纱帘。

心急如焚！多年前第一次为患者穿刺的时候，也没有如此紧张。

突然，她发现护目镜镜片的边缘没有结雾，但宽度不足毫米。她竭力地歪斜着眼睛，向婆婆手腕处看去，果然看到了一条青色印记。

这不正是血管吗？！

她随即屏气凝神，小心穿刺。可是，由于镜片边缘会产生光线折射，看到的位置与实际位置有一定偏差。

第一次穿刺，失败了。

她深深地长吁一口气，抱歉且柔声对婆婆说："您要相信我啊，不要动，不要动。"

然后，再次俯下身，侧着脑袋，眼珠上翻，盯紧婆婆手腕处的血管，小心地将针头刺进去。刚进针的时候，仍然没有感觉。随着婆婆的皮肤绷紧，慢慢进针，终于看见了回血。

成功了！

肖思孟这才感觉两眼酸痛。头发都湿透了，黏糊糊地粘在头顶。

…………

患者多多，没有家属陪床。除了打针喂药、测量生命体征等治疗程序之外，他们的个人卫生以及吃喝拉撒睡，也完全由护士负责。

肖思孟与同事忙得团团转，只恨没有分身术。

然而，纵然如此，却又不能着急，反而更要放慢节奏。

病房内不允许快速行走，以免惊扰浮尘，也是为了避免防护服被器物刮破；脚步呢，又不能过于沉重，否则会磨破鞋套和防护服。

防护服破损，后果不堪设想！

因此，虽然工作繁忙，心急如火，但肖思孟只能耐着性子，轻手轻脚、小心翼翼、如履薄冰……

这就是经历啊，这就是磨炼呢。

每一步，都是成长，都是成熟！

五

飘飘披肩发，竟成烦恼丝。

肖思孟最终还是决定忍痛割爱，改留短发，甚至剪成板寸，也在所不惜！

可是，美发店全部暂停营业。询问工作人员，内部也没有美发服务，仅有一把男士理发器可以借用。

肖思孟，彻底死心了。

她把眼睛一闭，对医疗队的一位同事说："干脆，给我理光头吧！"

同事瞪大了眼睛，眼眶里翻动着一轮轮问号。漂亮女孩剃光头，这可是从来没有听说过的新闻。

"是的，我要剃光！"肖思孟的口气，斩钉截铁。

秀发，缕缕飘落。

眼泪，簌簌而下。

…………

收治患者不断增多，已有48名。

有一位胖胖的"爹爹"，下肢瘫痪，虽然用着气垫床，但两侧股骨头外的皮肤，还是产生了不同程度的压疮。肖思孟除了帮他擦洗身体和定时换药外，每两个小时还要为他翻身一次。

然而，即便"爹爹"全力配合，可毕竟重病在身，下身又不听使唤，每次翻身时，肖思孟和同事都累得浑身是汗。

最让她力不从心的体力活，是更换氧气瓶。由于医院中心供氧压力不足，一些患者需要使用氧气瓶吸氧。

氧气瓶粗粗壮壮，又高又重，根本搬不动。她只能将其倾斜到一定角度，旋转滚动前行。

可是，平时老老实实的大钢瓶，一旦旋转起来，脾气顿时变得十分乖张。万一偏离"轨道"，瘦瘦弱弱的肖思孟，根本不可能"力挽狂澜"。倘若失控，惊扰患者事小，若是砸伤患者呢？若是刮破防护服呢？若是碰坏医疗器械呢？

不敢想！不敢想！

每换一个氧气瓶，肖思孟都是战战兢兢、汗如雨下。而一个班次下来，她常常要更换七八个……

2月8日，元宵节，这是肖思孟原定回家与父母团聚的日子。

当天晚上，纪友义一边帮妻子按摩腰部，一边收看中央电视台的元宵特别节目。

画面中，出现了一个戴口罩的光头小伙子。他瞥了一眼，不认识，便接着低头干活。

此时，中央电视台节目主持人欧阳夏丹大声说："剪掉了一头长发的河北护士肖思孟，'90后'的你，也许正引领着这个春天最时尚的发型……"

听到这里，纪友义与妻子猛然抬头。这才看出，电视上的"小伙子"，正是自己的宝贝女儿！

可是，自己的女儿，怎么变成了一个光头呢？

纪友义这才明白，自从到达武汉之后，女儿没有发过一张照片，自己一直在疑神疑鬼呢。实在没有想到，日日夜夜的牵肠挂肚、半个月来的撕心裂肺，今天终于见面，却是以这样一种炸裂眼球的方式。

夫妻两人，顿时号啕大哭。

六

一天晚上，肖思孟刚刚接班，就发现一位与自己年龄相仿的男性患者，意识不清，总是咬舌头，极易造成窒息！

测量生命体征，倒也正常。

为了平复他的情绪，肖思孟不断地安慰，可他只是眨眨眼睛。

是饿了吗？渴了吗？

肖思孟拿来流食喂服，没有吞咽。又喂水，竟然喝掉了。她得到了回应和鼓励，于是找来注射器，慢慢喂水。直到凌晨5点，这位患者才平静下来。

清晨，开始为患者们抽血、抽血气、测量生命体征了。肖思孟忙碌着，还时不时地走到这位患者身边，看一看、摸一摸，冲着他笑一笑。

但愿自己的笑容，能感染他。

从急诊部转过来一位"婆婆"，戴着无创呼吸机和导尿管。

大龄患者往往意志比较消沉，可这位"婆婆"却十分坚强、积极配合治疗，还不时地向她眨眼和点头。

那位上了呼吸机的叔叔，虽然病情严重、面色枯白、不能言语，但肖思孟每次护理，他的两眼中都会漾溢出感激的泪光，亮亮的。那是生命的火焰，那是新生的希望！

希望，是这个世界上最美好、最伟大的内动力。有了希望，一切都会好起来。

肖思孟和患者们，时时在相互地加油鼓劲儿呢。

…………

情况日渐好转！

胖"爹爹"病情稳定，已经转入轻症病房了。

"婆婆"由呼吸机换成了高流量辅助呼吸，并且取掉了导尿管。随后，高流量辅助呼吸，又换成了面罩吸氧。

那位同龄人的意志也逐步清醒，可以长时间地睁开眼睛了。而那位上了呼吸机的叔叔，面色日渐红润，血氧量也趋于正常……

轰轰烈烈的一个多月时间里，病床始终处于饱和状态。

直到3月上旬，终于开始有空床了，一张、两张、三张……

一张张空床，像一张张笑脸，绽开在病房，绽开在每个人的心头。

…………

3月中旬的一天午后，下班了。

肖思孟在驻地宿舍里休息，她忽然发现，窗外阳光明媚，青青翠翠，一群小鸟啾啾鸣啭，兴奋而热烈。倾耳听去，还有布谷声声，悠扬且欢快。

楼下的花园里，各种各样的花儿，也正在热烈地盛开。层层叠叠，粉粉白白，像朝霞，似晴雪，如婴儿的脸，若新娘的羞……

哦，来到武汉40多天了，却还没有来得及欣赏一下她的美丽。

肖思孟看着镜子中的自己，头发黑黑，蓬蓬勃勃，已长成板寸，有一种说不出的刚健与挺拔。她用劲攥一下双拳，感觉浑身新添了一种别样的力量。

于是，她拿出手机，以武汉为背景，认认真真地拍起来。

春天来临了，战斗胜利了，头发新生了，我要回家了。

她要选择几张最美的照片，发送给最亲爱的爸爸妈妈……

（发表于2020年3月20日《光明日报》）

哭笑天使

风，起于青萍之末。

武汉的呼吸道流行病风潮，总是从每年 10 月底开始，到次年 4 月谢幕，春节前后是高点。但是 2019 年，有些奇怪：整个 11 月，冷冷清清，直到 12 月中旬，才进入熙熙攘攘。

作为湖北省中西医结合医院呼吸科主任，张继先心底纳闷呢：暖冬，还是别的原因？

一、青萍之末

12 月 26 日下午 4 时许，一位 60 多岁的老太太，因呼吸困难，住院治疗。拍片后，主管医生看到肺部造影呈磨玻璃状，便来会诊。张继先仔细端详后，也感觉特殊，却没有格外惊奇，因为呼吸道疾病有几百种，呈现不同，或有变异。她嘱咐，进一步观察。

最早的警觉，来自第二天。

27 日上午，在本院神经内科住院治疗的一位老先生，CT 检查时，发现肺部异常。神经内科主任便让主管医生携带资料，去询问张继先。张继先一怔，竟然与那位老太太症状类似？她思考片刻，便提议将老先生转入呼吸科治疗。

当天中午，老先生办理转院手续时，明确要求与那位老太太住同一病房。

原来，他们是夫妻！

猛然，张继先意识到了什么。

帮助办理转院手续的小伙子，是老两口儿的儿子。

张继先提出，请小伙子也拍一下胸片。

小伙子一听，气得爆炸，我年纪轻轻，健健壮壮，只是来陪床，又不是病人。

张继先委婉地解释。

但小伙子挺有个性，就是不听，责怪张继先多事，甚至怀疑遇到不良医生，借机揩油赚钱。

张继先告诉他，小伙子，请不要多想，我是医生，只是想让你查一下。至于费用，如果你不能支付，我可以帮你负担。

疑疑惑惑中，小伙子进行了检查。

拿到片子时，张继先倒吸一口凉气：一家三口，症状相似！

她马上对三人进行隔离治疗，并吩咐医护人员接触病人时，务必戴上口罩。同时，报告业务副院长。

28 日和 29 日，张继先所在呼吸科又连续收治 4 个病人，肺部造影与前者一家三口类似。她详细询问，进行流行病学调查。这 4 人竟然来自同一区域，且相互认识。

29 日下午 2 点，在张继先的建议下，本院业务副院长召集开会，决定上报疫情。

下午 4 时，市疾控中心和相关专家到来，转诊病人。

30 日，武汉市疾控中心和中科院武汉病毒所几乎同时做出初步检测结果：一种疑似新型冠状病毒！

31 日，国家专家组莅临武汉。

几天后，这种疑似新型冠状病毒被正式确定为一种人类新型传染病——新型冠状病毒肺炎，简称新冠肺炎。

警报，正式拉响！

二、继先姐

张继先，瘦瘦小小、文文弱弱，身高只有 1.55 米，体重呢，不足 90 斤。

这个娇小的南方女子，1966 年生于黄冈市黄州区，1985 年考入武汉大学医学院，毕业后入职湖北省中西医结合医院，专注于呼吸道疾病诊治，渐成专家。

2003 年"非典"期间，她作为江汉区疫情防控专家组成员，参加防控和排查工作，荣立三等功。

"非典"之后，她来到北京朝阳医院呼吸科，深度学习。

2006 年，张继先担任湖北省中西医结合医院呼吸科副主任。

2011 年，升任主任。

正是有了这些丰富经历，她才对传染病疫情格外敏感。

全科 33 个医护人员，大部分是女性，她年龄最大。

公开场合，大家称她主任，私下里，她的名字是"大姐"。

是的，这些女医护人员，在各自的生活中，是公主，是天使，是白领丽人。平时，她们也慵懒，也自私，也嫉妒，也说闲话甚至传闲话。但谁能挡住她们甜蜜般的幸福和鲜花般的微笑呢，谁让她们是大武汉的小女人呢？

但，这只是岁月静好时的常态啊。

三、继先兄

病人转诊了，张继先的心底，却已风起云涌。

她所在的医院，并没有传染病业务，更没有相关防护设备。于是，她马上网购 30 套防护衣，并利用屏风，开辟一个简易的 9 人隔离室。

31 日，隔离室建成，30 套隔离衣也到了。

元旦之后，形势大变，病人越来越多。

疫情暴发初期，各家医院缺少病床，不少病人奔波在各大医院，气喘吁吁，形成流动传染源。

1 月 13 日，医院决定将住院部一楼改造成隔离病区。

1 月 30 日，医院被列为新冠肺炎治疗定点医院。施工队连夜施工，开辟出 18 个病区，600 多张病床。

突然之间，张继先变成了全院近千名医护人员的老师。

她不仅需要负责危重症病人治疗，还要负责培训全院医生，用最快速度，让他们从外科、妇科、儿科、五官科等专业医生变成传染病科医生。

大课教，小班教，当面教，微信教，白天教，晚上教。

时间紧急，没有客气。一时间，哪还是南方女子，必须是黑脸包公。

有些男医生，与她并不熟悉，但看着她的严厉、她的干脆、她的风风火火，便尊称她为"继先兄"。

四、摸着石头过河

魔鬼来了，无影无形，无声无息，无色无味。它的腥爪，试图抚摸人们的鼻子、眼睑、嘴唇，并觊觎人们的肺叶。

全新敌人，全在暗处，全无经验，如何治疗？

张继先和大家一起，按照国家专家组审定的相关诊治方案，加上自己的经验，试探用药，摸索前行。

一个孕妇感染新冠病毒，前来住院，入院后便是临产期。没办法，只得在这里接生。孕妇太害怕了，既担心自己生命危险，又愧疚传染贻害孩子，整天以泪洗面。

某患者，肾移植已经 7 年，又染此病，且是重症。但他经济实力雄厚，拥有自己信任的医生，基本不相信张继先的治疗方案，每每质疑。张继先一方面按自己方案施治，一方面还要与对方的专家角逐。

还有一个重症病人，入院时高烧 39.8 度，呼吸衰竭。他自觉不治，情绪低落，甚至断断续续地交代遗言。

…………

张继先像救火队员一样，不仅要对 160 位危重病人时时看护诊断，还要兼顾几百个普通病人。此中苦累，实难想象。

这样说吧，仅脱下防护服，就需半个多小时。27 个步骤，需要 12 次消毒双手，需要在三个淋浴间洗消。为了减少上厕所次数，她平时只吃鸡蛋和热干面之类，不敢喝水，不吃水果。防护服不透气，几个小时下来，身上全部湿透。N95口罩贴合紧密，鼻梁和眼下，生出一片片压疮。

每次从病房出来，浑身瘫软，筋疲力尽。

极度痛苦中，也在极度苦恼。她在苦苦地思索着、试探着，如何用中医汤药进行辅助治疗，使中西药联合发力。

五、不是爱哭泣

偶尔像男人，毕竟是女士。

于是，哭，便成为她的业余生活。

开始阶段，病床根本不够用。看着无奈的病人，她急得直哭。

病区开辟后，住满病人。但如何对症治疗啊，又全无经验。有些病人，竭尽全力，还是去世了。她感到无能为力，忍不住痛哭。

有些病人，拒不配合治疗，她背过身去，哭。

自己太累了，瘫在地上，哭。

科里有两个女护士，刚刚休完产假，孩子还小，不得不断奶，不得不告别孩子。两位年轻的母亲，涨奶疼痛时哭，思念孩子时哭，与孩子视频时，那边孩子哭，这边大人哭。每每这时候，张继先也陪着流泪……

只是，哭，并不是动摇啊，只是情绪释放。

但是，偶尔，也有人在哭泣中，情绪摇晃。

是的，她们毕竟是血肉之躯，是平常人，面对死亡，面对危险，也恐惧，也动摇，也埋怨，甚至声言辞职。

这时候，温柔的继先姐，马上就会变脸："以前我们是'白衣天使'，现在我们是'白衣战士'。我们这是在战场上，只能进，不能退，倒也要倒在病房里！"

大家瞪大眼，看着她，熟悉又陌生。

她说完，抹抹泪，开始穿防护服。

穿上防护服的张继先，没有女儿态，俨然大将军。

而后，坚定地走进病房。

六、春天的号啕

每次进入病房时，她都要在防护衣的胸前背后，各画上一个笑脸。远远地看去，是两张笑脸在晃动。

笑脸的晃动中，形势渐渐转变。

那个孕妇，住院十几天之后，身体恢复正常。更让人惊奇的是，她的孩子也一切正常，丝毫没有受到传染。

那个固执的患者，在与张继先摩擦一周之后，听信她了，变成了一个乖乖的孩子。20多天后，病情彻底好转。

还有那位重症病人，挺过十几天的危险期后，也进入安全地带。他千恩万谢，并通过电话安排家人捐献呼吸机、口罩、防护服等。

2月下旬，病人数量终于呈下滑态势。

3月初，开始出现床等人现象。

3月上旬，院内各个病区陆续撤离。

3月14日，全院恢复正常医疗秩序。

截至此日，湖北省中西医结合医院总共收治新冠肺炎患者1100多人。

这期间，张继先被强制安排撤离战场，居家休息。

这时候的她，终于欣慰地笑了。

她的笑，辉映着江城盛开的百花。

更让她欣慰的是，和她一起并肩战斗的战友们，没有一人感染。

看着窗外春天的繁华，看着医院门庭的冷落，想着三个多月来的一切，她再一次泪流滂沱。

只是，所有人都知道，这是幸福的号啕！

（发表于2020年4月8日《光明日报》）

感谢纸尿裤

29岁的健壮小伙子，第一次穿上纸尿裤，怯怯羞羞，脸色通红，好似番茄。

但，这是他每天必须的穿着，规定的标配。

因为，他是武汉抗疫最前线危重症病房的一名护士！

一、第一次升官

2020年春节之前，他是一个幸福的小男人！

张明轩，1991年6月生于河北省行唐县一个贫寒农家，2012年毕业于唐山职业技术学院护理专业，当年考入河北医科大学第一医院，先后在心脏外科、院前急救中心、重症医学科担任护士。

青春小伙子，哪个不浪漫。他喜欢看电影、听音乐、玩游戏、搞摄影。

小家庭也温馨安宁。妻子漂亮贤惠，且与他同行。他们喜欢旅游，除了北方城市，还去过南方的广州、厦门、昆明等地。下一站，他们打算乘高铁去武汉。

生活的变奏，始于2019年9月，妻子生下儿子之后。紧张、忙碌成了生活的主旋律。孩子晚上哭闹，时时小恙。他下班之后，匆匆回家，做饭、洗衣、拖地，特别是给儿子换纸尿裤，三下五除二，把小屁股包裹得严严实实、舒舒服服。虽然累，却也乐此不疲。

渐渐地，他的世界里，只剩下两个人：一个女人，一个小人。

父母在农村，家里种着几亩庄稼，养着几十棵果树。他们常常有些惭愧呢，因为不能像别的老人那样，照看孙儿。

他安慰说，我长大了，我升官了，我也是家长了。

父母笑了。

二、闪击武汉

迫近年关，新冠肺炎疫情突如其来。举世震惊，凝眸武汉！

疫情来势汹汹，患者与日俱增。出于职业本能，张明轩心想，前线肯定需要大批医务人员。

果然，大年初一值班时，传来消息，省里正在组建援鄂医疗队，紧急驰援武汉。本院将派遣一支五人小分队，队长由感染科副主任张征担任，现急需重症护理护士，自愿报名。

他心中怦然震颤。自己年近三十，古人说，三十而立。立是什么？立就是独立，就是担当，就是不能再让父母担心，就是要让领导同事放心，就是要对社会奉献爱心。

想到这里，他突然深深自责起来，同时也产生了一股巨大的冲动：我要上前线！

抗日战争时期，白求恩就在自己家乡一带的战地医院工作，去世后也埋葬在那里。儿时，自己崇敬白求恩。学医之后，更是对其景仰有加。现在，不就是最好的机会吗？

忽而，心底又松软了。妻子即将休完产假返岗，如果自己离家远行……想想可爱的儿子，实在于心不忍。

思前想后，他最终还是连夜写下了"请战书"。

早晨下班回家，妻子得知此事，沉默不语，一任泪花晶莹。

张征劝他再慎重考虑一下。毕竟，孩子只有几个月大，他是家里的顶梁柱呢。

可国难当头，火烧眉毛，已经顾不上这些了。妻子的态度也变得积极起来，已邀请丈母娘紧急驰援。

他，再一次严正地表达了决心。

张征回复微信，字数只有一个，可感叹号却多达6枚，像6个大拇指，像6颗小炮弹！

战时状态，一切从简。干脆利索，火速闪电。

当天下午分组集结，日落之后全体会合，晚上8点誓师出征，凌晨4时抵达武汉。

旋即，张明轩被分配至武汉市第七医院危重症病房。

这是他平生第一次走进武汉。

三、赶鸭子上架

正式上岗之前，是简短而严格的培训。

危重症病室护理实施6小时工作制，即每天轮岗6个小时，但实际工作时间早已远远超出。

病毒传播，多以气溶胶为载体，悬浮空中，无声无息、无影无踪、无孔不入。因此，上岗前后的防护，异常关键，项目繁多。他们最重要的铠甲——全套防护装备，包括两层医用口罩、医用防护帽、护目镜、两层橡胶手套、连体防护服、高靿鞋套，等等。仅仅穿戴，就需要10分钟。

但这些还只能算是毛毛雨、小碟菜。

俗话说，上山容易下山难。在这里，完全可以加倍翻番再乘以二：穿衣容易脱衣难！

由于身处重症病房6个小时，浑身沾满亿万病毒，出来之后必须进行最严格消毒。

顺便说一下医护人员的防护等级：一级防护，需穿工作服、隔离衣，戴工作帽和医用防护口罩；二级防护，增加医用外科口罩、护目镜、鞋套和手套，也就是医生进行重症手术时的装束；而三级防护呢，则需要再加穿一次性防护服，戴防护型口罩、双层橡胶手套。

三级防护，是目前国际上传染病防治领域内的最高等级。

然而，此次疫情，极其特殊，病毒凶残又狡猾，且人们对其最初的了解微乎其微，特别是对其变异方向和传染途径知之甚少。可以说，我们面对的是无形，是空气，是魑魅魍魉。没办法，只能在原来三级防护的基础上，再次大大地提档升级。

简而言之，要脱下防护装备，需通过 4 个密闭专区，前后 27 个步骤，仅手部消毒就多达 12 次。特别是最后的全身洗消，必须依次进入 3 个沐浴间……

整个卸装洗消过程，至少需要 50 分钟。

这是烦琐吗？这是浪费吗？

不是，绝对不是！

这已经是人类现代医学科技最简化、最有效、最精准、最省时的消毒程序了。只有这样，才能保证医护人员的绝对安全。

正是因为进入重症病房如此艰难，正是因为防护服只能一次性使用且价值不菲，所以医护人员一旦进入病房，必须干足时长，才能离岗。

现在，问题出来了：在病房期间的排泄问题，如何解决呢？

"管天管地，管不住拉屎放屁"。

这可是一个永恒的世界难题啊。

于是，纸尿裤隆重出场了！

纸尿裤，最早起源于 20 世纪 80 年代的航天领域，目的是解决航天员尿急问题，后来引入现实生活，则主要是给婴儿使用，虽然某些危重病人大小便失禁，偶尔也会使用，但把纸尿裤与自己联系起来，还是让人无法接受。

本人，29 岁，身体健壮，一个生猛的大男人啊。

张征劝他，若不穿纸尿裤，至少要连续禁水绝食 18 个小时，对脾胃有损。即使不吃不喝，如果闹肚子呢？还是穿上吧，有备无患。

他犹豫之下，给妻子发微信，征求意见。

妻子也是一位重症护理护士。

妻子回复内容的字数，只有一个，而感叹号，也多达 6 枚，像 6 颗小辣椒，像 6 根大钢钉。

就这样，他红着脸，平生第一次穿上了纸尿裤。

赶鸭子上架！

四、深夜提灯人

张明轩穿上了纸尿裤，下一个程序就是进入重症病房。

这里的患者大都下过病危通知书，徘徊在鬼门关外，危立于悬崖边缘。

战疫伊始，为了最大程度地降低死亡率，国家从各地医院征招优秀重症护理护士，对危重病人不惜代价，重点护理。

每个护士，只负责两名病人。

过去，我们许多人对护理专业理解不够，总感觉治疗是主角，护理是配角，甚至可有可无。

其实，对于危重病人来说，治疗固然是关键，护理同样重要。

平时谈到健康观念，我们总是说"三分治，七分养"，而在重症护理领域，完全可以说"三分治，七分护"。一个危重病人，如果护理得当，全程用心、无微不至，就可能起死回生；倘若粗枝大叶、三心二意，其结果，可想而知。

医学护理到底多么重要，现试举一例。

1854 年初，克里米亚战争爆发，英国参战官兵伤病员的死亡率一度高达 42%。

弗洛伦斯·南丁格尔经过分析发现，主要原因是因伤口感染导致伤情加重。

同年 10 月，南丁格尔率领 38 名护士抵达前线。经过认真的战地护理，伤病员死亡率最终降至 2.2%。由于她每个夜晚都手执风灯巡视，伤病员们亲切地称她为"提灯女神"。

南丁格尔，由此成为人类护士的形象代表。

随着医学的发展，现代护理更科学、更专业、更精准，能够极大地降低重症患者死亡率。

危重护理，极像拔河，实在是与死神抢病人。

他们，无疑是人类健康的深夜提灯人，长寿的神圣保护神！

在这里，还有一个话题，那就是护士的性别问题。

我们印象中的护士形象，大多是头戴燕尾帽、身着白大褂的女性。

的确，中国的护士群体，90% 以上是女性。她们温柔、善良、细心，天生具有一种圣洁的母爱。

但在这个女性为主的世界里，男人也是可以顶半边天的。况且，这个领域的某些工作，更适合男性来做。就像妇产科医生，过去只能是女姓，但随着现代医学发展，妇产科出现了越来越多的男医生。护理领域，更是如此。

事实上，很多环节，男性比女性更具优势。他们体力更好、耐力更久，尤其在辅助治疗时，手法更精妙、判断更精准。所以，近些年的护理领域出现了越来越多的男护士，就比如本文的主人公。

张明轩为什么要当护士呢？

我们对此无从所知。我们只知道当他选择这个专业之后，当他面对南丁格尔宣誓之后，他的思想愈发地单纯、坚定了，从而也更加圣洁了。他已经认定，这就是他的人生，这就是他的生命，这就是他的未来。

现在，未来已来！

来之必战，战之必胜！

他，就这样义无反顾地走进了最前线、最危险的危重症病房！

五、战情似火

是的，现在的武汉市第七医院危重症病房，就是他的战场。

张明轩负责 20 号和 31 号两个床位。

危重症病房，仿佛一个流转台。全市十数家医院轻症病房的患者，如果病情恶化，便会被转入危重症病房。经过精心诊治和悉心护理，若是病情好转且稳定，便转回轻症病房，走向康复。假如继续恶化、回天无力，危重症病房就是患者人生的最后一站。

凡进入此间的危重患者，大多昏迷不醒，凶多吉少。

面对这些患者，张明轩需要拿出全部的热心、耐心和精心，去覆盖他们，去融化他们，去感染他们，去拯救他们，去引领他们。引领他们睁开眼、张开口，去吃饭，去微笑，去伸腿，去说话，哪怕去生气……

重症护理工作是异常繁重的。

危重患者，长时间同一姿势卧床，极易引发血流不畅和压疮，因此必须定时为其翻身。

由于患者身上装有氧气管、吸痰管、鼻饲管、输液管、导尿管、生命体征监测仪等管线，为其翻身前后必须予以妥善整理。护士还需要为患者拍背，以防引发坠积性肺炎而导致病情恶化，同时还要进行吸痰……

所以，为患者翻身，必须多人通力协作。

张明轩与同事为病房里的 15 名患者翻一次身，需要一个多小时。而每隔两个小时，就要重复一遍。

间隔期间，不仅要测量体温、脉搏、呼吸、血压，还要及时清理便溺、擦洗身体。

病房里来了一个大叔，姓杨，是一位火车司机。虽然不能言语，却是本病房唯一有意识的患者。

张明轩每每见他嘴唇翕动，却又无法出声，唯有两眼泪光闪烁着对生命的渴望。

张明轩总是边护理边鼓励，还不时地向他报告日渐向好的各项指标。

还有一位重度昏迷的大伯，张明轩总是不停地宽慰，仿佛他能够听到一样，有时还会轻轻地握住他的手，捏一捏。

那一天，大伯的手终于有了动感，勾了一下他的手指。

张明轩坚信，这就是他给予自己的回应。

一位阿姨，初来病房的时候没有知觉，张明轩每天坚持与她"话疗"。

几天以后，阿姨眼角淌下了泪滴，甚至还眨动了一下眼皮……

六、看不见

每次进入病房不久，护目镜镜片都会起雾，像冬天里结雾的车窗，两眼朦胧。

为患者输液或采血穿刺，眼睛看不清楚，用手触摸又没有感觉，而患者重度昏迷，也不可能配合。

张明轩摸摸索索，正要进针，不放心，再次用手探摸，发现进针位置竟然是自己的左手。

天啊，他不由得倒吸一口凉气。

万般无奈之际，他发现护目镜镜片上的水珠，正亮晶晶地映射着灯光。

水珠不是会产生凸透镜的效果嘛，把目光集中到一个较大的水珠上，说不定还能把聚焦点放大，看得更清楚呢。

然而，水珠太小了，光线散射，眼前只是麻乱的一团。

身体前倾，护目镜几乎贴在了患者的手腕上。

奇迹出现了，一个芝麻大小的暗青色斑点映现在了水珠上。他屏气凝神，小心试探，慢慢进针……

更困难、更危险的是为患者吸痰及标本采样。

患者使用无创呼吸机，肺部插管后痰液和其他分泌物增多，会引发呛咳，产生大量的飞沫和气溶胶，从而导致病毒扩散。

必须定时为患者吸痰，吸痰后还要对痰液进行采样，留置标本。

呼吸机与吸痰器是通过软管相连的密闭系统，所以痰液采样时，必须将吸痰管断开，不仅操作程序烦琐，而且还会致使气溶胶溢出，病毒扩散风险大大增加。

能不能使吸痰器与痰液标本留置装置直接密闭连接呢？

这，无疑是一个科学难题。

更危险且尴尬的，是为患者处理大便。

作为一名护士，张明轩已入职 8 年，早有经历，但那都是常规环境，而且有患者家属协助。而现在，即便戴着双层口罩，仍然恶臭熏人，胃中翻江倒海。

这还在其次，最可怕的是病毒会通过粪便传播。眼前看得见的是黑黑黄黄，看不见的却是亿万张牙舞爪的病毒恶魔。

一天晚上，妻子打来电话，探问工作情况。他微微一笑，轻描淡写。

他要和儿子视频，小家伙却扭过脸去，一副不和陌生人说话的模样。

七、尴尬的火龙果

说曹操，曹操到。

想曹操，曹操也会到。

由于心理和身体压力巨大，特别是生活节奏变化剧烈。生物钟还是出现了紊乱。

开始，他严格遵守规定，提前禁水禁食，一连几天没有尿意，纸尿裤没有派上用场。

可几天过后，内分泌波段出现了起伏，时时有尿意。

张征劝他，既然穿着纸尿裤，那就用一用嘛，不要憋尿。

婴儿不自觉，可以随时解决。可成年人需要条件反射，站在人前怎么能尿出来呢？

直到有一次，实在受不住，却又尿不出。怎么办呢？他走到墙角，闭眼，经过两分钟酝酿，终于大河奔流。

这是他记忆中第一次"尿裤子"。

还好，纸尿裤又名尿不湿，里面是高吸水性树脂。撒尿后，裆部仍然干爽，没有想象中的难受。

之后，再有尿意，就放开了。

可这宝贝毕竟主要针对婴儿，哪堪成人之重。如果尿液多了，便会胀胀的、沉沉的，仿佛裆部挂一坨重物。

这个时候千万不能挤压，只能小心翼翼、蹑手蹑脚，就像一个习惯性流产的孕妇，时时呵护着自己的小腹……

小问题解决了，大问题接踵而来。

有一天凌晨，他感觉不适，腹内电闪雷鸣。不好，要出大事！此时距离下班还有3个小时。怎么办？他只好给自己下命令，命令只有一个字：憋！

此中滋味，实属煎熬。秒针铿锵作响，时针按兵不动，而内部洪灾汹涌，惊涛拍岸。

正在这时，病房送来一个病人，他赶紧帮忙，忙碌的时候竟然忘了这一茬儿。

6点，病人安顿好了，肚子又开始了。他骂自己没出息，不争气，又给自己下达二级防护命令，命令也随之升级为两个字：憋！憋！

这时候，病人该翻身了。他全力投入，感觉浑身的汗水像小溪一样往下流，靴子里已有积水。

此时，距离下班还有20分钟，可肚子实在顶不住了。他再一次严厉警告自己，并下达了三级防护命令，命令也加强为三个字：憋！憋！憋！

7点钟，终于到了。

他把两名病人护理的下一环节工作全部料理好，直接站在病房门口。

替班同事的身影终于出现了。他打开大门，快步走出去。可之后的环节却是一项不能少、一步不能快。他心急如焚，却又举投如禅，一件件地脱下，一次次地消毒。程序太多了，太多了……

他终于没有忍住，他实在忍不住了。

一阵泥石流，冲击纸尿裤。

他的脸，红通通，通通红，像番茄？不，像火龙果！

蹲在地上，马上处理，把满负荷的纸尿裤和下身内衣全部投入垃圾箱。

而后，飞一样跑进沐浴间……

八、零死亡

虽然敌人陌生，虽然也曾慌乱，可握"枪杆子"的手越来越紧了。

全中国的医学科学家，集中智慧，在摸索、寻找治疗方法。

施用抗病毒药物、增强病人免疫力、纠正水电解质紊乱、采用血浆疗法……效果越来越明显。

重症病人的眨眼、点头、握手，都是进步，都是鲜花，都是太阳，都是喜讯。

更别说他们度过危险期、一个个转入轻症病房了。

等待他们的，是春天，是家人。

这样的喜讯，每天都会有。

火车司机大叔转入轻症病房的那天上午，张明轩正好轮休，但他还是穿戴整齐，来到病房门口。

大叔看到他，满脸惊喜："小张，你怎么来了？"

"送您，祝贺！"

"我该好好谢谢你呀！"这个40多岁的大男子，眼泪横流。

天底下，还有比这更幸福的眼泪吗？

之前的两大困惑，也终于有了解决方法。

张明轩曾用手机上网搜索护目镜防雾办法，网上提示可在镜片内侧涂抹皂液。

第二天实验，效果差强人意。后来他又试用沐浴液、洗发水、洗手液、剃须泡沫，也不理想。

年轻人总有很多稀奇古怪的想法。有一次，他把脑袋伸到紫外线消毒机的风口下，模拟冬季汽车玻璃冷风除雾。

嘿，成功了！

从此以后，病房里经常会看到这样怪异的场面：医护人员一个个伸着脑袋，在消毒机前"消毒"。

这不是在消毒，是在除雾！

吸痰器与痰液标本留置装置，如何能够直接密闭连接？

连续几天，张明轩一直在琢磨。

注射器、输液器、留置针、医用胶带、一次性医用导管等常用器材，逐一试过。

最终，他惊喜地发现了解决问题的方法：对吸痰器和标本留置装置进行简单改装，然后用玻璃接头和负压吸引软管进行密闭连接。

经过反复试验、改进，效果奇好！

同事和科室领导倍加赞赏，认为这项技术完全可以申请实用新型技术专利。

张明轩淡淡一笑，随即将成果在微信群里公开，并附加说明。

而后，这项技术从第七医院出发，迅速传遍了武汉市全部的危重症治疗室。只是，大家都不知道它的"发明人"是谁。

密码公开了，"专利"失效了，整个前线重症医疗的质量明显提高了……

一个个喜讯，在内部传播着、推广着。

张明轩处理病人纸尿裤里的大便，也从容多了。

心理上放开了，手脚也格外麻利起来，像侍候自己的孩子。

而这时，病人的眼眶中，便会眨动泪光。

这些，像电流一样，会在他的心底"噼噼啪啪"地感应。

也许，这就是情感的联通，这就是灵魂的默契。

他明白，这个岗位，就是自己的工作，自己的生活，自己的一切。

而这个岗位，也最能体现人类文明最细微、最完善、最终结的爱。

这是人类生命最后的温暖，最完美的句号。谁又不想有一个最完满的句号呢？善始善终，养老送终，终老天年，寿终正寝，这正是人类最终极的理想啊。

这个工作太重要了，不仅可以大大降低危重病人的死亡率，更可以保证人类的生命尊严。

河北省医科大学第一医院重症科护士张明轩，就这样在战疫最前线的武汉市第七医院的危重症病房里足足工作了 48 天，直到送走最后一位患者。

检点战果，张明轩共护理危重患者 82 人次，零死亡！

九、天上掉下个护士长

在河北医科大学第一医院援鄂小分队中，张明轩年龄最小。

赴鄂之初，大家相约：共同照顾这位小弟弟。

谁也没有想到，仅仅一天之后，这种照顾与被照顾的关系就颠倒过来了，大家反而成了小张的照顾对象。

抵达武汉第一天，经过长途跋涉和紧张培训，大家都已疲惫不堪。刚刚就寝，突然接到去火车站领取医疗物资的通知。

张明轩翻身起床，冲到楼下。队长劝他："你明天一早上岗，就别去搬运物资了。"

"放心吧，我能行！"

连日来，张明轩似乎不知疲倦，不仅病房里的工作井井有条、时有创新，业余时间还主动担任医疗队的后勤保障员。

和所有年轻人一样，张明轩也喜欢电子产品和网络，能够熟练使用多款软件和系统，拍视频、拍照片、视频剪辑、制作音乐相册，样样在行。

这一切，队长张征都看在眼里。

这个小伙子比自己的儿子大不了几岁，过去总感觉他青涩、不成熟，全面了解后却发现不是这样，尤其到了武汉后，一天天都在变化。队里的汇报、总结等工作，也开始交给他了；有记者采访，也让他充当新闻发言人。

他还写了许多新闻稿件呢，其中有 20 余篇在中央广播电视总台、湖北卫视、河北卫视等媒体播出。

2 月上旬，湖北省副省长前来慰问。医疗队领导和同事推荐张明轩代表一线护理人员介绍情况。第一次出席高规格场合，他虽然很紧张，却也算圆满。

2 月底，河北省委书记与援鄂医疗队视频连线。这一次，他再次出场，便显得沉稳许多，谈起工作有条有理，说到生活亦庄亦谐。

2020 年 3 月 5 日，国家卫生健康委员会、人力资源和社会保障部、国家中医药管理局联合授予张明轩"全国卫生健康系统新冠肺炎疫情防控工作先进个人"称号。

3 月 10 日，河北医科大学第一医院党委宣布任命：张明轩同志拟任院前急救中心护士长。

时代风雨中，战火硝烟里，穿着纸尿裤的张明轩，"长大了"！

（发表于 2020 年 3 月 27 日《文艺报》）

心缘

　　她不知道自己睡在哪里，也不知道已经睡了多久。没有颜色，没有光亮，没有声音，没有时间……

　　混沌中，悠悠然飘来几缕曦光。她想睁开干涩的眼睛，可一丝儿力气也没有。光影慢慢飘摇、膨胀，她恍恍惚惚地感觉好像是睡在一片沙漠里。沙漠无边无际，永远也走不到尽头。她走了很久很久，双腿无力、瘫软如泥，便睡着了，仿佛一只在荒漠深洞里冬眠的小刺猬……

　　嘴唇干裂、嗓子发烫，好想好想喝水。可是，黄沙漫漫，连一株小草、一条小虫也没有啊。她想爬起来，但全身似乎被一道道绳子捆绑着，动弹不得。她只能用力地吸嗫双唇，像沙滩上一条翕动的金鱼……

　　忽然，有水滴进嘴唇，润入喉咙，温温的、软软的、香香的、甜甜的，像妈妈的乳汁。

　　"叮当……"是钢勺与瓷杯的合唱。

　　"哦，妈妈！"她在心底默默地唤一声，身上似乎回归了一些气力。

　　她用力睁开两扇石门般沉重的眼皮：乳白色的灯光里，一位高个子的护士阿姨，坐在床前，一手端着水杯，一手握着小勺。洁白的燕尾帽下，是一抹温柔的笑。

　　护士阿姨轻轻地抚摸一下她的额头，欣喜且肯定地说："手术特别成功。今后，你就是一个健康孩子了！"

　　声音好甜美，微笑好温馨。如果说世界上真有天使，那么，此刻，这就是天使的声音、天使的微笑。

她缓缓闭上眼睛，泪水麻麻辣辣。

…………

这是发生在 2008 年 1 月 17 日深夜的一幕。

地点：河北医科大学第一医院心外科监护室。

一

先心病，是胚胎时期心脏和大血管发育异常导致的各类心血管畸形。

小儿先心病与生命进化史相伴而生，但人类进入文明社会的几千年来，对此既无认识，更无治疗，统统将之归结于命运和不幸。太多太多幼小的生命，就这样无声无息地夭折了。

20 世纪 40 年代，随着外科手术治疗心脏病在西方科技发达国家取得进步，小儿先心病治疗终于实现突破。

新中国成立后，我国医务工作者开始了对先心病手术治疗的研究探索，并逐渐向世界先进水平靠近。

我国是人口大国，也是先天性心脏病发生率最高的国家之一，每年约有 30 多万先心病患儿出生。长期以来，由于贫困和懵懂，患病的农村婴儿大多未能及时诊断和治疗，其中有近三分之二在两岁左右夭殇，其余者也将会在未来的人生历程中较早地凋谢。历史的悲剧，惨痛却无奈。

改革开放之后，我国先心病诊治取得长足进展。到 21 世纪初，已经形成了一支具有相当规模的外科治疗队伍。

河北医科大学第一医院在 2002 年正式更名重建之初，就把治疗小儿先心病列为一项重要内容，尤其是面对广袤农村地区的贫困儿童，更是仁心炽热。

2004 年 2 月，他们免费为当地农村一对罕见的胸腹连体女婴进行分离手术。7 月，又成功为其中一个女婴陆续进行了房缺室缺修补、主动脉骑跨矫正、肺动脉狭窄加宽和右心室流出道肌肉部分切除等一系列高难度手术，展现了高超的儿童先心病治疗水平，填补了多项国内空白。

消息传出，引起社会强烈关注。

"喂！医大一院心外科吗？我想咨询一下孩子先心病的事。"

"听说你们那里可以免费治疗儿童先心病，是吗？"

"我是先心病孩子的母亲，想带孩子去你们那里治疗。"

…………

电话天天被打爆，众多患者慕名而来。

患者众多，却大多是贫困家庭。

怎么办？

二

1995 年，付艺明出生在河北省柏乡县的一个偏僻农村，家境贫寒。

在她的记忆里，自己从小就和别的孩子不一样。小朋友们都像活蹦乱跳的小兔子，跑得飞快，而自己总是气喘吁吁；人家玩得兴高采烈，自己只能静静地站在旁边，像一只怯怯的小猫。她还容易感冒，常常浑身无力。家人总是怀疑营养不良、发育迟缓。

一天，乡卫生所医生把冰凉的听诊器放在她的胸口，谛听，竟然有"呼呼"的杂音。再到县医院检查，居然是先天性心脏病！

只能做手术，可费用需要 10 多万元。

父母瞬间石化。

全家全年的总收入，也不过几千元呀。

2004 年 8 月，河北医科大学第一医院主动与省妇联、省儿童基金会联手，正式启动了"河北省救助贫困危难儿童爱心工程"，公开宣布对贫困先心病儿童实施义务救助治疗。

与此同时，他们专门成立了一支由时任副院长赵增仁（现任院长）牵头，包括心脏内科、外科、超声科和护理专家等 20 多人组成的"先心病救治团队"，开出了全国第一辆"先心病救助普查车"。

普查车配有当时最先进的心脏彩超机等仪器设备。

普查车第一次出行的目的地是位于太行山深处的唐县。这里，正是白求恩大夫当年转战行医和长眠的地方。

"省医大一院来为我县儿童进行心脏免费检查了！"消息迅速传遍了唐县的村村寨寨。

"免费检查？是真的吗？"

"是真的，俺去看过了！"

人们抱着孩子，骑着自行车，赶着毛驴车，甚至步行着，从四面八方来到检查点，排起长长的队伍，等待着做彩超检查。

心脏彩超又名超声心动图检查，是准确诊断先心病的最有效方法。

"那时候，我们使用的还是老式彩超机，个头儿特大，笨重，一个人根本搬不动，需要两三个人抬。"现任河北医科大学第一医院心脏超声科主任何小梅回忆说，"我们前往普查的都是偏远山区，因为那里的医疗条件最落后，贫困孩子最多，先心病的发病率也高。"

普查队员们爬山岭、蹚溪流、踩泥路，风餐露宿。为了按时赶到普查点，他们每每清晨就出发；为了检查完最后一个患儿，他们常常深夜才返回；为了节约经费，他们睡过澡堂子，吃过路边摊，矿泉水、榨菜和面包更是家常便饭。

就这样，他们筛查出了一个又一个先心病患儿……

三

2007 年，付艺明升入初中一年级。

坐在青翠依依的杨柳下，走进姹紫嫣红的花丛中，正值花季的小姑娘，脸上层层忧郁，心底重重块垒。与那些亭亭玉立的女孩儿相比，她的身材格外瘦小，学习成绩也排名靠后。她总是感到浑身无力，还经常感冒发烧。

已经初谙世事的她，知道自己是一个先心病患者，与别人不一样。

常常地，她凝望着黑黑的夜，叹息命运的悲凉。酸涩的泪水泛滥成灾，淹没了梦想的嫩芽。

2008 年 1 月的一天，正在教室里呆坐的她，被老师喊了出来。

远远地，她看见姑姑正在冲自己招手。

姑姑说："听说省里有一家医院可以免费给穷人家孩子施行先心病手术。咱们去一趟石家庄，看看是不是真的？"

麦田的残雪已经开始消融，在大地上勾勒出黑黑白白的图案。

付艺明抬头看看路边冬眠的柳树，暗褐色的枝条上，仿佛已经透出一抹抹嫩绿……

她清楚地记得，给自己做心脏彩超检查的医生是一位姓何的阿姨。

检查结果：先天性室间隔缺损。

因为已经耽搁太久，必须尽快手术！

付艺明恐惧极了。阿姨微笑着说："孩子别怕，睡一觉，就好了。"

后来，付艺明得知，这位和蔼的阿姨，名叫何小梅，是著名超声诊断专家。

2008 年 1 月 13 日，付艺明住进心外科病房，手术安排在第四天下午。

真要做手术了，她瑟瑟发抖，坐在床上抽泣。

一位医生伯伯走过来，看看她发紫的嘴唇，捏捏她冰凉的手指，说："孩子，这只是一个普通手术，我做过几千例了。"

"慈祥伯伯"王军，是著名心外科专家。这次手术，由他主刀。

2008 年 1 月 17 日下午。手术时间到了，一位高高个子、头戴白色燕尾帽、身穿绿色衣裤的护士阿姨来到病房，轻轻地拉住付艺明的手说："走，咱们去手术室。"

付艺明握着护士阿姨暖暖柔柔的手，被慢慢推出病房。当看到"手术室"三个大字时，她突然恐惧极了，不由得浑身瘫软。

高个子护士阿姨用手臂拥住她的肩膀，轻轻地说："孩子，有我呢，我会一直陪着你。"

付艺明躺上手术床，护士阿姨用酒精棉球在她的手背上轻轻地擦拭，凉凉的、痒痒的。接着，手背刺疼一下，她就深深地睡着了……

醒来时，她已经躺在了心外监护室。首先映入她眼帘的，仍是那位高高个子的微笑阿姨。

采访时，我问王军教授，还记得为付艺明做手术的事情吗？

他想了想，摇摇头，因为做过的手术太多太多了。

是的，这么多年来，他每天的工作就是做手术，从上午 8 点进手术室，一台接一台，团队成员轮流上，主刀只有他一人。最多的一次，连续工作十几个小时，做了 7 台手术。结束时，早已双腿浮肿。

虽然王军教授无暇记录，但医院的病例记载清清楚楚：2004 年之后，他们每年免费救助治疗的贫困儿童都在近千名。

医疗技术过硬，爱心救治，河北医大一院成为先心病患儿的福地！

采访中，王军多次重复这句话："先心病，几岁可根治、十几岁则难治、再大就不可治。早确诊，早手术，孩子就能得救。"

说到这里，王军有些动容。作为心外科医生，他见惯了生与死，但无论如何也接受不了那些可爱的孩子因家庭贫穷或无知耽误而"被死亡"……

2009 年，河北医科大学第一医院先心病爱心团队被评选为"感动河北"唯一群体，并连续多年荣获"河北省关爱儿童贡献奖""河北省儿童慈善奖"和"河北青年五四奖章"，等等。

四

2008 年 2 月 1 日，付艺明出院了。

虽是深冬，但那一天，蓝天白云、丽日高照，她的身上暖洋洋的。心脏消除了"呼呼"的杂音，跳得"咚咚"有力，四肢也充满了力量。

走到医院大门口，付艺明停住脚步，恋恋不舍地回头观望。"河北医科大学第一医院"几个红红的大字，深深地印在了她刚刚焕然一新的心底……

休学一年，重回课堂，付艺明好像变了一个人。去掉了"心病"，移除了压在心里的一座大山，她的心灵异常明媚，身体格外轻盈，学习更加刻苦。过去，她的成绩在班里排名后几位，但第二年，已跃升到了年级前 10 名。

初中毕业，付艺明以优异成绩被一家省级示范高中录取。

随着时代发展，河北医科大学第一医院在先心病筛查、诊断、治疗技术上都取得了诸多突破，特别是在常规手术治疗的同时又逐步掌握了最前沿的"介入治疗"。

与开胸手术相比，"介入治疗"创伤小、手术时间短、安全性高，而且不需要全身麻醉和体外循环，是最新的先心病治疗方法。

带着这种新技术，专家们还走出国门，在吉尔吉斯斯坦、塔吉克斯坦、哈萨克斯坦、乌兹别克斯坦、越南、印度、意大利、俄罗斯等"一带一路"沿线国家进行小儿先心病治疗和技术指导，为当地培养了一批批技术团队。

爱心之花，在"一带一路"上灼灼绽放！

五

2014年高考，付艺明填报的第一志愿是河北医科大学护理专业，未被录取。面对另一所大学的录取通知书，她决然放弃。

第二年再考，老师和同学劝说其换一所院校，但她初心不改，坚定地再次写下了这个名字。她心里说，这是我重生的地方，这是我生命的福地！

这一年，付艺明终于如愿以偿。

收到录取通知书的那一天，她把红红的大信封贴在胸口，泪流满面。

入学的当天傍晚，付艺明走出学院大门，左行不远，来到一个大门口。她慢慢地抬起头，"河北医科大学第一医院"几个闪亮的大字，便兴冲冲地扑进了她的眼帘。

"天哪！这是真的吗？"付艺明怔怔地站在那里，如若梦幻。

入学后不久，付艺明就加入了"青年志愿者协会"，主动参与各种公益活动。

第一医院心外科病房需要志愿者。得到这个消息，付艺明第一个报名。

真是像做梦一样。8年前，她是这里的一个患儿，今天竟然能来这里为患儿服务！

她怀着极其复杂的心情，轻轻推开了病房的门。她把漂亮的玩具递给孩子们，挨个儿拥抱他们，给他们喂水、洗脸、洗手、剪指甲、讲故事……

穿上重重的射线隔离服，戴上手术帽和无菌手套，王震又一次走进吉尔吉斯斯坦米拉黑莫夫国家心脏病治疗中心的手术室。

手术室不到50平方米，有五六名吉方医护人员正在忙碌。黑眼睛、黄皮肤的王震在这里格外引人注目。

2012 年 4 月 16 日，这是王震第五次前来吉国首都比什凯克。

王震是河北医科大学第一医院心内二科主任、卫生部心血管病介入诊疗质控专家。他多次受邀到吉尔吉斯斯坦、塔吉克斯坦、越南等"一带一路"国家开展先心病介入治疗。这次，他是应吉国国家心脏病治疗中心院长珠玛古洛娃教授邀请，前来参加心血管疾病国际研讨会。在 4 天会议期间，他挤出时间为当地 25 名先心病患儿成功实施了介入治疗。

在吉国先心病治疗界，传颂着王震的一段传奇：一次，一位外国专家在为吉国患儿实施介入治疗时发生意外，把封堵器掉入患儿的肺动脉。情况十分危急，千钧一发之际王震赶到手术室，沉着冷静地用抓捕器轻轻将封堵器抓回，使手术得以成功完成。

吉国同行们被王震高超的医术所折服，委婉地恳请他采集并保留介入治疗过程的影像资料，以便随时学习。

要保留介入治疗时的影像资料，就必须使用一种被称为"踩电影"的特殊操作法，不仅屡屡遭遇 X 射线，还会给自己的手术带来许多不便，但王震还是毫不犹豫地答应了。他在手术的同时，不得不频频用右脚踩下一个"录像按钮"。一帧帧清晰的图像，被采集了下来。

当王震把这份宝贵的影像资料交给吉国同行时，他们激动得紧紧拥抱，高喊"Рахмат！Рахмат！（吉尔吉斯语：谢谢！谢谢！）"。

在吉尔吉斯斯坦，王震被称为"中国白求恩"！

六

那一天，上护理学理论课，一位个子高高的女老师走上了讲台。

"同学们好，我叫申红，是一院先心病治疗中心护士长。今天，我给大家上课……"

付艺明突然瞪大了眼睛：这不是那位亲手将我推入手术室并全程陪伴的护士阿姨吗？

她顿时鼻酸眼热，激动万分，好想跑上讲台，去抱一抱申阿姨啊。8 年前的那一幕幕，千万次地在眼前和梦中浮现，今天终于见到您了！

在以后的教学日子里，何小梅、王军、王震等医生纷纷登台，现身讲授。

采访期间，王震教授带我参观了他的介入治疗导管室。

进门后，他把一件射线防护服递给我。我伸出手去，竟然一下子没能拿住。其重量，超出了我的预料。

王教授把厚重的围脖、上衣、围裙一件件穿在身上，俨然一位浑身铠甲的古代武士。

"'全副武装'有多重？"我问。

"整套防护服由含铅材料特制，有30多斤。"

"穿这么重的'铠甲'，站着做手术，很累啊！"

"呵呵，习惯了。"

这是他的"战场"。他穿着几十斤重的防护服，去做最精细的手术，这分明是"穿着盔甲绣花"呢！

"对，我们的确要有武士的身体和绣娘的手指。"王震笑了。

几十年的职业生涯，他的颈椎、腰椎都落下了诸多毛病。而当我问起长期受辐射会引起什么后果时，他却轻松地说，不怕，我对辐射有着天生免疫力。

不顾个体安危，忠诚履行神圣职责。他，既是为人熟知的"白衣天使"，又是鲜为人知的"铅衣天使"！

这些年来，王震教授先后16次应邀赴吉尔吉斯斯坦指导先心病诊疗工作，成功治愈了530多名吉方先心病儿童，被该国聘为国家心脏病医院名誉教授。

2018年12月6日，河北医科大学第一医院与吉尔吉斯斯坦国家心脏病医院正式签署协议，挂牌成立"中国—吉尔吉斯斯坦先天性心脏病研究中心"。

七

2019年5月，大学毕业的付艺明参加河北医科大学第一医院的护士招聘考试。

距离梦想如此之近，她十分兴奋，却又非常紧张，紧张得握笔的手都在发抖。

发挥失常，名落孙山。

付艺明下定决心：今年不行，明年再考！

幸运的是，不久之后，由于医护人员紧缺，医院又组织了第二次公开招聘。

上千人报考，只有 20 多个招录名额。

这一次，付艺明努力平复心情，笔试、面试、操作、试工……

一道道关口，顺利完成，静待结果。

6 月 17 日深夜，正要就寝的付艺明突然接到同学的电话："付艺明，恭喜你！"

她猛地从座椅上跳起来，马上登录医院官网查询，果然看到了自己的名字。

一瞬间，她泪水汩汩而出，滴落在纸上，洇成了一个桃子般大小的心形图案……

2019 年 9 月 19 日，吉尔吉斯斯坦总统热恩别科夫在总统官邸举行盛大授奖仪式，授予中国医生王震教授吉国最高荣誉奖章——吉国国家丹克奖章。

这是该国第一次为医疗卫生领域外国专家颁发的国家最高荣誉，而王震教授，是唯一获奖的中国医学专家！

现在，以王军、王震、何小梅、申红等专家为代表的河北医科大学第一医院"先心病诊疗中心"已扩展到近百人。

他们的爱心，也点燃了社会上更多的爱心。

近年来，越来越多的爱心基金和企业家加入救助行列。

医者的爱心和社会的爱心，一起注入了患儿的心。

曾经担任过 10 年先心病救助办公室主任的王保中如数家珍：

15 年来，河北医科大学第一医院先心病诊疗团队先后免费为 23 万名贫困儿童进行了心脏健康检查，筛查出 16000 多名先心病患儿，并对其中 11000 多名进行了免费救助治疗……

八

世界真是奇幻。

付艺明的工作岗位，竟然就是她当年住院治疗的地方——先心病诊疗中心心外监护室，而她的指导老师，居然就是护士长申红——8 年前那位陪护自己重获新生的护士阿姨！

在这里，她每天都能看到自己当年重生的手术台。

在这张手术台上，王军教授每天仍然在做手术，而手术对象，依然大部分是像她这样来自贫困农村的患儿。

她还经常见到王震教授，穿着铅衣，像一位威风凛凛的大将军。

她每天的工作，紧张而充实。

患儿们一个个醒着走进来，睡着推出去。而她，身穿天蓝色护士服，头戴雪白色燕尾帽，就像当年申红阿姨守护自己一样，精心、耐心地守护着每一个患儿，给他们带去温暖的微笑，带去生命的信心，带去晴朗的明天……

常常地，为患儿喂水后，她会舞动小勺，轻轻敲击瓷杯。那清脆而简单的音响，在她听来，却不啻是一首欢快、热烈的钢琴曲。这时候，她会情不自禁地笑出声来。

她，真是这个世界上最幸运、最幸福的人！

（发表于 2021 年 3 月 19 日《光明日报》）

上海工匠

小汽车为什么会奔跑、发光?

在童年的夏樑眼里,家里的那些玩具汽车仿佛一个个神秘的魔盒,充满灵性。

是谁赋予了它们生命?

他找来改锥,把小汽车一个个拆开。电池、线路、零件……哦,里面原来是这些奇奇怪怪的东西。

1. 匠之初

1981 年 12 月,夏樑出生于上海市虹口区一个典型的工人家庭。20 世纪 20 年代,曾祖父从浙江来沪务工。1951 年,祖父进入新沪钢铁厂。父母和两个叔叔全是产业工人。

说起来,夏家与钢铁、汽车似乎有着不解之缘。祖父曾是钢铁厂炉前工,祖父的弟弟在汽车厂工作,父亲是宝钢运输部驾驶员。小时候,夏樑常常跟随父亲去工厂。父亲灵巧地转动手中的方向盘,伴随着强烈的轰鸣声,那个庞然大物像怪兽一般,瞬间狂奔起来。

祖父炼出来的钢铁,被父亲运往汽车厂,又被祖父的弟弟造成汽车……幼小的夏樑坐在发动机盖子上,看着这神奇的世界,整个身心在钢铁的轰鸣中震撼。

仿佛有一种无形的磁力，已经晃动了夏樑的生命罗盘……

1997 年，夏樑考入上海水产学校。毕业后，再入上海水产大学深造。

在校期间，成绩门门优秀。渐渐地，他的理想进一步明晰：未来的自己，要成为一名机械工程师！

每每想到这里，他便愈发努力。

2002 年，他成为同届学生中第一批加入中国共产党的优秀学生。

大学毕业后，他进入一家空调制造企业，负责售后维修保障。

一年之后，苦恼日益浓稠。在他心底，绝不仅仅想成为一名维修人员，而是要钻研技术，探究机器内部的奥秘。

就在这时，他看到了上汽通用汽车公司的招聘信息。

果断报名。

层层选拔，如愿中选。

这一天，是 2004 年 6 月 24 日。

入职之前，车间便为他选择了一位经验丰富的带教师傅庄威。

这一天，庄师傅热情地将劳防用品整理在一个袋子里，交给他。随后，掏出工卡，贴在门禁上，只听"嘀"的一声，"机械世界"的大门缓缓打开了……

百多年来，上海曾是中国最重要的工业城市。

《南京条约》之后，上海的近代工商业便开始蹒跚起步。高大的烟囱，雄伟的高炉，黝黑的机器，这些工业化的符号在人们眼中，代表了先进性，代表了现代化。高峰时，上海的工业产值，占据全国半壁江山。

这里的每一条弄堂里，都弥漫着浓厚的产业工人气息……

2. 汽车的秘密

在新奇与忙碌中，3 个月过去了。

夏樑却越来越失望。

这里的一切，与他的设想并不一样。

最初，他被安排在基层当工人。焊装车间 1000 多人，大都集中在生产流水线上。车身焊接，几乎全是人工操作。数十公斤的焊枪，需要肩扛手提。每天下班后，手臂肿胀，双腿如铅。

夏樑之所以选择上汽通用，就是因为对技术有一种浪漫的憧憬，可他万万没有想到，每天竟然如此苦累。他抚摸着肿胀的胳膊，感叹自己的幼稚无知。

这些细节，没有逃过庄师傅的眼睛。他语重心长地对夏樑说："这就是基础，这就是入门。手艺和技术全在苦累中。"

师傅的这番话振聋发聩。

是啊，无论干什么，吃苦都是一个不可避免的过程。只有在生产一线体味过劳动的辛苦，只有在劳累中流淌过汗水，才能明白怎样将双手与机械相连，才能让自己的感觉与机器的神经末梢相通。

原来只是怕累怕苦，怎么就没有料到这是一场修行？这最基层、最苦累的焊工，正是最基础的技术啊。

半年之后，夏樑终于端正态度，从操作工学起，一步步开始考试。操作工分为四等，还有国家职业资格认证，同样也是四等。

他苦练技术，只用 4 年时间，便拿到了全部证书。

这期间，他还积极参加各种技能比赛。

2006 年，拿下公司冠军；2007 年，再夺基地冠军！

2009 年，随着公司规模扩大，车间人员也迎来分流。

当时，摆在夏樑面前有两条路：一是走管理岗位，将来有可能成为车间主任、厂长或总经理；二是走技术路线，做一名设备维修工程师，将来的方向是技术权威。

从世俗和现实角度看来，前者更为光鲜、体面。

在人生的重要抉择面前，夏樑也曾犹豫。

他是党员，深得领导赏识，又善于与人沟通，更熟悉生产管理岗位。按照常理，走管理岗位是他最自然的选择。然而，恍惚间，他又想起了自己的家庭，想起了自己儿时曾经的美好憧憬。

他越发感觉做一个技术奥秘的追寻者更有价值，走得更恒久。德国、英国、美国、日本等先进工业国家的顶尖工匠们，像艺术家、医学家一样，终身受人尊崇……

于是，短暂的考量之后，他坚定地选择了后者！

于是，他更加全身心地投入其中，跟着师傅如饥似渴地学习设备调试，揣摩机运原理，掌握伺服焊枪等高精尖技术。

夏樑，渐渐走进了一个绚烂多彩的技术世界……

上汽通用汽车有限公司成立于 1997 年 6 月 12 日，由上海汽车集团股份有限公司、通用汽车公司合资组建，旗下拥有别克、雪佛兰、凯迪拉克三大品牌，还有浦东金桥、烟台东岳、沈阳北盛和武汉分公司四大生产基地，是中国汽车工业的重要领军企业之一。

虽然是合资企业，但上汽通用在最初与美方谈判中，就明确坚持在企业中公开成立党组织。但如何适应"美式"管理制度体系，获得管理方的认同和员工的欢迎，是摆在党委面前的一道难题……

3. 破解天书

一行行没有注释的代码，外国工程师复杂的眼神，让夏樑陷入重重苦恼。

那是 2012 年。

这年 3 月，公司从德国引进全新的激光焊接技术。

当时，这项技术在国内汽车生产行业里还是一片空白。为了配合这套设备的引进和应用，车间需要安排一名工程师全程跟踪学习，以我为主，掌握核心技术。

夏樑满头愁绪。

是继续留在目前领域，还是主动出击，挑战新擂台？

激光焊接技术在机器人调试中工艺最复杂，其难度在于用 1.5 毫米的激光光斑照射 1 毫米的焊丝，并精确地在焊缝上定位。这项技术的重要参数全部掌握在外国专家手中。

这时候，庄师傅带他走进了车间门口的"机器人工作室"，向他介绍了另一名党员师傅——机器人大师臧俊。

在臧师傅的支持下，夏樑毅然走上前！

但刚刚开始，便遭遇当头棒喝。

或许是在谈判时打了擦边球，为了项目服务的持久性，外方在一些方面有所保留。他们将机器人程序打包，重要参数全部加密。外国工程师在现场只负责具体调试，而对与设备相关的内容讳莫如深。

有一次，外方工程师正在调试，只见机械臂在他的操纵下灵巧地发射出激光，在钢板上精准工作。夏樑悄悄走上去。没想到，外方工程师立刻弯下身子，架起双臂，把调试机器人的示教器屏幕挡在胸前。一双蓝色的眼睛紧盯着夏樑，像是在宣示自己的主权。

夏樑一怔，只得悻悻而去。

调试结束后，外方工程师离开现场。夏樑赶紧冲过去，却大失所望——调试代码的注释被删除得干干净净，只剩下一行行仿若天书般的字符。

没有相关注释，我方操作工只能机械操作，却不知原理。焊接车型稍有变化，就只能邀请外国专家专程前来，重新调整焊接参数。而聘请外方工程师的费用按小时计算，费用昂贵。

夏樑深受刺激。自己技术不过硬，虽然花了大钱，但仍旧受制于人。

怎么办？怎么办？

一行行代码就在眼前，操纵激光的奥秘就在里面。然而，徘徊在大门口，自己没有钥匙。

这是一种诱惑，也是一种挑战。

他苦苦思索之后，把两位师傅请进"机器人工作室"。经过一番讨论交流，他咬牙把解决方案说了出来：用"最笨"方法，"暴力"破解代码。

接下来的无数个日子里，夏樑找来一台机器，输入外方提供的迷乱代码，然后一点一点试错。修改一点，看机器人的运行状态，再修改一点，再看机器人的状态。这千余个参数，有难以计数的组合，像蚂蚁搬家，像愚公移山，他一行行操作，一点点修改，聚精会神地观察和记录着每一点改动带来的细微变化。

大半年过后，夏樑终于理清了代码与机器人行动之间的关系，最终掌握了激光焊接编程调试方法。

外国工程师震惊了，一个技术工人，竟然破解了代码的奥秘。

相对于传统的焊接方式，激光焊接好处多多，不仅能提升车身强度，增加安全性，而且成本更低，焊缝也更加齐整美观。

过去，只有高端轿车才会使用激光焊接，而上汽通用的全部车型，从此普及了这项技术。

这一次突破，不仅带来了惊喜，也赢得了尊重。

面对夏樑，外方工程师竖起大拇指，伸出了友好的双手。

双方像久违的好友一般，在技术世界中言笑晏晏，自由畅谈……

一直以来，上汽通用基层党组织坚持党建融入文化、融入经营、融入成长、融入关爱，一方面是由内而外，从思想到生活，多方面关心员工。另一方面，是从眼下到长远，提升员工主业能力，并发掘潜力，着重指向未来。

截至 2020 年底，上汽通用共有 146 个党支部，4955 名党员……

4. 奇妙的鲁班锁

夏樑家里，堆满了各种各样的技术书籍。他的爱好便是琢磨技术。

从学生时代开始，他最喜欢手工画图，艺术家们曼妙的线条让他提不起精神，他更欣赏那种严丝合缝、一丝不苟的机械图纸。平面图上的每一块部件、每一个齿轮，在他脑海里都能跳跃成一台立体的机器。

2017 年，车间新引进 8 台工装切换设备，但设备在运行中总是故障频频，耽误生产。

不久以后，一个项目攻关榜张贴在党支部宣传栏，招募有识之士解决问题。

在车间有限的作业区域内，机器人"手中"的工具需要依据情况随时调换，而这就需要可靠的切换系统。

夏樑决心和团队一起拿下这个难题。

于是，一项公司级跨业务部门合作的"支部先锋行动"攻坚项目由此而生。

然而，困难远远超过想象。

车间里空间有限，怎样才能让新系统既功能多样又安全可靠地在狭小的地方做出道场来？

其中，机器臂与工具之间的连接系统是最大的难关。

国内已有的连接系统大致有两种，但对于夏樑来说，或受制于尺寸，或受制于连接强度，都无法满足实际工作要求。

上班时苦思，下班时冥想。晚上睡觉，梦中也是黑云压城。

…………

夏樑6岁的儿子也是一个小小"机械迷"。

那一天，孩子收到辅导机构赠送的一个小玩具——鲁班锁。小家伙打开包装，想要把玩具拆开，可这个鲁班锁牢牢地扣在一起，怎么都打不开。孩子着急，哇哇大哭。

夏樑拿起来摆弄了几下才发现端倪。这个鲁班锁由两块小部件组成，接合部分是两个小钩子。只有以一个特定角度灵巧地旋转进去，才能正好钻到卡座里面，牢牢地锁死，合二为一。

"啪"地一下，鲁班锁打开了，孩子欢呼雀跃。

夏樑的心锁也"咔"的一声轰然洞开。

一套全新的工装更换装置诞生了。

全套切换系统从此正常运行。

2018年开始，车间开始酝酿车身运输线的改造。

汽车生产大致分为四个步骤。制车钢板首先在冲压车间变成车身部件，然后在车身车间由零变整，焊装成为整体，随后进入涂装车间喷涂上漆，最后在总装车间安装动力总成与内饰，成型出厂。

车身车间是车辆成形的关键。钢板冲压而成的大大小小上百个部件，最终要在运输线上汇成车身与四门两盖，组合焊接成为整体。整个车间的运输线，高低分层，左右互联，像一根弯弯曲曲的盲肠。

传统的单线生产，一根线走到底。但为了提升效率，夏樑所在的车间，要同时生产四种车型。这就要求机动线实现一种智能、自动识别车型、可排序的流水作业。只有这样，才能达到整个车间的最佳生产状态。

四个车型同时进行，怎样才能整齐有序，又不会混乱碰撞？

这是一个多么复杂的过程啊！而且，留给夏樑的时间也相当紧迫。车间的生产不能耽误，不可能整体停产改造，只能利用半个月一次的零散检修时间。

没有试错时间，必须一次成功！

为了梳理清楚车辆运行排列的循序，夏樑的大脑飞速地运转起来。整个过程，就像自己的左脑与右脑同时下围棋。那一段时间，他仿佛成了一个纯粹的思考者。一步、两步、三步，满脑子都是不同车型的排列顺序、方式。

琢磨，模拟，再琢磨，再模拟。

渐渐地，一条条线索慢慢明晰，一脉脉逻辑默默浮现。

半年的改造过程中，流水线上的车型，像校场上的士兵，在夏樑的指挥下从容有序，没有发生一起碰撞事故。

就这样，夏樑用不足 2000 万元人民币的投入，完成了 6 套庞大的机运系统改造，并预留了同时生产 7 个车型的通道。

这样复杂的流程改造，在国外，投资最少要 2000 万美元。

这套系统是全球最先进的柔性化混线生产模式。

"支部先锋行动"是上汽通用坚持了 15 年的党建特色工作。其特色在于聚焦工作中难啃的"硬骨头"，组建党员骨干牵头的跨部门团队，合力解决问题。

在整个过程中，他们一直有这样一个口号——把骨干技术工人培养成党员，让党员成为骨干技术工作者！

5. 傲慢不再

2017 年，焊装车间引进了一套意大利车架拼装设备。

这套设备的核心，是焊接车身的一整套智能化工装夹具。别看这些零碎物件不起眼，却是一个个灵妙无比的千手佛，纵然日夜繁忙，定然纤毫不爽。它们将运输线送来的车身部件牢牢夹紧，然后，手执焊枪的机器人一拥而上，将整体车身焊接成型。

这套设备采用不久，夏樑便发现一个奇怪现象。

每当生产线运来不同车型的车身部件时，机器人手执焊枪、一动不动，做愣怔状，有十几秒。

原来，由于车间同时进行多车型生产，相应配套的夹具必须随机更换。这样一来，整个生产线就要暂时停滞，等待夹具到位。

问题，就出在这里！

在一次党员议事会上，夏樑正式提出了这个问题。

是啊，如果一天切换50次，每次耽误10秒，一天就失去500秒。按每60秒生产一部车的话，一天损失接近9辆车。这可是上百万元的损失啊！

夏樑主动拜访意大利专家。

然而，万万没有想到的是，意大利专家傲慢地摇摇头：不，这是标准程序，完全符合设计要求，不能改动。

火辣辣的热望，被兜头泼了一盆冷水。

怎么办？

自己干！

这部分时间应该怎么节省呢？如果车身部件在运输过来的时候，配套的工装夹具也动起来，问题不就解决了吗？

说干就干，他在"机器人工作室"里制作了一个试验台，开始攻关。

车身动，夹具动；车身到，夹具到。这个想法在他脑子里不停地重复着，像中了魔法。

终于成功！

当车身部件向指定位置移动时，配套的工装夹具也随即行动。两者同时到位后，机器人毫不耽搁地举起焊枪，无缝对接，径直工作。

当夏樑把改进后的系统展示给意大利人时，意大利人终于不再傲慢，而是将这套系统变成了他们的标准。

车间同时生产四五种车型，要解决的不仅仅是车架拼装问题，放置车顶的对中台也是一个大难题。

不同型号的汽车车顶要通过对中台，才能精确定位到车架上，以便焊接。不同的车型，自然需要相对应的对中台。这样一来，在狭小的车间里，四五种车型就需要铺开四五个对中台和配套设备，配备相应的人员。

这样的话，又会出现新问题。如果生产稍有变化，对中台以及配套的设备就要拆除、更换。人力、物力、财力，都是浪费。而且由于空间限制，车间根本无法提供充足的场地。

面对这种情况，一般国外和其他汽车生产厂家的经验是：做一个四五面的翻转台。这个翻转台像一个玲珑的小骰子，需要哪种台面，一声令下，所需台面就会灵巧地翻转上来。

然而，这种方案不仅价格高昂，而且在夏樑看来"不可持续发展"。如果将来生产六七个车型，甚至更多呢？

夏樑，又陷入沉思。

当时，科幻电影《变形金刚》正在上映，电影中机械美学的艺术化表达、新奇的科技感与未来感，令夏樑如痴如醉。在惊叹于编剧巧妙构思、画面新奇震撼的同时，他猛然想到，其中的主人公随形切换、变化万千，为什么台子就不能变呢？

灵光乍现，如果把对中台做成可变支撑点，只要支撑点可以变化，一个平面不就可以同时支撑多种尺寸的车顶吗？

夏樑愁烦心，瞬间亮堂堂！

说干就干，他立即投入设计制造中。

在这中间，可变支撑点的重复精度是难点。不同的车顶到来之后，支撑点就要进行相应变化。而这种反复的变化，最考验支撑点移动的重复精度——在大量的移动之后，支撑点是否还能保持在最精确的位置？

这就用到了日本进口的伺服电缸控制器。

这是日本公司的最新设备，虽然定位精度极高，但试验过程中负载能力却达不到应用要求，指示灯屡屡报警。

夏樑十分纳闷，难道是自己的设计过于理想化？

反复试验之后，他感觉问题可能出在设备的参数设置上。于是，他力邀日方工程师前来现场。

日方工程师却说，我们的产品出场之前反复调试，不会有问题。

现场试验，故障报警灯再次亮起。

夏檩非常认真地与日方人员说，我进一步判断，症结应该就在于推进斜率的误差。请把我们的控制器打包带回你们试验室，进行确认。

一个多月之后，最新调试过的伺服电缸控制器运回来了。

在事实面前，日方终于承认错误。

中国工匠，让他们不得不佩服！

夏檩在此基础上继续拓展，设计了一个11轴伺服联动系统。这个系统可以支持同时生产五个车型，且可以无限拓展。

目前，这项技术已经申请国家专利。

20多年来，上汽通用汽车党委与企业同心同行，把党建工作融入公司治理各环节，取得了良好效果。他们先后荣获上海市先进基层党组织、上海市"五好"基层党组织、上海市国资委红旗党组织等荣誉称号……

6. 已经做到

2019年，夏檩荣膺"上海工匠"称号。

现在，整个上汽通用的车身车间已经全部实现机器人化，形成了一个完整的智能生产线。

这其中经过了十几项大改革、一百多项小改革。

车间人员呢，也从夏檩刚入职时的1000多人，减至不足300人。他们大都在后台进行监管与维控。整个生产现场，几乎不见人影，全是机器人挥舞着各种各样的工具，在不知疲倦地、精准地劳动着。

机器人可知道，这个智能生产线的完成，仰仗于"党员先锋行动"支持下的夏檩团队！

社会的大树需要美艳的花朵，更需要朴实的主干。缺少花朵，这个时代可能会缺少浪漫、不够香软。而缺少躯干，这个世界会一派混乱、坍塌沦陷。

所以，我们要清楚，支撑国家稳定和发展的定海神针，是什么？

正是一项项创新争优的科学技术，正是一批批领先世界的中国制造，正是一个个身怀绝技的中国工匠，为这个国家创造着丰厚的物质基础，才有了民族的强盛、城市的繁荣，才有了我们生活的便捷和幸福，才有了大地的丰收，才有了丰收大地里的花花草草，才有了花花草草里蛐蛐的吟唱、蝴蝶的蹁跹……

在我采访的前几天，由人社部授权、全国机械行业协会主办的全国首届车身焊装（智能焊装）大赛在广州举行，夏樑被邀请出任技术委员会副主任兼命题组组长。

夏樑的理想就是成为一名汽车车身自动化生产方面的国家级专家。

其实，他已经做到了！

（发表于《解放日报》2020 年 12 月 24 日"朝花"副刊）

太行梦

前些天，我在河北省平山县采风。

这里，位于太行山深处，是革命老区，却又是贫困山区。截至 2015 年底，全县仍有建档立卡贫困村 260 个、贫困人口 40126 人。近几年来，随着精准脱贫工作的全面深入推进，这一切，都冰消雪化了。特别是山里人的精气神，也真正挺立起来了。

在河北平山实验中学，我见到一位名叫赵敏的高一学生。这个 16 岁的女孩子，腼腆却热情，拘谨又阳光，小脸红润润、胖嘟嘟，溢满了幸福的微笑。

班主任老师悄悄地告诉我，这个孩子，有故事……

赵敏刚刚出生两个月，妈妈就不见了。

对于妈妈，她没有一丝印象，因为妈妈没有留下一张照片，甚至没有留下一个完整的名字。所以，她对于妈妈的想象，只是天上的白云，是小河的水面，是夜晚的月亮。

说起她的身世，连山上的大树小树都摇头叹息……

一

太行山，是黄土高原与华北平原的分界线，号称"天下之脊"。

漫长的历史中，太行山承载了太多的苦难、荣耀和期望。

抗日战争时期，八路军总司令部就设在这里，下属三个师更是以此为基地，发展壮大，最终取得抗战胜利。解放战争后期，中共中央进驻平山县西柏坡村。正是在这里，党中央指挥了扭转乾坤的三大战役，并从这里出发，进驻北京、开国奠基。

但是，太行山啊，又是一座贫穷的山。

摆脱贫困，是太行山人自古以来最强烈的梦想。可惜，由于政治、经济、科技水平等方方面面的原因，人们在这条漫长的道路上攀爬了几千年。

改革开放之后，随着党的各项农村政策的全面落实，太行山在慢慢地热起来、绿起来、富起来。但是，这座山毕竟太大了，贫困人口太多了，遍布角角落落。比如赵敏的家乡——这个名叫前嘴的小村。

这里有多么偏僻呢？

这里距离县城80公里，而且大多是弯弯曲曲、高高低低的悬崖峭壁的山路。已经跨入21世纪了，但村里有一半人还没有去过县城。

这里有多么贫穷呢？

截至2008年，这里还没有通电，没有硬化路面，没有自来水，更没有学校、卫生室、商铺，哪怕一爿小小的商品销售点。

这里，只有一座座横亘着的山、山、山，只有一张张饥饿的嘴、嘴、嘴。

世世代代的人们，在这里默默地生活着，像山上的树，像树下的石，像石旁的水……

二

赵敏的父亲，名叫赵光光。

为什么叫光光呢？

小时候，村里没有电，家里只有一盏煤油灯，灯头如豆半炕明。光明，成了山沟人最大的向往。而且，他是独生子，也是全家的未来之光。

父母没有文化，便希望儿子上学，为家族争光。学校在邻村，路远，山高沟深，风霜冰雪，时有危险，还要交学费，而且老师不安心，学生都灰心。因为几十年来，这所小学从来没有学生能够考入县城中学，更别说考上大学了。读到小学三年级，光光实在看不到希望之光，就辍学回家了。是的，上学有什么用呢，反正也考不上大学，反正也找不上工作，不仅白白交学费，还要耽误做农活儿。

于是，告别课本的光光，就在山坡上干农活。

这一带，是太行山最深处，也是最高处，海拔超过 2000 米，冬天奇冷。家里只有三亩地，只能种土豆、玉米、黄豆、荞麦。由于全是望天收，只是填饱肚子。

这里不仅偏、高，还光。

这个光，不是光亮亮的光，而是光秃秃的光。的确，小村周围的山，不仅无树，也无草，全是白花花的石头、黄糊糊的土。为什么深山区也如此荒芜呢？原来，千百年来，村人以砍柴和放羊为生。小树初长成，就被砍烧了，小草刚发芽，就被羊啃了。

转眼赵光光已经年过三十，还是一条"光棍"。

后来，他不得不像许多村民一样，踩着弯弯的山路，外出打工。最近的城市，就是太原了。

他没有别的本事，只有浑身力气，搬砖、扫马路、运垃圾。

出去三年，终有收获。2003 年 2 月，30 多岁的赵光光，终于"脱光"了。

女方姓彭，山西省运城人，也属于太行山区。和光光一样，只读过小学三年级。

妻子虽然没有文化，模样一般，却朴实、健康，会过日子，还通情达理，孝敬老人。这个破败的家，终于有了笑容。

但好景不长。2004 年 2 月，妻子难产。乡卫生所只有止痛药，只能输液，而去县城，又太远了。

乡卫生所的病床上，妻子生下一个女婴，两个月后，不幸去世。

这个女婴，就是本文主人公赵敏。

这个可怜的女婴啊，一出生就失去了母亲。

赵敏 6 岁时到邻村上学，还是父亲早年上学的那所学校。

光光多少次想让女儿辍学，但这个性格内向、胆小怯弱的小女孩，却十分喜爱学习呢。

常常地，赵敏问父亲，妈妈到哪儿去了？父亲总说在外地打工，过年就回来了。

过年时，女儿再问，父亲撒谎说路太远，车票太贵。等你长大，妈妈就回来了。

于是，稚弱的她，就盼着长大。

三

石家庄外国语学校，简称石外，原名石家庄市第 43 中学。

这原本是一所普通中学，建于 1994 年，校址在郊区农村，只有一个 30 多亩的院落和一栋楼房，负责招收周围的乡村学生。

首任校长强新志，易县人。易县，位于太行山深处，正是荆轲刺秦王之前吟诵"风萧萧兮易水寒，壮士一去兮不复还"的地方。这个太行山娃子，有一股难以置信的壮士精神。几年时间，便让一所无人问津的新建中学，跃升为全市领先。1997 年，该校正式更名为石家庄外国语学校，扩大招生规模。又经过 10 年发展，到 2007 年，石家庄外国语学校已成为全国教育系统先进集体。

近年来，为了彻底改变太行山的教育状况，当地政府投巨资在山区腹地的平山、赞皇、元氏，灵寿、井陉、行唐 6 个县建造了 56 所中学和小学，专门免费招收农村贫困孩子，并配备了较为先进的教学设备。但由于这些学校大都位于深山，硬件设施虽然优良，但软件普遍落后，教学方法较为陈旧。过去，教育部门也曾多次进行帮扶，每年派驻教师，但来去匆匆，不能扎根，效果不明显。

如何从根本上帮扶这些学校？

强校长经过深深思考，制订了一个"精准教育扶贫，十年帮扶工程"，决心利用 10 年时间，义务扶持其中 12 所学校（每县中小学各一），将其全面提升，成为样板，进而带动太行山区的全部中小学校。

四

2016 年 9 月，赵敏进入平山县第二中学。

这所中学，位于县城郊区，正是石家庄外国语学校的帮扶对象。

父亲来送她。这是他们父女两人平生第一次走进县城。

看着眼前的繁华，父女俩哭了。

小姑娘 12 岁了，已经有了自己的心事和思考。是啊，这个可怜孩子，还从来没有见过母亲呢，更没有感受过母爱呢。她看到别的孩子大都是父母一起前来送行，便第一次严肃地问父亲，妈妈到底在哪儿？

她的眼睛，衔着泪花，瞪得好大好大，死死地逼视着父亲。

父亲摇摇头，闭上眼，不得不说出实情。

赵敏默默地流着泪，看着天上云，看着太行山。这个结果，她早就有预感，竟然是事实。

从此之后，她沉默了，像太行山的石头。

同学们都是山区孩子，基础差。由于国家投资，免收学费，免收书本费和住宿费，吃饭有补助。

全年级共 12 个班，800 多名学生。赵敏的入校成绩，是第 402 名。

石家庄外国语学校的帮扶，全面而深入。

首先是校长。除了对被帮扶学校的校长和副校长进行集中培训之外，还让他们与石外校长和副校长结对子，随时联系，随时交流。

其次是教师。从石外精选 100 名优秀任课老师，与被帮扶学校教师一对一地交朋友。每月抽出一周时间，石外教师必须到现场，与山区教师一同备课，一同上课，并进行同课异构。什么是同课异构呢，就是备课后，你先讲一遍，我再讲一遍，从中找出差距。山区的老师们每月也要拿出一周时间进入石外，进行观摩学习。平时，还可以随时微信交流。

最主要的是学生。参照石外的校本课程，山区学校开设了各种素质教育课程：舞蹈、美术、体育、航模，等等。还有各种各样的特色活动，读书会、运动会、夏令营，等等。

13 所学校的联合运动会开幕了。过去，山区孩子只会列队，喊一二一。现在，他们穿上整齐的校服，进行各种各样的体育运动，排球、篮球、足球、健美操，等等。

大家的笑声，融汇在一起，久久飘荡在运动场的上空。

石家庄外国语学校的许多外教，也多次走进山区学校，与孩子们一起现场交流。山区的孩子们，哪里见过这阵势呢？刚开始，都不敢说话，躲得远远的，像刺猬，像含羞草。老师们鼓励他们上前说话，孩子们还是不敢对话，只是写纸条，递上去。慢慢熟悉了，便开始跟外教大方地交流起来。

…………

五

这些年，山里的世界一天天变化着。

2009 年，山沟里通电了。每家每户的夜，亮堂堂。电视、洗衣机、冰箱、电脑等，都来了。

2011 年，村里通上了自来水。拧开水龙头，水流哗哗哗。

2015 年，赵光光被村里确定为建档立卡贫困户，每年可以得到相应的补助。过年过节时，还会发放生活用品。

2016 年，孩子到县城上中学，一切都不用花钱。

2017 年，赵光光第一次为自己过生日。那一天夜里，他破例走进一家饭馆，点了两个菜，喝了几杯酒。看着天上的繁星闪闪，闻着桌上的酒菜飘香，他第一次感到，生活和生命，如此美好呢！

这年春节时，他又为自己买了一件西服，200 元。

…………

小村周边的生态环境，也彻底改变了。

过去光秃秃的山头，长满了树木，郁郁葱葱。山羊、野兔、山鸡等动物，也纷纷回归了。

六

春季开学后，石家庄外国语学校的 100 多名被保送进入大学的优秀高三学生，开始进行社会实践。

他们的实践基地，就是被帮扶学校。

这些少年，在山区学校的讲台，与赵敏们进行着现场交流。讲学习方法，谈人生理想，说生活故事。10 多天时间，与赵敏们建立了良好关系。

离别的时候，赵敏和同学们，都哭了。她们几个同学凑钱，给"小老师"送了一个耳机。"小老师"也送她们每人一个日记本，扉页上写着：亲爱的小学妹，北京见！

暑假时，石家庄外国语学校挑选了 50 名深山区学生，入住石家庄市内的学生家里，进行一周的生活体验。

赵敏住在一名彭姓女同学家里。她与这位新伙伴，一起看电影，一起游泳，一起听音乐会，一起看球赛，一起做饭，一起打扫卫生。她在快速地熟悉城市生活。

夏令营开始了。那位优雅的女外教，用英语与大家交流，并希望同学们用英语写一个小短文。

不一会儿，赵敏便第一个交卷了，并主动上前，进行口语交流。

"你好，爱丽丝老师。"

"你来自哪里？"

"我来自太行山区的前嘴村。"

"前嘴？"

"是的，那里是一条山沟的出口处，是一个开放的地方。"

"哈哈哈……"大家都笑了起来。因为她说话时的表情太可爱了。

赵敏也笑了起来。她突然想起，自己已经一年多没有这样开心地笑过了。

在学校里，赵敏也交上了最好的朋友。这个朋友，居然也姓彭，正好是母亲的姓氏。

她和班里另外 10 名同学，被确定为特殊贫困生，用餐全免费。

不知不觉中，她长高了。学习成绩呢，也悄悄地长高了，由全年级第402 名，提高到第 106 名。

……………

过年时，回家。看着漂亮、秀气且开朗的女儿，赵光光似乎不认识了。

七

山里人的习惯，过春节拜年时，晚辈要向长辈磕头。

往年，赵敏向父亲磕头，光光总是给 10 元或 5 元压岁钱。可 2018 年的春节，光光破例给了女儿 500 元。

女儿长大了，正是爱美的季节，虽然在学校学习生活一切全免费，但还是要让她自己买衣服穿，喜欢什么买什么。

这几年，光光在外打工，每年能挣下 2 万多元，不仅把外债全部还清了，还存下 3 万元。

去年以来，随着年岁增大，光光决定不出远门打工了，只在村周围打零工。村里发展乡村旅游，种植高山作物，照样可以赚钱。

山上生长着各种各样的野树和灌木。秋黄的时候，一夜白霜袭来，满山的柿树上和酸枣枝上便挂满了一盏盏小灯笼，把整个山乡映照得红彤彤。光光们就在这一盏盏小灯笼的光亮下，开始了金黄色的秋收，金黄色的玉茭、金黄色的柿子、金黄色的核桃、金黄色的土豆……

世代贫穷的太行山，富了，更美了。

是的，现在的太行山深处，绿浪如波。山坡上，一排排、一层层楼房，也像波浪；大路上，一列列、一行行汽车，更像波浪，涌动着、前行着……到处洋溢着生机，到处充满着希望。

……………

几度春秋，石家庄外国语学校对太行山区的教育帮扶，也大见成效。

2016 年开始，他们帮扶的完全由山区贫困学生组成的 12 所中小学校，已经陆续开始在各县的中考中夺取状元。其整体教育水平，已基本与城区重点中小学持平。

2019 年 9 月，赵敏考入河北平山实验中学，读高中。入学时，成绩是全班第 17 名。

采访的时候，班主任老师告诉我，这姑娘优秀着呢，最近一次考试，已是全班第 7 名。

说着，老师鼓励赵敏接受我的采访。

赵敏，落落大方地坐下来，以纯正的普通话，向我讲述了以上故事。

（发表于 2020 年 8 月 26 日《人民日报》）

第一书记

2019 年 8 月，刘昌法第四次担任扶贫驻村第一书记的时候，脱贫攻坚战正在接近尾声。

这一年，他 57 岁。他，可能是全国年龄最大的第一书记吧。

而且，他已驻村 7 年。他，可能也是全国驻村最久的第一书记了。

50 岁之前，刘昌法是山东省淄博市委政策研究室的正科级干部。由于多年从事理论工作，总感觉缺乏基层实践，便主动申请到贫困村挂职。在博山区上小峰村，他根据当地实际，很快就摸索出一条发展乡村农家乐的产业道路，使一个穷村彻底脱贫。正在这时，全国范围的脱贫攻坚战开始了。根据组织派遣，他又先后担任两个贫困村的第一书记，均良好完成任务。

彼时，再有 3 年就要退休的他，已经不习惯城市生活。索性，就把余下的工作时间全部留给农村吧，为乡村振兴贡献余热。

于是，他来到东东峪村，走马上任，任期两年。

一

东东峪村，位于淄川区东南部 50 公里的泰沂山脉深处。

环村皆山也。东侧太平山，北边凤凰山，南面悬羊山，西部是一片无名山。

山体多是石灰岩和杂色岩，岩中有泉，泉水潺潺。但由于远离城市，地处偏僻，交通不便，千百年来，贫穷是这里永久的胎记。小村，像一个土头土脑、黑黑瘦瘦的憨娃，仰躺在深山怀抱，酣睡。

刘昌法进村后，像过去那样，首先走访贫困户。走访时，仍然携带"四件宝"：便民卡、数百元现金、一支笔和几张白纸。

为什么这样呢？

前三者易于理解：每入户，首先递上一张写有电话号码的便民卡，可以随时联系；如果遇到一时窘迫的村民，就送上一二百元，救救急；一支笔呢，为了记录。唯有几张白纸，让人费解。

有人就问："刘书记，带一个笔记本，多方便啊。"

他说："这你就不懂了吧，那样虽然自己方便，但老百姓不习惯。你当面掏出笔记本，郑重其事。他们本想说说心里话，也会咽回去。"

所以，他只是随身携带几张白纸。交谈时，随手记要点。回到宿舍，再认真回忆，誊写到笔记本上。

10多天时间，各家的情况和困难，都熟悉了。

全村近300户、800多人，近1000亩耕地，5000多亩林地，主要种植玉米、小麦和谷子。果树呢，以杏、山楂、柿子、花椒为主。小村2014年被确定为省级贫困村，贫困面最大时达到178户412人。现在虽然都已基本脱贫，但其中不少户依靠政策兜底，并没有稳定收入。

富裕指数颤颤巍巍，贫困根基摇摇晃晃。

他一边走，一边想，如何巩固和振兴呢？

必须培育产业！

可是，培育什么产业呢？

与大家交谈，都摇头。咱这穷沟沟，什么资源也没有啊。

他想，这大山，不就是最好的资源吗？

也不是没有人才。村里有一个中年人朱全祥，原在淄博市内经商，资产丰厚、人脉广泛，最近回到村里，准备重新创业。

二

突破口在哪里？

小村太穷了，村集体没有任何收入和积蓄。

俗话说，靠山吃山。可这大山、穷山，如何吃呢？

他主动找到朱全祥。

朱全祥本想回村开发旅游，建造精品民宿，自行经营，但开工后就遭遇一系列难题。由于没有更多建设用地，不能扩大规模；如果租房，老百姓不理解，也不配合。身陷困惑，进退两难。

乡村旅游，正是刘昌法多年的研究和实践，而精品民宿，更是农家乐的升级版。

的确，这些年，农家乐已经蔚然成风，但随着城乡经济社会发展和新时代的到来，传统模式已然落后。过去，城里人到农村，住农家炕、吃农家饭，图新鲜、图方便。现在，城里人希望真正回归和体验乡村生活，要住得舒适、吃得放心。

时代，呼唤更高层次的乡村精品民宿。

朱全祥的经营方向正确，只是经营方式上需要进一步撬动，与时俱进。

刘昌法开导说，古人云"独行快，众行远"。以你的能力和见识，相信自己单干，一定能干好。但如果以你为龙头，成立一个共同经营、按股分红的合作社，既可造福乡亲、共同富裕，又顺应了时代潮流、放大了人生价值，岂不更好？

但股份合作，需要投资，村民们愿意参与吗？

刘昌法说："这个工作由我来做，你只需做好技术和管理支持。"

两人的心灵，碰出了火花。

于是，总体思路确定：由朱全祥负责投入 1000 万元，建造一个作为总部的接待中心，负责对外联络，并可用餐、宴请、会议、娱乐等。另外，再在村里发展一批农户，把他们的闲置房屋提升改造为精品民宿，并实行统一标准、统一管理。

合作农户的条件：有闲房，有适量启动资金，有利落能干的女主人。

思路确定了，执行起来却是另一回事。

村民们根本不相信。咱们偏僻落后的穷山村，能吸引城里人常住常吃常玩？不可能，不可能！

刘昌法租下一辆大巴车，邀请大家外出，到自己的第一个扶贫村——

博山区上小峰村和其他旅游示范村访问、参观。连续几天，一切免费。

一路上，看着人家的富裕，想着自家的贫穷，村民们动心了。

刘昌法告诉大家，主体投资由朱全祥负责，各家改造另有补助，更有上级支持咱们。客源呢，也可以保障。听到这些，大家纷纷报名，最后确定15户。

趁热打铁，所有改造工程图纸很快出笼。

可是，好事多磨，一波三折。开工之前，由于房屋改造需要大笔投资，不少人又犹豫了、撤出了。

最后，只剩下5户。

三

2020年6月，接待中心建设和民宅改造陆续完工。

为了保证精品民宿的品质，合作社参照城市宾馆标准，统一配备设施用品。

刘昌法积极协调，筹措争取了一笔扶持资金，用于补贴。

与此同时，刘昌法请来专家对农家大嫂进行20多天的全面培训。从仪容仪表到文明用语，从清洁清扫到铺床叠被，规范每一个细节。

村民朱永翠，55岁，初中文化，丈夫务农，两个孩子外出打工，家有6间闲房。她是一个典型的农家妇女，原来生活贫困，心情郁闷，不爱收拾。院子堆满废旧物品，屋内凌乱，桌面上灰尘厚厚。按理说，这么一个不爱整洁的妇女，不适合入社，但没有别人报名啊。而且，这个女人，有一颗不甘的心。

整个培训期间，刘昌法全程陪同，眼瞅着培训师进行手把手教学，一遍又一遍，一场又一场。

培训师休息的间隙，刘昌法亲自上阵演练，一会儿扮演房东，一会儿模拟房客。满头大汗，不厌其烦。

两条战线，齐头并进。

但是，又一个问题浮出水面。

精品民宿，对外招商，取什么名字呢？

叫观山小院吧，全国有山的地方太多了，似乎体现不出这里水的温柔；称听泉人家吧，各地有水的农村也数不胜数，好像又忽略了此地山的坚强。

刘昌法日思夜想、双眼红肿。一个好名字，就是最直接的形象代言啊。

叮咚！叮咚！

窗外的泉水，正在一点一滴地落在石头上。那撞击的声音，既有水的温柔又有山的坚强，令人似有所悟！

叮咚？

叮咚！

叮咚小院？

叮咚小院！

一个极富韵味又旋律飞扬的动感名字，应运而生。

马上注册。

至于"叮咚小院"品牌下的一户户农家民宿，可以灵活取名，譬如山水居舍、泉溪人家、秀水雅居、枫山小筑、杏花居，等等。

接待中心通过网络和各种渠道，统一用"淄博叮咚小院民宿"的名义，开始向外界宣传，吸引客人。

网络世界，奇幻灵敏呢。仿佛一夜之间，小村与世界就联通起来了。

2020年7月11日，朱利永的山水居舍正式开业。朱家媳妇刘翠燕，干净利落、性格温婉、满面春风。她家有4间房、7张床。

而后，胡立亮的泉溪人家、胡立勇的秀水雅居也陆续开张了。

还是说一说朱永翠的枫山小筑吧。

她家的6间闲房，投资15万元装修，其中合作社补助3.5万元。按照宾馆模样，7张客床分标间、大床房和亲子间，日定价分别为258元、280元、320元，均含早餐。

半年"修炼"，身心俱变。现在的朱永翠，脸上略施粉黛，浑身利利索索、清清爽爽，举手投足，完全是职业女性模样。她的小院，一天三洒扫。家具更是时时擦拭，光亮如镜。

按照统一安排，枫山小筑，"十一"开业。

前一天，朱永翠像办喜事一样，一直忙碌到半夜。

第二天凌晨5点钟，刘昌法就来了。因为合作社已经联系好的第一个客人，9点入住。

刘昌法细细地查看，光光亮亮、一尘不染。又用手掌分分寸寸地抚摸。猛然，发现白色开关上有一块硬斑。原来是装修时的白漆，不易发现，水擦不掉。

他皱皱眉，看着朱永翠。不是批评，胜似批评。

朱永翠，脸红了，低下头。

刘昌法掏出水果刀，轻轻地刮。再用掌心，柔柔地磨，滑溜溜，细腻如脂。他深深地舒一口气，笑了。

叮咚小院，全面开业。

5家分店，统一上网，分别挂牌，相互竞美。

接待中心率领着这5家民宿，站在山坡上，欢迎四方宾朋。

清清瘦瘦的山路，白白胖胖的云雾，香香甜甜的野风，鲜鲜嫩嫩的时蔬。

叮咚小院，声名渐起……

四

过去的山，虽是青山，却是呆山、穷山。

这些年，大山接通了水、电、路、网，包括地下管网，就逐渐有了神经、有了生命，可以眨眼、可以唱歌、可以跳舞……

这里的山，是泰山的兄弟和沂蒙山的姐妹，魅力无穷呢。

惊蛰刚过，山上消融的冰凌伴着纤弱的溪水，开始弹拨起春天的琴弦。仿佛一夜间，迎春花、连翘花们悄悄登场了，处处鹅黄，满眼明媚。紧接着，明黄的"火焰"引燃了百花盛开。于是，春天的鲜艳便排山倒海而来：粉白的杏花、火红的桃花、粉红的海棠花、菊黄的鼠麹草、湛蓝的山鸽子……

最多的，当然是杏花，累计数百亩。

这个小村，与杏有缘。几百年来，杏仁曾是最主要的经济来源。当地有谚"东东峪不种杏，老婆孩子光着腚"。现在，杏经济虽然边缘化了，但仍然是家家户户的老亲戚。

　　站在村头，远远望去，满山雪白。走上山去，每一棵杏树虽然主干粗皱，却是新枝繁茂，葳葳蕤蕤，挂满大大小小的花儿，像一张张笑脸在风中摇曳。

　　花儿凋谢了，像漫天银屑，落在山坡上，聚在石缝中，栖在低凹处，仿佛厚厚的积雪，静静地喘息。于是，整个山村，整个暮春，都香起来了。

　　四月下旬，杏花落尽，青胎累累，楚楚可爱。风来了、雨来了，吹落满地，直让人惋惜呢。不过，勿要担心，杏树多子，尽管十之八九流产，剩下的还是稠密。

　　五月里，夏天来临，这些小宝贝们精光头、赤裸身，顶着阳光，进行着剧烈的化学变化，酿造着甜蜜的汁液。而同时，身体也在日日夜夜膨胀，今天像珊瑚，明天似青枣，后天便是核桃大小了。

　　六月杏子熟，红若小女腮。妇女和孩子们挥舞着长竿，在树上扑打。杏子们"噼里啪啦"地落下来，像橙色乒乓球，在地上蹦蹦跳跳。

　　有性急的汉子，便直接在树干上踹几脚。顿时，杏如雨下，满地金黄，尽是香软。用手一捏，杏核蹦出来，跳到小篮里。在雪亮的阳光下，晒干。而后的日子里，全家人围坐一起，用小铁锤，砸杏核，取杏仁——3斤杏核出1斤杏仁。

　　最多的一户，一个季节砸出1000公斤。

　　每公斤杏仁的售价40元。

　　整个夏天，山坡上、果树下、角角落落，到处是黄花菜、野蒜、青青菜、仁青菜，等等。最独特的是河菜，又名泉水菜，只生长在无污染的泉水边。青青叶，嫩嫩茎，拌上野蒜和野韭菜，味道鲜极。

　　一夜秋风起，涂黄又涂红。大自然的魔手挥舞着最奢侈的油彩，染尽群山层林，绘出了一幅瑰丽的油画。

　　这时候，满山瓜果，渐次成熟。南瓜大大咧咧地横在那里，不小心，绊你一个趔趄。秋海棠粉红色，宛若娃娃脸。最典型的是柿子，红彤彤、黄澄澄，如灯笼，照耀着素朴的小村和朴素的人们。

　　其实，小村更美是泉水。

　　泉水从村东的太平山深处汩汩而出，一路汇流成溪，穿过小村，蜿蜒向西。

小村沿溪而建。溪边遍布泉眼，喷珠溅玉。

泉水熬出的大米或小米粥，放凉之后，像果冻。若炖菜，绵软可口。如泡茶，格外清香。

如此泉村，中国北方，实在少见。

许多游客选择节假日或休息时间，来这里小住。饮山泉水，食山野菜。泉水中含有丰富的矿物质，对健康有益。临别时，还可以灌几桶，满载而归。

…………

杏树下、岩石上，一杯土酒，两盘野蔬，听着山风，看着山色，慢斟细品，快哉快哉。

五

叮咚小院，生意兴隆。

很快，又有5户村民参与进来。整个合作社，又增加了多类型服务设施，包括会议室、年会室，悦读角，等等，可同时容纳120人住宿和就餐。

2020年12月，朱全祥出任村党支部书记。

这两年，尽管受到疫情影响，依然无法阻挡游客热潮。

截至2021年底，叮咚小院营业收入超过150万元。朱永翠的枫山小筑，开业以来，赢利超过5万元。

民宿旅游旺盛，引来"众鸟返巢"。25岁的大学生杜玉焱主动回村，做起了民宿管理；而在城里做生意的魏铭慧，也到合作社当起了运营经理。

沉睡的小村，终于睁开了毛茸茸的大眼睛，看着山外的世界，笑意盈盈……

作为总设计师，刘昌法依然不满足。

如何深化和丰满？

这些天，他走访了很多专家，查阅了不少史料。村南的悬羊山，真是一座金山呢。

公元前686年，齐国都城临淄内乱，公孙无知杀死哥哥齐襄公，自立为国君。齐襄公的两个儿子公子纠和小白，各自逃往鲁国和莒国避难。第二年，公孙无知被杀。兄弟俩分别火速回国，争先继位。两军在中途相遇。由于实力悬殊，小白被公子纠围困在岑山上。公子纠看到山高林密，心中窃喜，以为只要堵死出路，便可瓮中捉鳖。小白粮草断绝，正值绝望，有土人告知山间有一秘径可经青州赴临淄。小白闻之大喜，命兵卒捉来十余只山羊，拴住后腿，吊在树上，前蹄下置战鼓。又命挖出战壕，将饥饿的战马放置其中，而后悄悄下山，赶往临淄，顺利登基。

此时岑山上，山羊、战马饥饿难耐。山羊前蹄乱蹬，擂鼓震天；战马互相撕咬，铃声一片。山下的公子纠好不得意，等待小白束手就擒。没想到，小白率兵从背后杀来，全军覆没。

自此，中国历史上便有了"悬羊击鼓，饿马蹄铃"的经典故事。

小白，便是后来成为春秋五霸之首的齐桓公。

而"岑山"，便是村南的悬羊山。

悬羊山，齐桓公称霸的源头！

还有这溪水。

溪水从山上流出之后，一路吸纳千注泉眼，浩浩荡荡，但流到村西后，在一座古桥下的山洞里，突然消失。老百姓传说是一个龙洞，深不见底，却又不敢探测。

一天上午，刘昌法换上运动鞋，拿着手电筒，攀过陡峭的石壁，冒险爬进去。

那是一个幽暗石洞，乱石狰狞。哗哗流淌的溪水，却在这里突然暗哑。他打开手电筒，细细查看。溪水在一处绝壁下，聚积成潭，静滞不前。水面有纹，默默旋转。

居然是一条地下河！

不用说，溪水通过地下岩层的通道，或注入淄河，或融入别的水脉。

这里，与泰山之水、济南名泉，都是一家呢。

如此丰富的资源，却沉睡了千百年。

当地村民还有一个习惯：入冬后，用柿子、酸枣等山中特产，手工酿酒，工艺独特，味道独特。

只要用心，处处是美呢。

六

报名参加叮咚小院的农户，越来越多。

刘昌法和朱全祥商量，争取扩大到 20 户左右，使全村具备同时接待 300 人的规模。

他们还对经营收入进行了更细致划分：利润 70% 返还农户，合作社留存 25%。另外 5%，纳入村集体收入。

在此基础上，村委会还成立了山东恒昌物业管理有限公司，培训和组织有劳动能力的村民进城，承接政府机关、学校等单位的物业保洁工作。公司收入，上交村集体。

在实践中，刘昌法进一步认识到，壮大集体经济，对乡村振兴至关重要。因为只有村集体具备经济实力，才能最及时、更彻底地救助村民，防范所有的应急之需、应急之难和应急之险。

只是，新时代的农村集体经济要探索新模式，必须大家参与，共同监督。

方向明确，努力便更有准星。

他们利用现有集体收入，加上国家支持，在继续开发精品旅舍的同时，还进行了多元化开拓。

他们对河边房屋进行了提升改造，上马建设酒吧、酒坊和咖啡屋一条街。

"我喜欢在家酿酒，游客品尝后纷纷购买，把去年的库存全卖光了，还经常接到微信订单。"村民魏宝存说。

杜元富夫妻俩常年患病，几乎失去劳动能力。刘昌法在为他们争取了政府低保的同时，又利用相关政策的专项资金，免费帮他们建起了一个茶馆。

这些设施，全部由村集体投资，两年之内，不收租金，店主只负责水电费。

"我们将依托山势环境，发展大棚采摘和小型水上项目。"刘昌法说。

刘昌法和朱全祥还有一个更大的计划，那就是把周边区域综合开发，打造一个集康养、旅游、文化、矿泉水、生态农业于一体的生态康养旅游区，带动更多村庄，走向振兴。

这将是一段全新的旅程！

…………

刘昌法的每天，仍是忙碌。山上坡下、田间地头、房前屋后，到处留下了他的脚印。

几张白纸，终于换成了笔记本。

任何问题，当面交流。仔仔细细地记录，认认真真地办理。

村民说："刘书记，你为俺村跑了多少路、操了多少心啊！"

刘昌法微微一笑："我生来就是跑腿的命，一天不跑，浑身烦躁。退休以后，再休息吧。"

2021年7月，刘昌法的两年驻村任期本应结束。先后挂职四任第一书记的他，已经下乡9年，真的应该回城了。

可他，实在离不开这片热土了。

他毅然放弃了组织关于他回城担任处级领导干部的安排，再一次郑重申请：继续留任！

于是，他第五次出任驻村第一书记。

他下定决心：即使退休，也不回城。

就这样，驻村，做荣誉村民，永远！

（发表于2022年5月18日《人民日报》）

士兵和元帅

大雪纷飞，像什么？

浪漫的人会说，若玉屑，似柳絮，银装素裹，分外妖娆。

沉重的人会说，那是寒冷，那是苦恼，那是老天爷烦心时挠头的头皮屑。

前半生的周恩忠，属于后者。

后半生的周恩忠，属于前者。

一

崇礼县，隶属于河北省张家口市，距张家口中心城区50公里，距北京220公里，总面积2334平方公里。

这片区域，乃阴山余脉与燕山的交接地带，山峰海拔在1600米左右，属中低山区。其地貌特征是"山连山，连绵不断；沟套沟，难以计数"。

此地气温比较极端，冬天低至零下40摄氏度。农历十月便进入冬季，直到第二年三月，统统是冰雪世界。

俗话说："十月的雪，赛如铁。"

冰雪世界里，这里的人们习惯于滑冰。自古以来，土生土长的人们为了生存、生活和生产，开发了最原始的冰雪运动。人们用木头制作一辆简易冰车，再打造两柄铁质冰锥。就这样，端坐冰车上，两手执冰锥，像南方人划船一样在冰雪上滑行，快如闪电。

大自然，给贫穷的人们减免了一半的摩擦力。

于是，人们上学、打猎、相亲，甚至打架、偷盗、偷情，都挥舞着冰锥、驾驶着冰车。

…………

周恩忠，男，1962年10月生于崇礼县石窑子乡赵侉沟村。

兄妹八个，五男三女，他是老六。山坡上，一孔黑幽幽的窑洞，便是全家人的住所。这里的人们啊，世世代代生在窑洞里，死在窑洞中。

小时候的他，虽然缺衣缺食，但也不缺儿童的天性。像所有的孩子一样，他也有自己的冰车和冰锥。

每年冬天，冰雪满地的时候，他便手舞冰锥，驱动冰车，四处飞行。虽然饿着肚子，虽然住着窑洞，但也有着天然的、本能的快乐。

简单的快乐，也是快乐啊。

二

崇礼属于山区，山势高耸却又平缓浑圆，且寒季漫长、冰雪丰厚，又濒临京津地区，特别适合发展冰雪运动。

1980年，随着改革开放的春风，京城里某些有钱人和有闲人，便悄悄在这里开发出了第一块雪场。

可周恩忠的生活，仍是像一块寒冰，默默地融化着，暗暗地痛苦着。

中学时期，他爱好数理化，对物理特别感兴趣，但那个年代，高考对于乡下孩子来说，难于登天。

这期间，由于贫病交加，他的大哥、三哥、姐姐和弟弟，陆陆续续地夭折了。

高考落榜后，他只得回家务农。

全家人，仍是住在沉闷的窑洞里，不能通风，没有电灯，只有隧道般坚硬且封闭的暗淡。

每年冬天，面对漫长的冰雪寒冷，已经渐渐成年且有文化的他，越来越感到了生命的沉重和无奈。

"燕山雪花大如席，片片吹落轩辕台。"李白的千古名句，描写的正是当地苦寒。轩辕台，就位于崇礼县附近。

诗人的苦恼，千年的苦恼，也是老天的苦恼，更是他的苦恼。

的确，彼时的崇礼，是全国有名的国家级贫困县。

三

1983 年，村里招考一名电工。在此之前，小村没见过灯泡。

他报名，竟然考上了。

最早是水泥电杆，高压电 4000 伏，村民用电是低压 380 伏和 220 伏。高压电杆 22 根，高 10 米；低压电杆 8 根，7 米高。

他每天就围绕着这 30 根细细瘦瘦的电杆，巡检、架线，为村民送去光明。

有了电，小村不仅明亮了，也更有力气了，开始发生着细细碎碎却又轰轰烈烈的变化。

他的心情、他的身体，也在发生着轰轰烈烈却又细细碎碎的变化。懵懵懂懂中，青春期的他，荷尔蒙爆表。

媒人介绍的姑娘王世玲，是三里五乡有名的漂亮女子。他心里乐开了花，可女方母亲的脸上却苦成了霜。丈母娘嫌他家穷，又住窑洞，扬言要三间瓦房做聘礼，如果没有，休想。因为姑娘备选的男方，不是官员子弟，就是富裕户。

但他是村电工啊，除了农业收入，每月还有 9 元补助，也颇让人羡慕。

他拍拍胸膛，向丈母娘打下了包票。

来年春天，他依靠自己的小积蓄，又借来一笔钱，果然盖起了三间红砖蓝瓦房！

于是，当年秋天，他娶到了称心如意的美娇妻。

1985 年 8 月，县电力系统招工。由于表现优秀，他被推荐参加考试。经过严格遴选，正式入职乡电管站，转为城镇户口，月工资 60 元。

他负责全乡 18 个村庄的电路安装、维护，兼收电费。那 893 根电杆，就是他的全部工作，全部世界。

他每天背着工具兜，里面装着钣手、钳子、改锥等"武器"。工具兜挎在自行车上，或挂在屁股上，威风凛凛，俨然一个全副武装的士兵。

…………

滑雪运动，可能最早起源于北欧。

瑞典和芬兰的沼泽地带发现的古代滑雪板，据考证是四五千年前的遗物。挪威境内靠近北极圈的地方，还保留有 4000 年前的岩画。其中造型，便是原始的滑雪板。

据史料载，约公元前 2 世纪，中国华北地区有人使用类似滑雪板的滑雪器，但记载过于简单且模糊。具体方位，更是语焉不详。

是不是崇礼呢？

有待考证。

但是，崇礼人啊，做梦也没有想到，这里将来会成为一次世界冬季奥运会的主要赛区！

四

日子虽然贫寒，却也幸福着。

不知不觉间，周恩忠有了两个孩子：大女儿周丽丽，小儿子周大船。

为何取这些名字呢？或许是对未来生活的希冀，或许是梦想走出逼仄的大山。总之，谁又能限制贫穷对于美好的向往呢？

的确，一女一子，正巧是一个"好"字。

果然，随着时代的前行，他的生活和事业，也像冰雪融化的河面，缓缓地泛起美丽的浪花。而他家庭的小船，也静静地驶向了理想的港湾。

2003 年 1 月 1 日，周恩忠调到县城供电所工作。

2005 年 8 月，他担任县供电公司工程队副队长，负责电力设备安装。

这时，县里上马 11 万伏变电站。于是，崇礼大地上，第一次有了 92 座铁塔。这些身材庞大的铁塔，高达 35 米。

它们，是全县数万根电杆的主心骨。

它们，恰似 92 位将军，率领着漫山遍野的数万士兵。

他的家里，原有 16 亩山坡地。过去种莜麦、胡麻、土豆、蚕豆和山药，收入微薄。他到县城工作后，为了方便生活，就买下两间 30 平方米的简易平房。谁知第二年，县城改造提升，平房正在拆迁之列。这样，他仅仅添加 2 万元，便有了一套 71 平方米的楼房。从此，妻子将土地出租，到县城周围的滑雪场打工，过起了城市生活。

2010 年，为了儿子结婚，他又借款 11 万、贷款 7 万，买下一套 86 平方米的楼房。他月薪 3000 元左右，妻子每月也有 1500 元收入。虽然日子紧紧巴巴，但依靠自己的辛苦劳动，也颇有收获。

2014 年 3 月，他进一步受到重用，被任命为输电运检班副班长，负责全县输电电路的巡检和维修。

全县偌大面积，都是他的管辖区。而他的辖区内，已经有了 326 座大铁塔。

他还不知道，这时候，国家正在申办冬奥会。

2015 年 7 月 31 日 17 时 58 分，国际奥委会主席巴赫在国际奥委会 128 次会议上正式宣布：北京获得 2022 年冬季奥林匹克运动会举办权！

而崇礼，竟然是冬奥会比赛的主场地之一。

整个燕山，为之一振。

从此，一切节奏，都改变了。

五

2016 年，崇礼县更名为崇礼区。

随着城镇化发展和冬奥会临近，全区电力设施大提速。

申奥之前，全区 11 万伏变电站只有 2 座，现在增加到 7 座，同时，还有了两座 22 万伏变电站。高铁站和每个比赛雪场，各配一座 11 万伏变电站。

主体输电线路达到 316 公里，1326 个基塔。

最大的基塔，高达 55 米。

这些基塔，全部分散排布在野外的山坡上。而巡检和维修工作，还是他们 5 个人。

工作量，大大增加了。

他每天的工作，就是在野外的山坡上维护线路，巡视、检修、排除隐患。316公里，基本靠步行。

塔与塔，距离250米，最远可达600米。

最关键的是，塔与塔之间，线与线之下，全部是山坡、山沟和河流。不用说，这是世界上最难行走的路。

夏天，酷热难当。可再热的天，也必须穿帆布皮鞋，防水防草防蛇。还要穿上秋裤、束紧袜子、系好绑腿，不然虫虫牛牛钻进裤腿，可不容易抖搂出来。蚂蚁咬尖扎扎地疼，那还不要紧，如果遇到不长眼的蜈蚣或小蜥蜴，就是给你扎毒了。斜肩挎一个帆布包。检修的工具，重达5公斤。脖子上的军事望远镜，像一块砖，虽然沉重，但必不可少。

深山野岭，乱石嶙峋。荒草一米深，蛇多。当地大多是毒蛇，肥嘟嘟，茶杯粗细，与草色混同，极难辨认。有一次，他感觉脚下肉肉的，还没有反应过来，蛇反身就是一口，戳破帆布鞋，幸好没有出血。

狍子卧在草深处，睡觉，千百年谁来打扰呢。他一脚踏进来，狍子吓一跳，猛地蹿出来，像一头小豹子。他吓得魂飞魄散，惊倒在地。

他傻傻地坐在地上，满头大汗。好一会儿，身心才恢复平静。

有时候，下雨了，四周空旷，无处躲藏。他只能坐在石头上，抱住头，任凭雨水浇淋。这时候，最无助、最孤独、最伤心，禁不住泪水流下来。

过一会儿，雨停了，继续往前走。

衣服上的雨水、眼眶中的泪水、贴皮肤的汗水、双腿上的露水，一起拥围着他，纠缠着他。

"四水"涌动，淹没了他的一切。

冬天，零下40摄氏度，更是揪心。导线热胀冷缩，会造成绝缘子与横担连接，中断输电。

这时候，他就穿着特制的军大衣，高腰棉靴，头戴大棉帽，细细地盘查。

开始时，天太冷。步行几公里后，衣服里面出汗，脚下冰滑，呼出的哈气都结成了冰霜。

他，变成了一棵行走的雪松。

…………

他上中学时，喜欢物理，尤其对电子感兴趣。

这些年，虽然人到中年，但他还在继续学习，参加电力系统的各种考试。

基层电力职工最需要的两个证书，是农网配电营业工技师和配电线路技师。

这两个技师证，都是中级职称，全国统考，特别难通过。这些年，考过两门者，全县只有两个人。而他，便是其中之一。

不仅他爱学习，孩子们也上进。2003 年，女儿考上了河北经贸大学英语专业，终于实现了家族和小村的大突破。儿子虽然没有考上大学，却也顺利入伍，成为一名海军，在大轮船上服役。

是的，不仅他的家庭在变好。全区、全市、全省、全国，都在逐步好起来。

2019 年 5 月 5 日，崇礼区正式退出全国贫困县序列。

而帮助崇礼区走出贫困的主要推手之一，便是冰雪产业。

截至目前，崇礼区已有 7 个大型滑雪场，小的滑雪场早已数不胜数，而相关配套产业，更是遍地开花。

这些年，看到冰雪，周恩忠的心底总有一种微妙的温热，仿佛是前世的朋友。

六

每天早上 8 点半，周恩忠就出发了。

他的工作，特别单调：头上 6 根线，脚下一条路。

的确，高塔与高塔之间，只有 6 根线，除了 1 根光缆，还有 2 根架空地线。这是保护线，可避雷，可保护主角——3 根导线。若是常规雷电，保护线可将电流引入大地，但如果雷电规模太大了，就可能触发事故。

他背着帆布工具兜，挎着军事望远镜，真像一个大将军呢。

大将军孤独地走着、看着。走到每一座铁塔下，先细细审视一遍塔基，再用望远镜，向塔身高处扫描。每一个绝缘子、每一颗螺丝、每一根角钢，都要察看。如果感觉不放心，就爬上去，用手摸一摸。

夏天，最怕雷电。

雷电，极易把绝缘瓷瓶打碎，击成四六瓣，造成导线落地。而导线断了，在远处根本看不到，只有走到 400 米以内才能看清楚。

雷电事故，防不胜防，年年都会有。

2020 年 7 月 24 日晚 8 时左右，电闪雷鸣中，前长 316 线路突发事故：重合闸不成功，导线接地！

当天晚上，天太黑，又下着大雨，根本无法前往。第二天早晨，大雨未歇。他穿上雨衣，背上装备，匆匆出发，寻找事发地点。

此地位于城区东部 10 公里处的喜鹊梁山坡，海拔 1500 米左右。整条线路 8 公里，30 座基塔。他步行了几乎整个线路，直到中午，才发现雷击两处。其中 3 个绝缘子受伤，碎裂 1 个。

事故点找到了，马上检修。他调集全班 5 个人，倾巢出动。

事故处距离公路 1 公里。一切维修设备和相关用料，必须人工扛过去。手扳葫芦 8 公斤、接地线 30 公斤、绳索 10 公斤、滑轮钢丝 30 公斤、3 个绝缘子共 15 公斤……

50 米高的塔顶上，他系紧安全绳，高空作业。力量可达 3 吨的手扳葫芦，把长长的、重重的电线拉回来，拉直。再更换绝缘子，接上。

大风呼啸，整个塔身摇摇晃晃。但他早已忘记危险，忘记恐惧。

直到天黑，才维修完毕。通知调度，恢复送电。

这条线路的主要供电目标，便是冬奥会比赛主场馆之一的太舞雪场。虽然还有一条备用线路供电，但也要马上修好啊。

刻不容缓，刻不容缓！

…………

2021 年 1 月 6 日，最低气温达到零下 43 摄氏度。

晚上 7 点 20 分，调度室突然通知发生停电事故，事故线路——崇太311。

马上寻找事故点！

凭经验，他感觉是在 15 公里处。

他走夜路，摸到那几个基塔下，用手电筒照射。果然，电线因冷收缩，翻过绝缘子，与横担相连。

马上维修！

零下 43 摄氏度的酷寒中，他颤巍巍地爬上 35 米高空，再用滑轮，把维修设备和材料运向空中。然后，赤裸双手，用 4 个绝缘子，把导线下拉至下一个横担，固定坚实。

作业完毕后，两只手已经冻得僵硬麻木。

他只得坐在高空中，闭上双眼，把双手塞进手套中，交叉着，紧紧地捂在胸前，自我取暖。

5 分钟后，他才拿出双手，慢慢地爬下铁塔……

七

不仅天气造成意外，还有人为事故。

比如，沿途大型机械施工，极易挖断电缆。虽然反复告诫，但仍有发生。

2020 年 10 月的一天，一家建筑公司加班施工，竟然挖断通往冬奥会生活区的地埋电缆。多亏备用线路及时顶上，但也耽误供电 4 秒钟。

现在是赛前的准备阶段，又是生活区域。如果是比赛用电，这是多么严重的事故啊。

居然还有人偷盗塔材，造成灾害。

塔材都是角钢，价值不菲，竟然为有些不法分子所觊觎，趁夜间偷盗，拧掉螺丝，拆下角钢。

为了防盗，供电公司在制造塔基时，将塔身 10 米以下部分全部使用防盗螺丝。但仍然有一些穷凶极恶的不法分子，冒险爬到 10 米之上，进行盗窃。

2021 年 11 月 9 日，在头道营村后山坡一个隐蔽处，一座 30 米高的铁塔，竟然拦腰折弯。

原来是该死的盗贼，把 10 米处以上的螺丝拧开，拆掉了几根角钢。风大，造成塔身弯腰。

这起事故，处理了三天三夜，才恢复送电。

冰雪运动，实在是现代体育的重要组成部分。

想想吧，人类利用平地、沙漠和水域等，开发了各种各样的体育项目，以强健身体、开阔精神。冰雪区域是人类生存和生活的主体板块，而冰雪运动更是一个乐趣无穷却又方兴未艾的精彩世界呢。

时尚的滑雪板和滑雪杖，由高科技的金属、塑料和木材混合制成。滑雪板的爷爷，就是原始的冰车呢，而滑雪杖，则是冰锥的升级版了。

真正的滑雪者，喜欢的是速度、刺激、美感以及征服自然的成就感。

没错，当你站在雪山之巅，漫天飞雪模糊了视线，远处的风景犹如一幅意境优雅的油画。你穿着鲜艳的滑雪服，带着新潮的滑雪镜，脚踩滑雪板，手舞滑雪杖，从高处飞速滑下，寒风在耳外嗖嗖作响，白雪在脚下哗哗犁开。身体在雪原上飞舞，心情也在天地间飞舞，忘记了烦恼，忘记了疲劳，忘记了时间……

此时，远离城市喧嚣的莽莽雪原，就是你放飞生命的悠扬舞场！

那种飞翔，是身体的放飞，更是精神的高蹈。

八

周恩忠的小日子，慢慢地红火了。

仅仅几年时间，外债全部还清。

女儿大学毕业后，供职区委信访办。2018 年，被调到张家口市申奥办，负责对外协调工作。由于工作出色，还被提拔为正科级干部。儿子呢，转业回到家乡，由于当兵时在大轮船上负责给水，曾专门培训，并持有相关专业证书，最近被区自来水公司作为人才引进，负责冬奥会场馆和生活场区的供水工作。

女儿和儿子，都结婚了，小日子美满。而他的工资和奖金收入，每月也涨到了 5500 元。

他亲爱的妻子呢，现在经常陪着孙子或外孙，去周围的滑雪场练习滑雪。

生活虽然安宁了，但他仍然不安心啊。

冬奥会结束后的几个月，他就要退休了。

他最担心的还是工作。因为自己的苦差事，年轻人一时半会儿还无法接手。

苦恼中，他也在探寻办法。

2019 年 11 月，他主动申请到山东省学习无人机操控技术。全班 150 多人，他年龄最大。学习一个月后，毕业考试，全班一半人没有通过，需要再次补考，而他，轻松过关。

他想，将来单位配上无人机，就可以实现空中巡视，那样就轻松多了。

但现在，至少在冬奥会期间，这一切都用不上，用不上啊，还需要自己动动老胳膊老腿，走好最后一段路，站好最后一班岗。

想到这是此生的最后一班岗，他本来有些佝偻的腰身，又挺直了。

是的，他的确放不下啊。他已经向公司领导提出申请，希望延迟退休。他要赶紧带出几个徒弟，把所有的经验教给他们，把无人机操控知识教给他们。

他不是在乎这个职位，更不是看重经济收入。

说到经济收入，还没有退休，就有私营企业老板找他了。他是当地最有名的电力施工工程师，聘金每月 1.2 万元，还被委任施工队队长。但他拒绝了。

因为，他热爱这个岗位，他热爱这项工作。

不，他热爱这份事业！

但他毕竟已是 60 岁的人了，往往巡山一天后，便累得瘫软在地。

瘫坐在地的他，像一绺秋草，衰衰地歪倒着，脸上却笑盈盈，一如满山的新雪，在阳光下微笑……

九

现在，已是 2022 年 1 月，第 24 届冬奥会马上就要在家门口举行了。

他每天的工作，仍是巡检、巡检。

他的工作乘用车原来是一辆桑塔纳，太旧了。去年，他又自费买来一辆二手越野车。这家伙是四轮驱动，像一只小狍子，不，像一只小豹子，一加油门，"嗖"地就蹿上去了。

全区 2334 平方公里的"版图"上，共有 23 条供电线路，计 316 公里、1326 座铁塔。

这 1326 座铁塔，全都是他的朋友，全都矗立在他的心头！

想着全区偌大的"领土"，偌大的"版图"。偌大的"领土"和"版图"上，矗立着这 1326 座顶天立地的大铁塔。想着这些大铁塔，正在为冬奥会提供着动力，他就满心喜悦，浑身充满力量。

这 1326 座铁塔啊，像极了一个个八面威风的大将军。

而这 1326 个大将军，却都是他的部下。

如果这样，他，不就是大元帅了吗?

想到这里，他禁不住自豪地笑了。他的自豪，涂满了蓝蓝的天空，升腾成一朵朵饱满的白云。

微笑过后，他再次挺直腰身，沿着面前的山路，走下去、走下去……

一个人的山路。

一个人的使命。

一个人的快乐。

一个人的世界。

阳光如雪，纷纷扬扬地洒落在身上，若柳絮，似银屑。

60 岁的周恩忠，认真地、快乐地走在一个人的山路上。

他走得细致而扎实，双脚踏在坎坎坷坷的山路上，就像双手揿在高高低低的琴键上。又像乘坐着儿时的冰车，而双手，紧握着两柄冰锥，在记忆的冰雪世界里奋力地划动着，划回童年，划向永恒。

四周的群山，起起伏伏，像一只只大大小小的睡卧的绵羊、骆驼，或白兔，眯着眼睛，吐着鼾声，做着香暖的酣梦……

天地，一派祥和。

这一切，与我们的主人公一起，都在等待着一场这个星球上最盛大、最精彩、最高尖的冰雪盛宴的开幕……

（发表于 2022 年 2 月 18 日《光明日报》）

农民院士

马铃薯种植，起源于 8000 年前的印第安人。

16 世纪，马铃薯进入欧洲。此后，这个宝贝儿便快速传遍全球。

17 世纪，马铃薯登陆中国。最初，它归为蔬菜类，后来才逐渐纳入粮食系列。

经过千百年的发展，马铃薯已成为世界头号非谷类食品。2007 年，其全球产量更是达到 3.25 亿吨的创纪录水平。

世界上消耗马铃薯最多的国家，定然是中国。

合欢的笑声

科技小楼的后面，有一棵高大的合欢花，柔枝撒开，花儿球状，猩红猩红、粉紫粉紫，梦幻一般娇俏。

窗子里，总有一双瞳仁，紧紧地盯着合欢花，久久不曾离开。

这是朱有勇的眼睛。

一双沉思的眼，一颗沉重的心。

自从 2015 年 11 月进驻澜沧县蒿枝坝村以来，中国工程院院士朱有勇一直在观察、在调研。

澜沧县 8000 多平方公里，其中河谷地区占 15%、山区占 50%、半山区占 30%，到底应该发展什么致富产业呢？

　　这里是全国唯一的拉祜族自治县。由于该民族历史上以打猎为主，而彻底告别狩猎仅仅几十年时间，所以对农业生产不够精通，也缺乏热爱。最开始，朱有勇曾设想组织他们外出务工、发展养殖业和种植业。但几经努力，均不适合。

　　调研中，他突然发现一个极为奇特的现象：此地没有马铃薯！

　　本地不太适宜种水稻。有史以来，热季种植只以玉米、甘蔗为主。秋天玉米和甘蔗收获之后，便不再生产，直到第二年春天，大片土地就成了冬闲田。

　　朱有勇想，自己这些年的一项重要研究成果就是冬季马铃薯种植，技术早已成熟，亩产可达三四吨。这项技术已经在别的地区推广，只是未能到达这里，真是可惜啊。

　　马铃薯的特点就是生长季节最怕下雨，而澜沧县的冬天，温度最低12摄氏度，几乎无雨。这样的气候，更适宜马铃薯生长。而且，土豆是懒庄稼，田间管理要求不高，正适合这里的群众。

　　想到这里，朱有勇不禁对着合欢花笑出声来……

哑巴与喇叭

　　蒿枝坝村的冬天，暖融融。

　　有多暖呢？如同北方的阳春。

　　但在澜沧县农家，拉祜族兄弟们就休息了，顶多是往地里撒一把油菜籽，任其随意生长。

　　于是，冬闲的日子，男人喝几杯自家酿制的苞谷酒，坐在墙根聊天。女人聚在一起做针线活，带带孩子。孩子们呢，则追着公鸡乱跑，或骑着肥猪当大象。公鸡受惊了，"咯咯"地叫着，从东家门口飞到西家屋顶。孩子们也跟着飞过去、飞回来……

　　科学与传统，开始了一场拉锯战。

　　什么？冬天种洋芋？村民们说什么也不肯相信。

　　他们吃过洋芋，但从来没有种过，叶片长啥样也不知道。于是，一致表示反对：

扎丕说："澜沧种洋芋？不可能！"

娜努说："冬季种洋芋？从没听说过！"

…………

别说蒿枝坝不相信，整个澜沧县都不相信。因为这片土地上，从未种过洋芋。

朱有勇决心以身示范。

2015年12月上旬，朱有勇在村党支部的协调下，租种农民5亩地，开始示范种植马铃薯。

他带着两名学生，除了亲自干活之外，还发动村民。

12月中旬，他从昆明运来种薯，放在温暖处催芽。几天后，薯芽萌动，用刀将薯块儿切开，每块儿各带一个芽眼。草木灰搅拌，晾干后种下。

入土半个月，种薯发芽儿。叶呈卵圆形，类似蒿子叶。

一个月后，株苗像儿童发育一样，迅速长至少年，有三四十厘米高。

2月，地温渐高。马铃薯开花了，一簇簇，像喇叭筒，或紫或白，烂烂漫漫。但这些花啊，只是绽放美丽，却与果实无关。每一朵花凋谢之后，蒂结成一枚青胎，似珊瑚球，又像青樱桃，要及时掐掉。

3月，阳光正好，暖气熏人，正是马铃薯们长身体的时候。娃子们在地下日日夜夜地歌唱着、膨胀着。只需一个多月，俱已成年。

4月上旬，原是当地人开始春耕的时候，而现在却破天荒地要收获了。

全村人都来围观。

朱有勇和学生们热情地招呼着村民们，唯恐人少不热闹。

果然，一镢头下去，白白黄黄的马铃薯滚出来，圆圆的、胖胖的，像葫芦、似倭瓜。

选一个最大个头的家伙，过磅，接近2公斤！

亩产量，竟然达到4.47吨！

天啊！

往日怀疑重重的村民们，此时全变成了哑巴。

旋即，哑巴又变成了喇叭……

我们都是"博士后"

2016 年 11 月，蒿枝坝二组组长刘扎丕接到通知：朱院士将在村里举办马铃薯培训班，要他上门组织村民前去旁听。

马铃薯班学员 60 名，来自全县。

朱院士能种出葫芦大的洋芋，这消息在县里疯传开了。所以，他免费举办培训班，报名者蜂拥而来。这 60 位学员都是朱院士亲自面试选择的"进士"。

寨子里有人开起玩笑，说这是考上了"云南农业大学"。

为了能"考中"，学员们都颇费了一番脑筋。酒井乡坡头老寨的马正发带来一个他种植的重达 3 斤的芒果。轮到他面试时，便向院士展示"成果"；竹塘乡大塘子村的李娜努面试没有通过，硬是不离开，在门口兜兜转转，最后感动了朱院士，答应了她。

⋯⋯⋯⋯

刘扎丕接了任务，便早早起床，挨门告知。

走过三五家，让他意外的是，家家空无一人，莫不是还没有起床？

房前屋后寻了一遍。他发现，有人喂鸡，有人扫地。原来，个个都在干活儿，哪有谁在睡懒觉？

这朱院士真不得了，把寨子几百年的"懒气"一扫而光。

以往，晒太阳的、嗑瓜子的、喝酒的、睡懒觉的，除了不干活，什么都干。现在完全颠倒过来了！

开班之前，朱院士给每位正式学员发放了一套仿军装的迷彩服。

大家齐刷刷穿上，顿时面目一新，感觉自己变成了一个"战士"。

朱院士请乡政府武装部干部给学员们进行军训："立正、稍息、向前看、齐步走！一二一，立定！"

口号响亮，脚步齐整，精神大振。

往日松散惯了的学员，牢记上课纪律、作息制度。

军训结束后，就是三天理论课，由朱院士和他的博士研究生亲自讲授。

而后，课堂就移到了田间地头。

…………

几天时间，学员们与朱院士都混熟了。

有一个小伙子，斗胆开起了玩笑："朱院士，你说比博士更厉害的是博士后。你是博士，你的学生也是博士，那我们跟在博士后面学种地，不就是博士后了吗？"

"哈哈哈，哈哈哈！"田垄上响起一片片笑声，震响了这沉寂了千万年的青山和穷山。

苦孩子的哭与笑

1984年3月，张六金生于蒿枝坝一组。刚刚出世一个月，父亲便因病撒手西去。更加不幸的是，办完丧事的当天，母亲也离家出走了，从此杳无音信。

他的爷爷、奶奶早已去世。

一位本家大伯心疼这个侄儿，把他抱回家。可大伯家里还有5个孩子啊，都吃不饱肚子。更加悲催的是，几年后，大伯也因病去世了。

从12岁开始，张六金就外出打工了。先是到一家餐馆，管吃管住不给钱。几年后，他又到一个采石场。采石场悬挂在半山腰，四周都是裸露的岩石。小小的张六金负责引燃雷管的导火索，极其危险。放炮一天，工钱5元。

炸一天岩石，浑身臭汗，满头石粉，好累啊，好险啊，终于又活着回来了。

到了结婚年龄，谁肯嫁给这样一个无家无业的孤儿呢。好在天无绝人之路，蒿枝坝三组有一户人家没有儿子，只有两个女儿。于是，两相情愿，他便成了上门女婿。

女方也穷，岳父有病，不能干重活，常年需要吃药。

家里5亩地，一年只种一季玉米，收成稀稀落落，勉强可以温饱。

随着孩子的出生，住房紧张。但要盖房，谈何容易啊。

2012年，张六金东挪西借，终于筹款2500元，盖起了三间土坯房。

大儿子 4 岁时，小儿子又出生。孩子都是小天使，可爱极了。可长到两岁的时候，小儿子的右手掌上长出一个小黑斑。黑斑随着孩子的身体，慢慢长、慢慢长，竟然长到 1 厘米大，像一枚饱满的黑豆，紧绷绷，似乎一触即爆。

小心不能碰触，时时痛得大哭。

去乡卫生所，去县里医院。医生摇摇头："这里治不了，你们去昆明大医院吧。"

2015 年 3 月，张六金夫妻再次贷款 1 万元，赶往昆明。上午 10 点动身，一路颠颠簸簸，到昆明的时候已是晚上 10 点了。

第二天，辗转找到医院。医生告知：住院费和手术费需要 3 万元。

3 万元，简直是一个天文数字！

夫妻相顾无言，只好放弃治疗。

回家的途中，夫妻俩几度抱头痛哭。儿子看着他们哭，更是号哭不止。四面青山同情地看着他们一家人，也在陪着叹息、陪着痛哭……

2016 年，张六金听说村里来了一名科学家，号召大家种马铃薯。他不相信，就没有响应。

第二年，他看到别人种土豆发财了，便偷偷跟着栽种。土豆收获时，别人每亩赚 1 万多元，可他的 5 亩地，只赚回 1.4 万元。

虽然如此，也比往年收入好多了。

2018 年冬天，张六金下定决心，好好种土豆。为此，他东询西问，南求北告，多方取经，掌握了一个个技术要领。

那一天，他翻整了土地，小心翼翼地播下种薯。这时，正好朱有勇从田边走过。

"你切种薯的方法不对路啊，我切给你看。"说着，朱有勇走到垄前，接过张六金的刀子，"切一个芽口没保证，最好切 2 个。"

朱院士低头切薯，单腿跪在垄上。

他说："每株种 20 至 25 厘米深，距离 40 厘米。起垄不能太密，大约在 1.2 米。每亩的株数最好是 4667 株……"接着，又告诉张六金浇水的注意事项。

这一年，张六金的 5 亩土豆，赚回 2.4 万元。

随着土豆收入的增加，张六金的生活也在发生着一系列根本变化。

由于他家已被确定为建档立卡贫困户并被列入农村危房改造项目户，可获得国家补助。另外，在此基础上，还可以申请无息贷款 2 万元。有了这些，再加上土豆款，2018 年秋后，他拆除土坯房，盖起了一座二层小楼。

也是在这一年，村扶贫第一书记告诉他，小儿子的手术可以在澜沧县人民医院进行了，并帮助他联系，办理入院手续。

手术十分顺利，诊断是良性血管瘤，共花销 9000 多元。

由于张六金是建档立卡的贫困户，再加上国家医保等优惠政策，这 9000 多元费用，大多可以报销，只需要自己承担 479 元。

"479 元？只有 479 元？"张六金反复问。

"对，没错！"

夫妻俩，相视而笑，接着又抱头痛哭。

只是这一次，是幸福的号啕。

"得吃了"

酒井乡坡头老寨有 33 户人家，马正发单家独户地住在半山腰。

他有一句口头禅："得吃了！"

庄稼有了好收成、办成一件漂亮事、儿子考了好成绩，他都会乐呵呵地说："得吃了！"

可是，这个短头发、高颧骨、黑黝黝的 40 多岁汉子，好久不得吃了。

独门独户的房子周围，全是他的土地。山场、旱地、水田，加起来虽然有 100 多亩，但能种庄稼的只有 20 亩左右。其他的土地，租给别人种桉树，每年每亩租金 15 元，简直等于拱手相送。

两个孩子、媳妇、岳父，全家 5 口人，全指望这 20 亩庄稼地。马正发是一个典型的勤快人，为了改变家境，他在其中 18 亩地里种苞谷、红薯和蔬菜，另外两三亩地摸索种芒果，早熟的、晚熟的、嫁接的等，达 20 多个品种。单是一棵芒果树上，就能长出好几种果子，桂七芒、青皮芒、凯特芒、红象牙芒、贵妃芒，有青色的、鹅黄的、粉红的。

别人称赞他。他笑一笑说："别看我整天都在忙碌，可都是穷忙活，粮食只是够吃，芒果产量不高，而且路又远，卖不动，还不得吃。"

的确，马正发一年的收入，除了供孩子读书和家人看病开销之外，也仅仅是温饱。

两个孩子都肯读书，将要陆续参加高考。如果考上大学，学费和生活费从哪儿来呢？

还有岳父，年纪大了，近两年经常生病住院，更是把家底都掏空了。

朱有勇在蒿枝坝创办马铃薯培训班的消息传出后，马正发听说不用交学费，就主动报名去了。

他是一个精明人，面试的时候，担心院士不肯收留，就带上一只大芒果，以证明自己是一个科学种田人。

果然，竞争十分激烈。每个乡镇录取名额是 2 人，但报名者有 30 多个。

朱院士看着马正发的大芒果，很感兴趣，问：

"你家的地靠近河水吗？"

"是的。"

院士高兴了："你平时喜欢种蔬菜和果树吗？"

"我种了 20 多年。"

"很好！"院士又赞了一句，"你想致富不？"

"我怎么不想致富？我穷得不得了。"

…………

过了几天，通知书到了。

马正发所在的马铃薯培训班共 60 人，来自全县各乡镇。学时累计 100 天，刚好是从种植到收获的一个生产周期。

学期内，学员们时而集中培训，时而回到自家田地里实习，理论和实践相结合。所有集中培训的时间，全在马铃薯生长的每一个节点之前，而所有的种子与化肥，都由院士团队免费提供。

…………

第一年，马正发就"得吃了"。

他的亩产量达到 2.5 吨，虽然比不上别人的亩产 2.7 吨，但他觉得已经很多很多了。

2018 年，马正发下大力气，精心耕种，亩产达 3.6 吨，最大一个马铃薯 1.8 公斤，总收入达到 6 万元。

马正发越干越有劲儿。2019 年，收入竟然超过 9 万元。

收获时节，他的地头引来好几家收购商。这些商人有的来自湖南，有的来自四川。销路呢，除了国内，还销往缅甸。

马正发出名了，寨子的乡亲们经常登门拜师。

朱有勇叮嘱他："这个片区，你是带头人。你学得好，要毫不保留地教给别人啊。"

马正发高兴地说："院士不收我学费，我怎么能向别人要钱？只要他们好好学，我肯定分文不取、倾囊相授。"

全寨 33 户，有 28 户报名了。未报名的有 4 户在外地打工，还有 1 户是残疾人。

马正发申请了 100 亩的免费种薯和肥料。朱院士欣然同意，照单全付。

他拿着花名册，按照亩数，给 28 户挨家挨户地送去。

我是薯王

上允镇下允村帮蜡组的卫成金，是一个实实在在的苦命汉子。

父母生下 8 个娃娃，成活 5 个。卫成金是老大，生于 1976 年。在他 13 岁那年，父亲生病去世。又过了两年，母亲也患癌症，不治而亡。

15 岁的卫成金，带着 4 个弟妹，吃稀饭、住烂房，艰难度日。

千辛万苦，终于长大成人。

卫成金也是个能干的汉子，风里来、雨里去，干得一手好农活。

2017 年，听说朱有勇院士在蒿枝坝创办马铃薯培训班，卫成金很想报名，但家里活计太多，脱不了身。

他鼓动邻居去参加，可邻居担心冬天种不出洋芋。他说："洋芋本来就喜冷凉嘛，为啥种不出呢？我试验过的，只是不高产罢了。"

第二年，卫成金主动报名。他的态度端正、基础厚实，顺利被录取。

上课时，他认真听讲。老师的讲授，全部刻记在脑子里。

切种薯，每块种薯保证1—2个芽口，重量至少15—20克。起垄时，土要扒深，土质要细，薯才结得多。还要往土里撒上少许石灰粉消毒，然后再种下去，株距要保持25厘米。

种下之后，浇水也有讲究。水分不够，洋芋就长不大。浇水多少，要看土质。土质粗糙，一周浇水一次。如果天气干热，要一周浇水3次。如果下雨了，就赶紧去排水，否则幼薯会烂掉。

下种时一次性下足肥料。如果肥力不够，就要追肥一次。

天天和田地打交道，种地几十年，早已是老手。结合老师教给的方法，再种洋芋，并不手生。况且，下允村土质好、水源足。

冬洋芋虽说是懒庄稼，但也有窍门：最好在公历10月10日至12月20日之间种下，如果晚于这个时间，由于温度升高，要么不结果，要么结果少。

2017年冬天，卫成金种了9分地，收获3.3吨，全县亩产最高。拿到市场批发，每市斤1.3元，卖了7000多元。第二年，仍是9分地，收获4吨，更是全县最高产，得款9000元。

别人问他有什么秘诀，他浅浅笑着："朱院士的经验，都是真经，只要你不折不扣地执行，好好浇水、好好管理，哪有不高产的道理？"

他的几个弟弟妹妹，在他的带动下，也都种起了马铃薯。

这些马铃薯啊，没有让他们失望，个个长得虎头虎脑、敦敦实实。

2018年4月，卫成金接到马铃薯班老师的电话，要他去参加"薯王"评比。

原来，朱有勇院士为了进一步鼓励农民种植马铃薯，提出要在全县评选"薯王"，谁能种出全县最大的洋芋，他要亲自奖励5000元。

卫成金赶了几十公里山路，来到蒿枝坝。

参赛人很多，来自四面八方，共120多人。人人怀抱着马铃薯，像是一个个金娃娃。不用说，都是各自家里最大的那一个。这东西，谁也不能造假，谁也不会造假。

谁的洋芋最大？

众目睽睽，现场称量！

刷了一遍又一遍，大的，较大的，更大的，最大的——1.75公斤！

卫成金微笑着上台了，古铜色的脸庞上泛着金光，心底更揣着钢铁般的自信。

他举起自家的马铃薯——1.95公斤！

薯王！

朱有勇兴奋地走上前，拍着他的肩膀，现场奖励5000元。

触网

冬种洋芋能赚钱！

喜讯传开，澜沧县推广了2万多亩。

短短几年时间，朱有勇带领澜沧县拉祜族群众，形成了从种植、管理，到收获、售卖，再到开设网络店铺、直播带货的一个从生产到销售的完整扶贫链条。

有记者做过调查：每年3月至5月，北京市饭馆里的醋熘土豆丝，85%左右来自云南。

冬种马铃薯的热销，是因为打了一个时间差：正好在春节前后上市，是独一无二的鲜货。若是5月份，山东、福建的春季马铃薯上市，价位就下落了。

往年3月开始，全国各地的经销商纷纷来到澜沧县，收购新鲜冬季马铃薯。

但是2020年春季，由于新冠肺炎疫情影响，春节已过去两个多月，经销商们还是不见影子。

满地的"金娃娃"们，急红了眼。

疫情期间，云南农业大学与拼多多平台合作，开展"在线实践、直播家乡、助力扶贫"活动，鼓励学生走入田间地头，直播带货，助力脱贫攻坚和复工复产。

朱有勇灵机一动，这不正是一个好机会吗？于是，他主动提出要亲自直播带货，"触网"冲浪。

朱有勇的提议让学生们大吃一惊。平时，他基本不接受媒体采访，经常回避记者。去年，中央电视台春节联欢晚会邀请他出镜，他也婉言谢绝了。

但现在，这是帮助农民脱贫啊。

大家恍然大悟。

2020 年 4 月 7 日 12 时 55 分，朱有勇来到蒿枝坝，直奔田间。

直播地点就选在村民刘长保的地里。这个地块，正好处于马铃薯基地的中间位置。

100 多人闻讯而来。

朱有勇和大家一起，开挖土豆。

田里的土豆都翻身露出肚皮，圆滚滚、肥嘟嘟、白胖胖。

朱有勇抖一抖裤脚上的泥土，戴上草帽，面对眼前的手机，清一清嗓子，开口直播了。

"……你们看，我手中的冬季马铃薯，芽眼浅、皮光亮、个头大……"

拼多多的平台直播上，呈现出朱有勇朴实真诚的笑脸。这张笑脸，面向全国各地。

他俏皮地把两个最大的马铃薯，齐耳举起，与自己的脸庞相比较，几乎不相上下。

院士当主播，为澜沧县冬季马铃薯"代言"，马上在网络上掀起了一阵旋风。

线上线下，纷纷咨询、交易频繁，潮水般涌动。

…………

1 个小时的直播，吸引了 54 万网民观看。

当天挖出的 25 吨土豆，销售一空。

其实，作为朱有勇的重要代表作之一，冬季马铃薯技术体系从 2008 年开始，已走向云南省多个州市。截至目前，已累计推广 200 多万亩，而它的市场，已经遍布北方各大城市。

那袅袅的飘香，是云南的问候，是澜沧的味道。

在澜沧县农村，人均收入 3700 元即可脱贫。

而在这里，家家都有土豆田，家家都有"金娃娃"！

⋯⋯⋯⋯

土豆、土地，沉默土地上的农村。

太阳、阳光，雪亮阳光下的农业。

生命、生活，现代生活中的农民。

一切都在发生着变化，一切都在变得富裕，且美丽⋯⋯

（发表于 2022 年 2 月 17 日《长江日报》）

最亮古镇

全国的乡镇数以万计，绝大多数千百岁，于是便常常以古镇自许，但直接以古镇命名者，只有一个。

这，就是孙中山先生的故乡——中山市的古镇镇。

古镇镇，听起来怪怪的，是吗？

是！

更怪怪的是，古镇镇，"古"吗？

否！

据古镇镇70岁的当地居民区炳文介绍，作为一个乡镇级别的基层政府建制，古镇镇的年龄，只是他的小弟弟。

《古镇镇志》记载：此地宋代之前是海中孤岛，属朝廷重犯流放之地；明代陆地渐生，始有村落；清乾隆之后，形成三个自然村，分别是海洲村、古镇村和曹步村。

一片小小渔村，何以自称古镇？有人说建村时古姓和镇姓居多，但区区300年历史，家谱族谱俱在，根本没有这两个姓氏。另言建村时，某人祖上来自内地某古镇，便以此命名。总之，云里雾里、神龙无首。长期以来，这三个小村分属不同辖区，互不联系，甚至语言也互不相通。直到1963年，为了统一管理，上级政府才将其整合一体，成立古镇人民公社。

这一年，可视为古镇镇元年。

彼时的古镇，被称为中山市的"西伯利亚"。的确，这里处于中山市最西部的西江拐弯处的犄角地带，对面就是江门市地界，却又无桥可渡。不只说，这里是全市最偏僻、最贫困的角落，他们只能按照国家计划种植甘蔗、养蚕和养鱼。蔗田、鱼塘和蚕房之间，点缀着一棵棵荔枝、桂圆树。虽然有塘有鱼，有蚕有果，却没有大米、没有蔬菜、没有油盐，更没有余钱。据区炳文讲，他当时是生产队队长，浑身力气，却吃不饱饭，经常偷偷地划船到对面的江门地界，用土产换大米。

是谁改变了这片土地的命运？

肯定是改革开放。

但改革开放只是一个宏观政策，普惠全国。对于古镇镇来说，还需要寻找自己的路。

整个 20 世纪 80 年代，古镇镇一直在寻找。最早的寻找，和全国各地一样，就是上马乡镇企业，小型五金厂、化工厂、家具厂，等等。

1983 年，镇上一个名为袁达光的推销员到香港探亲，看到一盏玻璃罩壁灯，十分惊异。他的生活里只有传统的电灯：一个灯泡、一根灯绳。难道这就是洋气？这就是现代化？心底立时爆燃起一片亮灿灿的光。于是，他用 80 元港币，买回两盏灯。回家后，开始琢磨仿造。说起来，也简单啊，设计一个造型，把玻璃切割，然后粘接，再加上弯管和托座，好比灯笼原理。只是灯笼用纸糊，而灯罩是玻璃。

别看这一点点进步，却是发明。

当他把发明公开时，立时闪亮了古镇的眼睛。在此基础上，他们从顺德市买来螺丝和电线，从中山市购进玻璃和弯管，试制 1000 个样品，向北方的广州人推销。

说起北方，真是奇巧呢。

国人传统的南北方概念是秦岭淮河一线，但北方人心中的南方是长江之南。而江南的江浙一带相对于岭南，则是北方。即使是岭南人，也分南北。南国如广州，相比较于中山、珠海、香港和澳门，又是北方。所以，对于古镇镇人来说，广州人也是北方人。

果然，北方人惊诧了。灯光可以这样漂亮，生活原来如此浪漫！

一时间，古镇之灯，给北方大地带来煌煌光明。

但过程和结果，并不如意。凡有利可图，则万人跟进。温州、顺德、东莞等地，也纷纷跟上。其规模，均超过古镇镇。最悲催的是，为了生存，古镇镇的灯饰产品还需长途运输到温州，借助当地市场销售。

第一个燃灯者，却成了黑暗中的孤独客。

我采访时，遇到古镇镇文化专家李启志。1991年，他从暨南大学新闻系毕业，分配至此。那时，这里仍然清瘦，只有一条街、一个商店和一家书店。商店以出售农具为主，书店的商品只相当于他个人的藏书。

小镇，在寻觅中迷失了、落伍了。

怎么办？

他们是南方人，他们不甘心。于是，再次出发，寻找自己。

他们进一步从香港取经，从法国取经，从意大利取经，在造型上、质量上精益求精，向灯饰的更高端挺进。

所幸，这条路，选对了！

人类社会，沉沉默默却又轰轰烈烈地前行着，从低端到高尖，从粗糙到精细，从单调到纷繁。市场，更是潮起潮落、大浪淘沙、峰回路转、柳暗花明。

终于，他们等来机会，那便是1999年秋季的广交会。

随着20世纪90年代中期房地产市场的兴起，人们对生活品质的要求更加提升，而市场上假货横行，怨声载道。灯饰市场同样如此，劣质、单调的产品，已经严重败坏了国人的审美胃口。

古镇人瞄准这个时机，决定在这20世纪的最后一个秋天里举办首届古镇灯饰博览会，邀请参加广交会之后的中外客商们前来参观。因此，他们诚意满满，租下豪华客车，提供免费住宿，恳请贵客莅临。

于是，来自国内外的数千客商，集体前往古镇。

当走进现场的时候，众多疲惫的眼睛，像接通电源的灯泡，遽然明亮。造型时尚、制作精良、亦真亦幻，如入梦乡。哇，这才是美丽的灯、梦幻的灯、真正的灯！

可以说，1999年，正是古镇辉煌重生之元年。

古镇之灯，照亮世界。一呼百千应，订单如飘雪。

一时间，小镇上家家开门做灯，外地人纷纷前来打工。

可幸的是，从此之后，小镇的路再没有走偏，而是继续沿着质量大道，走世界融合之路，把意大利、英国、美国、日本、法国等国灯艺全部吸收过来，进行提升，致力于研发、生产世界最华丽的灯饰。过去的甘蔗、鱼塘、蚕房、芒果、荔枝都不见了，只有灯、灯、灯！压抑了几百年的梦想，像是遇到氧气的火星，一下子腾起了冲天的灿烂。

更可喜的是，作为灯饰内核的各种节能灯、照明灯也纷纷走进古镇，向灯饰求婚。

的确，照明是大众，灯饰是个性；照明是壮男，灯饰是美女；照明是身体，灯饰是时装；照明是坯房，灯饰是洞房。照明与灯饰结合起来，便是光明世界里最绝配、最浪漫的婚姻！

小小古镇，短短几年内，便积聚 30 万人，形成 3000 多家灯饰企业和一条丰满的销售链条，占领了 60% 的国内外市场，成为不折不扣的世界灯都！

这中间，蜕变最美者，是区炳文。

他创办华艺集团，聘请国内外顶尖设计师，从吸顶灯开始，设计和制造出了数千种华美灯饰。2008 年，奥运会在北京举行，他的产品一举占领鸟巢、水立方等制高点，成为中国灯饰的传奇。

最可惜者，是发明者袁达光。他半途而废，改行他业。

历史就是这样，先行者往往未必先达。就像陈胜吴广起义，成功者却是项羽，而最终的胜利者又是刘邦。

古镇人经过 10 多年打拼，终于把温州挤下擂台。你有你的优势，我有我的特长。别的领域，你且称王称霸；灯饰世界，古镇天下第一！

于是，古镇内外，遍地富豪。

而古镇，也成为一个完全现代化的城市。其体量和财富规模，远远超过了北方大多数县城和不少地市级城市。不说别的，一座小镇上竟然拥有10 多家五星级宾馆。北方的非省会城市，鲜有如此。

还有，国外数十个国家的灯饰销售商在这里常设办事处。街头上和小区里，处处可见黄头发、蓝眼睛的国际销售员。

我约见了区炳文先生。生于 1952 年的他，身材健壮，早已退出董事长之位。他说，辛苦了大半辈子，要好好享受一下。他原本是一个沉稳之人，只是因为贫穷，才绝处求生。一旦成功，便又回归稳重。成功者，大都如此吧。

在一幢大楼里，我还采访了一个青年人。他生于湖南，大学毕业后在古镇做灯饰贸易，走过许多国家。他深知，世界各个民族各色人种，虽然地域不一、文化不一、信仰不一，但审美大致统一，那就是：光明、美丽且浪漫。由此，他诞生了一个巨大的野心。于是，投资 3000 万，租下一座大楼，决心打造一个最高端的灯饰产品创新孵化谷，引领世界潮流。

小伙子只有 35 岁左右，看似成熟，却仍青春。

看着他的自信满满，我真的不好判断。

古镇的街头，熙熙攘攘，形形色色，完全是一个纷繁且冲动的生态，像暮春，似仲夏，到处是鲜花盛开和滴青流翠。

哦，这座城市，不，这个小镇，正值青春，正值少年。

而少年，便无限希望、无所不能，一切皆有可能！

李启志曾任镇文化站站长，卸任后与中山大学联办社区学院，从多方面培训居民。他说，古镇正在国际化，要有一个世界名镇的样子。

我约见袁达光，却正值他外出。他现在是古镇名人，到处被邀请咨询。

我不知道他会向别人提供什么样的咨询，是成功的经验，还是失落的教训。总之，都是财富，都是营养。

小镇，尖锐且多元，既沉稳又野心，既成熟又青涩，就像榕树，一边落黄叶，一边冒新芽，但总体是在成长，成长为一株蓊蓊郁郁的大树。

晚上，我住在古镇一座高楼的顶层，俯视一城灯火，满目异彩纷呈。

这一切，是古代？是今天？是梦幻？是神话？

是现实！

是真实！

哦，古镇的今天，今天的古镇。

或许，年轻无古的古镇，应该改一下名字。

改成什么呢？

提一个建议吧——灯都镇！

（发表于 2022 年 3 月 4 日《作家文摘》）

芒果城

芒果，像什么？

像滴水珠，似鹅卵石，如青橄榄，仿佛翻了十番的蝌蚪，犹如缩小百倍的海豚，圆溜溜、黄澄澄、绿油油、香喷喷。

如果一座城市的街头巷尾、楼前窗后，以及周围的百万亩山坡上，长满着千万株芒果树，树上又挂满了亿万枚青青黄黄的芒果。那么，这座城市是不是可以称为芒果城呢？

当然。

这座城市，就是百色！

百色，位于广西壮族自治区西部的右江两岸，古称田州。境内山高谷深、丘壑纵横、遍布红壤。漫长的历史里，偏僻、落后是她的代名词。时代的脚步已经迈入 21 世纪，贫穷，依然是她深深浅浅的胎记。

千百年来，此地野生着一种本土芒果树，高高大大、蓊蓊郁郁，像榕树、如玉兰，又似香樟。果实鸡蛋大小、青色，虽然甜蜜，但大核，多纤维，只是在本地人的口舌上消遣，从不外销。

20 世纪 80 年代，不知谁发现了一个惊人秘密：处于北纬 23 度左右的右江河谷，竟然是地球上最适合芒果生长的区域之一。是的，这里海拔 200 米左右，地形南北高中间低，地势由西北向东南倾斜，亚热带季风气候，冬无严寒，夏无酷暑，雨水丰沛，阳光充足，是一块天然的芒果园。于是，官方开始培育这个产业，但由于种种客观制约，进展缓慢。

21 世纪之后，科技人员对传统芒果进行高位嫁接、提高质量，种植面积达到了 39 万亩。2014 年，随着国家精准扶贫战略的全面实施，本地政府正式实施了百万亩产业规划。

真是天时地利人和啊。这个时候，整个国家已经进入全面信息化的新时代，交通、水利、电力、电商等全面联通，穷山沟正在一天天地融入大世界。

这个地域，八山一水一分田，大都是山坡地，不宜种植水稻蔬菜，只能生长天然残次林，几乎没有经济效益。现在，经过改造，全部变成了芒果园。

仅仅几年时间，右江河谷的芒果林，已经扩大到 132 万亩。

全世界有 1000 多种芒果，果重最大可达几公斤，最小只有李子大小。形状有椭圆、正圆、心形、肾形、细长形、丰厚形，等等。果皮则有青、绿、黄、红等颜色。

百色呢，当然要筛选最优品种。于是，桂七、金煌、红象牙、台农一号等佼佼者纷纷落地。在栽种和管理上，他们更是彻底改良。原来的树形像大叶榕，遮天蔽日、高达十数米，6 年才能挂果，现在经过矮化处理，树高只有 2 米，每亩种植 50 株，4 岁即可盛产。

啊，芒果，且不说味道如何鲜美、含有多少稀有微量元素，单说她的靓丽和风韵，便也让人迷恋。

芒果树四季生长，有春梢、夏梢、秋梢、冬梢之别，随时抽枝，随时落叶，不知不觉，新陈代谢。新叶为卵圆形、紫红色，毛毛茸茸，似猕猴的耳朵，如婴儿的嫩手，若少女的睫毛。

二三月，芒果开花了，一簇簇、一串串，细碎、浅黄，圆锥形，萼片五裂，呈覆瓦状排列。风来了，满山摇黄，这鲜嫩的新花，这天地的精英，吟唱着、喘息着，直喘得香氛满天、雾岚缭绕。

4 月初，残花落尽，果实初现，如花椒，像豌豆。一个月后，果重增加，似绿枣、若青杏。再而后，幼芒纷纷下垂，直至吊下来，沉甸甸，圆鼓鼓。此时的百色大地，静静默默的果园，浑浑圆圆的山丘，像一个安详的孕妇，笑眯眯、慢悠悠，在悄悄地等待着一个巨婴的降临。

7 月上中旬，果实八成熟，便开始采摘。青青的果子，轻轻地装进纸箱，包裹绵纸，像一个个襁褓里的胖娃娃。而后，这千千万万的果箱，这亿亿万万的仙果，便沿着订单，乘着快递，走向全国各地，走向每个人的口舌和肠胃。

这其中，桂七是当然的主角。

如果说芒果号称热带水果之王，那么桂七就是芒果之王。

成熟的桂七，果重七八两，表皮青莹莹、绿油油，果肉金黄、细腻软糯、蜜甜乳香、浓鲜微酸。熟透的桂七，双手把玩。玩到软融时，可用吸管吸干汁液。

还有一种更有仪式感的食法：用刀沿果核两侧，切成两片，再用刀尖在果肉上划出密密的井字格，然后连同果皮翻开。于是，蛋黄般的果肉，便鲜花一样绽放开来。这时候，你可以拿起勺子，一块块地挖起，慢慢送进口舌，细细品尝。那种香甜，妙不可言，似初恋，若童年，如羽仙。

金煌芒，秉承了传统芒果的金黄颜色，只是个头硕大，可达两公斤重，肉多、香甜。若把这种香甜，打成芒果浆，置入冰沙中，或者拌上酸奶，便是消暑之绝品了。

没有成熟的芒果，切成薄片，蘸椒盐，又酸又咸又甜，是女士们逛街和聚会时的最佳点心。

在百色，芒果的吃法太多。芒果西米露、芒果牛奶汁、芒果酱汁、芒果蛋糕、芒果奶昔……

城市中心的百色饭店对面，有一条共和巷。这就是著名的芒果街。小巷两侧站立着一棵棵粗壮的芒果树，蓬蓬勃勃、浓荫茂盛，结满了土芒。每到芒果季节，城外的果农们戴着草帽，开着三马车，骑着摩托车，驮着一筐筐一篓篓的芒果，在这里摆摊出售，吸引着一群群市民。小巷深深，深深小巷，芒果树下卖芒果。树上的果，树下的果，筐中的果，手中的果，口中的果，皆飘香，香弥小巷，香熏小城。

此时的百色，整个城市，整个右江河谷，都弥漫着一种浓郁的芒果香，氤氤氲氲，云蒸霞蔚。

的确，试看今日之天下，竟是谁家之芒果？

百色芒果，约占全国总产量的三分之一，实实在在的中国第一。

而曾经贫穷的百色，也因之而富裕了。

据当地权威人士言，目前百色市的芒果年产值近 50 亿。如果加上农资、包装、物流等相关产业，总量接近 70 个亿。在百色，有 12 个县市区的 20 多万名贫困人口以此为主业。仅芒果一项，人均收入超过 4000 元。

百色大地上，晃动着数千万株摇钱树。

这里，的的确确是世界上最大的芒果城！

（发表于 2020 年 10 月 28 日《人民政协报》）